编 委 会

闽东之光

慢城柘荣

林伟

海峡出版发行集团
海峡文艺出版社

图书在版编目(CIP)数据

慢城柘荣/中共柘荣县委宣传部,柘荣县文学艺术界联合会编. —福州:海峡文艺出版社,2023.4
ISBN 978-7-5550-3164-2

Ⅰ.①慢… Ⅱ.①中…②柘… Ⅲ.①诗集—中国—当代②散文集—中国—当代 Ⅳ.①I217.1

中国版本图书馆CIP数据核字(2022)第166176号

慢城柘荣

中共柘荣县委宣传部　柘荣县文学艺术界联合会　编

出 版 人　林滨
责任编辑　莫茜
出版发行　海峡文艺出版社
经　　销　福建新华发行(集团)有限责任公司
社　　址　福州市东水路76号14层
发 行 部　0591—87536797
印　　刷　福建东南彩色印刷有限公司
厂　　址　福州市金山浦上工业区冠浦路144号
开　　本　787毫米×1092毫米　1/16
字　　数　310千字
印　　张　19.25
版　　次　2023年4月第1版
印　　次　2023年4月第1次印刷
书　　号　ISBN 978-7-5550-3164-2
定　　价　99.00元

如发现印装质量问题,请寄承印厂调换

低吟浅唱一首歌

林 思 翔

近日，柘荣县文联主席缪芝山同志送来《慢城柘荣》书稿，这是一本集诗文、书画、篆刻、摄影、剪纸于一体的文集，耐读、耐品，赏心悦目。《慢城柘荣》是继《青春柘荣》《清新柘荣》之后柘荣三部曲的第三本。这"三部曲"是早些年由时任县委常委、宣传部部长李步舒与周贻海、缪芝山等柘荣文化人共同策划拟定的，经后任县委常委、宣传部部长林开锋等人的大力推动，历数年努力，终于全部出齐。可喜可贺！也可告慰为柘荣文化事业发展耗费不少心血英年早逝的原县文联主席周贻海同志。

三本书皆以宣传柘荣为主题，既有联系又有侧重。《青春柘荣》意在表现柘荣建县时间短，年轻活泼，充满活力；《清新柘荣》则主要彰显柘荣生态优美、空气清新，是块养生乐土；《慢城柘荣》则重在展示柘荣的秀美与静好，抒发对柘荣的挚爱之情。

《慢城柘荣》以生动的笔触，娓娓道来，细说缘由，让你品赏散文、诗赋、书法、图画、篆刻、摄影和剪纸艺术，了解柘荣的前世今生，领略柘荣的山川形胜，品味柘荣的文化底蕴，感受柘荣的发展变化，体察柘荣人对这方福地的情与爱。低吟浅唱，一首礼赞柘荣的颂歌。

柘荣地处闽东北深山腹地，层峦叠嶂，溪河纵横。山水的融合与互动，造就了多姿多彩的地形地貌和异彩纷呈的奇特景观。东狮山的巍峨雄伟，大峡谷的蜿蜒曲折，交溪的如龙蛰伏，南岭古道的四十二弯，九龙井的飞泉垂挂，青岚湖的波光潋滟，还有鸳鸯草场的碧野蓝天，半岭村的晓云落霞，以及冬日下的雪花漫舞，春风里的柳影戏水，都是柘荣特有的景色。

群山环抱的柘荣，间有小块盆地，更多的是高低错落的山地丘陵。分布其间的村落古拙质朴，土墙黛瓦、袅袅炊烟、鸡鸣狗叫、田埂小道，让人感受农耕文明的厚植基因，心头不禁涌起浓浓乡愁。村落的周遭山清、水秀、天蓝、地绿，"天蓝得没有边际，地绿得让人酥软忘情，这里的人'慢'得没有一点脾气。"世外桃源般的大自然山野秀色，令人流连忘返。

柘荣古桥也是一大特色。建于清同治二年（1863年）的溪口永安桥，桥面全用近吨重的条石筑成，飞架南北，如龙卧波，单拱跨径达24.2米，是华东地区现存单孔跨度最大的半圆石拱桥。始建于元至正元年（1335年）的水浒桥，因桥梁的柱子恰好108根，与水浒传108将暗合而得名，古时是三沙港通往闽浙内地的必经之路。柘荣的桥梁更早的要数"龙在桥"，这座建于南宋宝庆元年（1225年）的古桥可惜因年久失修已毁，"龙"不在，摩崖石刻犹在。柘荣因溪多水丰，有着诸多的石板桥、拱桥、廊桥，而且每座桥都有一个故事，令人遐想无限。

柘荣县城虽不大，却有着独特的古城和古街，县城有上城和下城双城，这在全省都少见。柘荣建县最迟，然全石砌造的城堡却是闽东最早。城关的溪坪街，虽不宽不长，却承载着一代又一代人说不完道不尽的故事。早些年小街商号林立，有布庄、茶庄、药铺、粮店、油店，染布店……还有客栈十多家。溪坪街还是美食一条街，有姜饼、油卷面、牛肉丸、切面……。"波光流影里，溪坪街往事如梦，亦真亦幻。"当年的老住户走在街头，旧时小街繁华景象依然波光粼粼地在心旌荡漾。

从文集中我们不仅读出了柘荣景美、村美、桥美、城美，还读出了在这块土地上走出的一些历史名人。宋代抗金名将陈桷、元末明初筑建城堡的袁天禄、明代居官廉慎的游朴，以及抗英将领林振武、慈善家郑宗远等，可见柘荣地灵人也杰！

地灵人杰之地的柘荣，物产也丰富。柘荣的土地上盛产太子参，因此柘荣荣获"中国太子参之乡"的称号；因了太子参加工的拓展，柘荣药业发达，柘荣戴上了"海西药城"的桂冠；当然，柘荣满山遍野生长的、百姓家家户户饮用的还是茶叶。柘荣地处高山，云雾缭绕，茶芽肥壮，茶叶品质特别好，柘荣茶叶闻名遐迩。"柳城煮茶"成了柘荣一景。正如一位作者所述："柳城的茶庄遍布柳城的各个角落，总是在你逛街疲沓之时出现在你的视野当中。茶庄里的人是悠闲的，静静地坐在店里，品茗，聊天，做着生意的事情，可是却丝毫没有生意人的俗气。茶庄于他们眼中是一种文化，一种涵养。茶煮柳城，柳城 煮茶。茶水中的柳城显示出了别样的风采和意蕴……"

柘荣是福建省人口最少的县份，但在这片土地上，却处处绽开艺术之花。柘荣的剪纸源于唐代，盛于清朝和民国时期，兼容北雄南雅的韵味，系中国民间剪纸艺术南北流派的集结地，涌现了一批剪纸艺术家。柘荣因此荣获"中国剪纸之乡"的称号。"剪纸艺术特色文化村"靴岭尾村，还成了远近闻名的非遗文化"网红村",近年日均游客量达千人以上,90多户村民两年增收近百万元。柘荣的布袋戏、灯谜、评话等民间文化艺术源远流长,异彩纷呈。

这片山水俱佳、物产丰富、文化积淀丰厚的热土,经过柘荣人的辛勤耕耘,建成了美好的家园,过起了全面小康的日子,享受着闲适惬意的慢生活。生活好,人健康,山城成了福建首个"中国长寿之乡",还戴上了"中国老年人宜居城市"和"中国孝德文化之乡"的桂冠。诚如《慢城·慢人·慢生活》一文作者所说:"这里的时光很慢,年华的足迹凝固在阿公阿婆的皱纹里,生命就变得更长更有质感;这里的岁月很慢,历史的更迭沉淀在马仙娘娘的衣袂间,文化就变得更深厚更有内涵;这里的日子很慢,浮躁的心灵润泽在苦涩甘甜的茶香中,生活就变得更从容更有滋味。"

过着有滋有味慢生活的柘荣人,品味着静好的今天,回望着辛酸的过往,希冀幸福的时光世代流淌。柘荣的热心文化人通过多方搜寻,编就了这部佳作荟萃的文集,带你慢游柘山柳水,慢寻福地幽境,慢忆文化传承;还让你欣赏名家的诗书画印、摄影剪纸等作品。使你真切感受柘荣的美,柘荣的好,柘荣的富有与魅力!读罢全书70多篇诗文,让我对柘荣这方福地有了更多的了解,也令我打心眼里佩服编者的良苦用心,他们对家乡的挚爱之情令人动容!

2022年4月

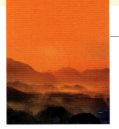

目录

慢道柳城

慢游福地

慢寻幽境

吟诗海

慢道
柳城

山乡晨晓 / 南山氏　摄

一条溪对一座城的倾诉

◎章　武

　　我，本是东狮山上的一团团雨云，一朵朵雪花，一枝枝冰挂，一滴滴流泉，一帘帘飞瀑，一条条山涧……在重峦叠嶂的怀抱中，我终于汇集成一个碧波荡漾的人工湖，人们为我取名：龙溪水库。

　　作为东狮山的掌上明珠，作为山下数万居民饮用水的唯一来源，我得到了最细心的呵护。在这里，听不到鸡鸣犬吠、牛哞羊咩，更听不到炸石开矿、挖沙取土的声响；看不见炊烟袅袅的农舍、撒网捕鱼的渔舟，甚至，连垂钓者、戏水者也难觅踪影。在这里，只有重重叠叠的青山拥抱着我，团团簇簇的马尾松、湿地松围护着我；只有阳光、月光、星光静静地亲吻着我，鸟声、雨声、林涛声轻轻地陪伴着我。每天，朝雾为我披上薄薄的浴袍，晚霞为我编织艳艳的礼服。我，就像一位养在深闺的处女，明眸皓齿，容光焕发，冰清玉洁，纤尘不染。

　　湖，是溪的童年。当我长大成人时，便从高高的大坝上飞奔而下，从深深的峡谷中穿越而出，欢欢喜喜嫁给了你——东狮山下一座名叫"柘荣"的县城。听说，我早先的名字叫"龙溪"，后来，人们在建水库时，把"龙溪"改称"新荣溪"，但是城里的百姓还是习惯叫我"龙溪"。

　　柘荣，我亲爱的夫君！不管是从前的龙溪，还是现今的新荣溪，我始终是你最忠实的伴侣。我日日夜夜穿城而过，就像血脉源源不绝注入你的五脏六腑。你朝朝暮暮拥抱着我，让我贴近你的胸膛，聆听你的呼吸、你的心跳，让我的全身心都融入你的精神、你的灵魂。

　　还记得吗？早在相亲的日子里，你就告诉我：你的家乡曾是一个长满柘树的山间小平洋,名叫柘洋,后来,你诞生时,人们就为你取名为柘荣。柘树—柘洋—柘荣,我喜欢你这名字,因为这是整个福建省唯一以树为名、与树共荣的县城名字。

还记得吗?就在我出嫁的路上,在城郊的龙兴寺下,你命一丛丛柘树列队欢迎我。我第一次认识这种丛生的桑科灌木,柔韧的枝条上长有硬刺,卵形的叶片被风吹动,被阳光照亮,仿佛一双双小手在为我鼓掌,为我欢呼呢!后来,我听你说,它抗寒耐旱,全身是宝:叶可饲蚕,果可酿酒,根可入药,枝可做弓。当它长大后,就由灌木变成乔木,到了50岁,又晋升为国家一级保护的珍贵乔木,因为它材质坚韧、纹理细腻,是雕刻制作高档家具的上乘材料。于是,我开始明白,作为柘树的传人,你身上具有最可贵的遗传基因:朴实、坚韧、沉稳,厚积薄发,大器晚成……

因此,当我流经城关的第一座桥——龙兴桥时,我的心情特别愉悦,特别舒畅,我以桥下的礁石为古琴,玎玎琤琤,弹奏起我心中的第一支恋曲。而你,则以上城和下城两座古城为双臂,把我紧紧拥入怀里。与此同时,你还用夹岸的柳树,用古城墙上的松树,用县府大院里的枫树、樟树、木笔和塔杉,用市街两旁的梧桐树、银杏树和女贞树,为我编织起五颜六色的衣裙,再用一座桥、两座桥、三座桥……哇,一共是九座桥,九座彩虹般的桥,为我缠上九条闪闪发光的腰带,让我的腰身更加柔软,让我的步态更加婀娜,让我的天生丽质更加光彩照人……

柘荣,我亲爱的夫君!从第二桥上城桥、第三桥柳东桥,再到第四桥溪坪桥,我流经你古老而又时新的双城城区,充分感受你满腹经纶的文化底蕴,同时,也深深体验到你对我无微不至的关爱。在这段较为平直的水路上,你为我砌起坚牢的护岸、美丽的石栏杆,让人们可以在两岸的依依垂柳之下,凭栏观赏你在我怀中所放养的无数鲤鱼:红鲤鱼、黑鲤鱼、灰白色的鲤鱼、金黄色的鲤鱼、五彩锦鳞的鲤鱼,它们痛痛快快地呼吸,自由自在地游动,简直成为水中的彩云、水中的鲜花,成为我佩挂在胸前珠光宝气的璎珞!我知道,在中国,有水的城市很多,但并非所有的水流都能有如此良好的生态条件,也并非所有的居民都能有如此自觉的环保意识,能在车水马龙的闹市中谱写出人鱼同乐、人与大自然和谐交响的动人乐章!

前面,就是第四桥溪坪桥了。桥的一端,是保存完好、古风尚存的溪坪老街,是古时从福州通往温州的必经之路。又窄又弯的街道两厢,依然是鳞次栉比的木屋,依然是一家家小吃店、杂货铺、中药堂、传统的理发店和各种手工作坊。在喧闹的声浪之中，还能听见"刀剪之乡"叮叮当当的声响，闻到牛肉丸、泥鳅面、鼠鞠糍和麦芽糖飘来的各种滋味，热腾腾、火辣辣、甜滋滋、香喷喷……

这些独具柘荣地方风味的名点小食，深深吸引了我，陶醉了我，为此，我情不自禁地手舞足蹈起来，旋出了两圈最优雅的舞步。于是，在溪坪桥的下游，我那细细的腰身就呈现出最动人的"S"形，因为很像阿拉伯数字中的"5"字，于是，人们就称这一段溪流为"五斗潭"了。更有趣的是，就在我转身之间，一座林木葱茏的小山，又像屏风一般遮住了老街的楼屋，隔断了车水马龙的喧闹，使潭边的居民区立即变得清幽起来，很有一种闹中取静、坐看山光水色的诗情画意。我猜想，这一带，肯定是居民们购建高档楼舍的风水宝地。果然，听你说，宋代的探花府——当年"全国高考第三名"获得者陈桷的故居就坐落于此。这时，恰有一行白鹭从我怀中翩然起飞，更增添我寻古怀旧的悠悠思绪。

突然，眼前升起一道弯弯的彩虹。我赶紧从青山画屏间钻出一看，原来是第五桥——地属仙屿公园的步行景观桥到了。这，既是九桥中最长的一座桥，也是最新、最时尚的一座桥。弧形的桥顶钢拱与弯弓形的桥身，如同一高一低的两道彩虹，横架在蓝天白云之中、青山碧水之间，与岸上的中心广场、露天舞台、音乐喷泉、林荫大道、景观走廊，以及防洪堤外沿的亲水台阶遥相呼应。作为山区小县的城关，你能拥有如此规模的一座综合性公园，让老年人来此打打太极拳，让新郎新娘来此拍摄婚纱照，让父母亲们推着婴儿车来此悠闲散步，让青少年们来校外体育中心龙腾虎跃，让全城居民来此观赏大型文艺演出，举办"中国民间文化艺术之乡"的种种民俗活动，这，可真是"生态养生城"创建中的一大神来之笔！

那么，你又为何称它为仙屿公园呢？当我还来不及启口时，我发现，有一个硕大无朋的绿色圆球体，正从我的下游浮出水面，并沿岸边滚动而来。于是，我加快步伐，迫不及待地趋前仔细打量，这才看清它原本是一座圆圆的小山，山体上那浓得化不开的绿色，是由无数古树名木的树冠团团簇簇、层层叠叠堆积出来的。

我突发奇想：它，不就是柘荣人最崇拜的女神马仙，从高高的东狮山上抛给城区的一个大绣球吗！难怪，你要把它称之为仙屿，并把它慷慨地赐赠予我，成为我怀中一颗最珍贵的夜明珠！是的，夜明珠，每当华灯初上的夜晚，尤其在烟花怒放的节假日之夜，倾城出动的居民都来这里狂歌劲舞，燃烧的激情犹如空中的礼花、地上的喷泉，而在欢乐的海洋中冉冉升起的仙屿，不就是天上人间一颗最光亮、最璀璨的夜明珠吗！

为了表达我对仙屿的情有独钟，我在它身旁慢慢地绕了半个大圆圈，整整180度！然后恋恋不舍地穿过第六桥前山大桥，继续往前方流去。这时，我又发现，前山大桥可算是九桥中最典雅、最华丽的一座大桥了，花岗岩的桥栏板上，精雕细刻着柘荣人喜爱的吉祥物，有龙，有凤，也有狮子；有花，有果，也有太子参，让人想起你正是全国有名的太子参之乡啊！

过了前山大桥就是前山了，绿色的山林间，闪现出一片金碧辉煌的翘脊飞檐。听你说，那是修葺一新的千年古刹广福寺。顾名思义，广福，就是广种福田、普度众生的意思。寺内，有一棵600多岁的罗汉松，虽历经电闪、雷击、火焚等浩劫，却老而弥坚，依然枝繁叶茂，生生不息。对此，我不能不想起你的另一美称：长寿之乡。不仅因为你建城的历史与这棵罗汉松的年龄一样绵长，更因为你全县百姓的平均年龄高居全省之冠，如山之长青、水之长流、松之长寿。

我满怀对老寿星的崇仰与感恩之情，拜倒在广福寺的膝下。我看见寺门前有一座拦水坝，坝顶，一列像琴键般的石墩，既可让人轻轻松松地踏步过溪，又可让溢出的水流嘟嘟当当穿行而下。于是，我高唱献给你的祝寿歌，穿过前方的第七桥福山大桥，再穿过更前方的第八桥霞山大桥，奔向104国道上的第九桥下村大桥……

下村，虽仍以古代的村落为名，但现在，它早已融入城区，成为城区风景线中最新的亮点，成为全县经济建设中最具活力和发展潜力的前沿。因为这里，有一座新城正在崛起，它原先取名"闽东药城"，如今扩展为"海西药城"，而在"十二五"期间，它还将凭借产值百亿而升格为"海西百亿药城"呢！在这里，一幢幢崭新的厂房，一条条先进的流水线，一种种填补空白的新药，一项项科技创新的专利，一枚枚全市、全省乃至全国的驰名商标，连同一家家上市公司，如同百花盛开、百川争流，更把你这"小县城"的"大作为、大贡献"演绎得淋漓尽致！

啊，柘荣，我亲爱的夫君！如果说，古色古香的溪坪老街是你过去的记忆，生机勃勃的仙屿公园是你当今的容颜，那么，这充满希望的药城，正代表你辉煌的未来！从过去到现在，再到未来，你迈出的每一个脚步都与时俱进，你心脏的每一次

云水间 / 王伟　篆刻

跳动都牵引着全县的脉搏与神经。你越来越健壮，越来越有作为，而我，也在分享你的一切中越来越年轻，越来越亮丽！

公元 2011 年初冬的一天，有一批与众不同的客人来到了下村的药城。他们中间，有人忙于选景拍照，有人边走边记笔记，有人眯起双眼陷入沉思，还有人伸展双臂，昂首发出"啊啊"的声音……听你说，他们是来自全省各地的诗人、作家和记者，他们在"走进柘荣"采风活动中，对这里的一切产生了浓厚的兴趣。他们准备写一本书，书名就叫《走进柘荣——海西药城长寿之乡》。

于是，我心中又萌生一项新的期待，我很想看看他们是如何用笔来描绘你和我——你眼中的我，我心中的你。我预祝他们妙笔生花，文思泉涌！

保境安民建石城
——元末闽籍重臣袁天禄

◎林思翔

闽东柘荣是福建省最小的一个县，县域面积小，县城也小。可小县城却有两个城，大的称下城，小的称上城，均用城墙围起来。其中下城（又名柘洋城，当年的主城）城墙周长八百六十一丈，高一丈五，厚一丈，如今犹存部分。城墙为一块块碗口大小的鹅卵石整齐交叠垒起来，紧密无缝，坚实牢固。墙体微微向内倾斜，墙壁上残留着斑斑苔迹。沿溪边的一段，与溪水平行，如同屏障，在柳树的掩映下，泛着绿光，尽显古朴的村野秀色。城墙上方可见跑马道与女儿墙，东西南北设五个城门，南门内还建一瓮城。城墙下原来还有一条小石铺就的环城路。城墙除一面沿溪外，三面下方还挖有护城河。据考证，这是闽东地区最早的石砌城堡，始建于元至正二十一年（1361 年），至今已 650 多年。

筑城者是谁，他因何要筑城？这就要提到一个人，就是袁天禄。是他组织发动建起了柘洋城堡。因此，他被称为闽东最早的石城的建造者。

袁天禄，又名智，字礼文，别号东山，福建福宁州柘洋里（今柘荣县）人，元至顺二年（1331 年）出生。其父隐君，生性勤劳，乐于扶贫济困，在乡间颇有声望。当时，常有"盗寇"骚扰乡邻，隐君组织乡兵 2000 余人，守护乡里。天禄小时师从名士黄宽读书，聪颖过人，六七岁就写出《咏竹》诗："写竹两琅玕，移来茅屋间。八风吹不动，一任雪霜寒。"年轻时，他身材魁梧，以文武双全而知名。元至正十二年（1352 年），福州路池细率领武装攻打松溪、政和、宁德等地，福宁州尹王伯颜檄召袁天禄，命他训练"义兵"，与周显卿等同守州境。袁天禄因作战有功，受到王伯颜赏识。至正十三年（1353 年）八月，袁天禄与兄弟在家乡组织"泰安社"

武装，收复被江二蛮部攻陷的福宁州城，遂被元朝廷授为福宁州主簿。至正十七年（1357年），元朝廷升袁天禄为福宁州同知，不久为福宁州尹随擢福州路同知。至正十九年（1359年），袁天禄官至中奉大夫、福建行省参政。年底，升为福建义兵征行元帅、行省左丞。至正二十七年（1367年）初，朱元璋授袁天禄为江西行省参政。年底，袁天禄逝世，年仅37岁。明宪宗成化年间（1465—1487年），朝廷在《皇明开国功臣录》中将袁天禄列为"开国功臣"（共593人，袁列316名）。

袁天禄出生和成长在阶级矛盾、民族矛盾比较激化的年代，大部分时间都在元朝统治时期做事。在他短暂的37个春秋中，戎马生涯20余载，由于屡立战功，受到元朝廷赏识。元至正十九年（1359年）三月，朱元璋挥师浙东诸郡，势如破竹，民众闻风归附。袁天禄见元朝大势已去，遂与兄弟们商议归附朱元璋之事。有人劝他独树一帜，割据一方，天禄笑答："若汝所言，毋乃诲我以不忠，而陷我以无君之罪乎？殊不知我之日夜营为，正欲保境以安民也。深愧疏昧，不足以余民之生，况可召衅，以速民之死乎？"袁天禄审时度势，遂密遣古田县尹林文广携带福宁州地图，归顺朱元璋。至正二十年（1360年）二月，林文广到达集庆（今南京）晋谒朱元璋，朱元璋对袁天禄归附大加赞赏。至正二十七年（1367年）四月，朱元璋召见袁天禄，袁天禄欣喜前往，后作诗云："十载驰驱障海滨，其将忠孝报君亲；而今策马朝天去，民物山河一统新。"十月，袁天禄被授为江西行省参政，尚未赴任，即病重。至正二十八年朱元璋称帝，改元洪武，随即分兵二路进军福建。因福宁州早已归顺，明军不入福宁州，福宁民众得以免遭战争之苦。

由于袁天禄所处的特殊历史时期，他有功劳也有过错，对其功过是非评价历来褒贬不一。但有一点是比较一致的，即袁天禄功大于过，特别是他"保境以安民"的作为值得称颂。

朱元璋部队南下势如破竹时，袁天禄遣人北上以求归顺。朱元璋赐书褒嘉："天禄乃能明炳几先，归于有德以自全。初不俟计穷势蹙而始屈。呜呼，俊杰固如是哉？"由于袁天禄的明智之举，使闽东百姓避免一场兵燹战祸。明参知游朴在《袁氏宗谱序》中说，元末纷乱，"城池尽废，家室无有完璧，非袁氏兄弟勠力靖难，流毒何有底止？"

其时，元国公火耳赤不知袁天禄已暗附朱元璋，已照会升袁为中奉大夫福建行省参政，又升授福建义兵征行元帅行省左丞。袁天禄以乞养老母为由托故回乡。回

雪中的明代古城墙 / 南山氏　摄

来后，他致力于筑建柘洋城堡，并在城堡外围设三处据点以护卫城池；聘请著名武功师傅给村民传授武艺，保卫家园；在城东沿溪自北至南营造防护林，御风挡水，美化环境。

袁天禄逝世 200 多年后，明嘉靖三十八年（1559 年）七月廿九日，倭寇攻破桃坑寨，杀守寨兵 11 名，直逼柘洋城。柘洋人民恃城堡之固，合力坚守。倭寇连攻不克，且死伤甚多，八月十二日拔营而去。"于是都人始知有城堡之利，而沿海五十七堡咸相效筑。"城堡对于沿海地区平夷靖寇，保卫乡民，发挥了重要作用。

袁天禄尊师重教在柘荣也传为佳话。严师黄宽病故，袁天禄备棺椁以殓，后又买石坝墓地，为黄宽的父母、兄嫂埋葬，并撰诗挽之。袁天禄倡议在柘洋城办学馆，聘请福州举人到柘洋教学。他希望通过办学，使"一州二县人民俱瞻三纲五常之系，进以礼，退以义"，通过诵读诗书，与曾子、子思同道，"济民生于涂炭，苏饿殍于穷途"，然后达到"三年有成，一变至道"。

"当代寄以闽越咽喉树兵柳营不比群雄割据，后人奉为山海保障载祀庙食长瞻护固金汤。"这是明福宁州主张敏题赠袁天禄的一副联句，也是对他的评价。如今在柘荣县城，当年修筑的城堡尚留部分可供观瞻。这些历经风雨沧桑的墙体，以及袁天禄纪念馆、袁天禄墓园，承载着诸多历史记忆，对袁天禄的生平作详细介绍，让人们在和平盛世的日子里，不忘 600 多年前为保境安民作过贡献的这位闽籍历史名人。

仙山银杏树的联想

◎唐　颐

　　柘荣县作家到本县城郊仙山村举行笔会，并拟结集《知府故里——长寿之村》出版。县作协周主席嘱我务必写一篇散文，以示支持。我在柘荣工作期间到过仙山村，对村里那株"柘荣银杏第一树"印象尤深。前段时间又拜读了汪兰老师写的《仙山拜银杏》一文："这株 500 多岁的银杏树生长在仙山村的仙源里自然村，一大一小两个村名，都含有仙字，这株古银杏树，岂不就是居住在仙境里的老神仙吗！"因而勾起我对银杏树的联想。

　　银杏的原生地即祖籍地在浙江天目山。前些年秋季，我到此一游，方知这个结论来自中国科学院植物研究所。植物学家还声称，全球银杏几乎都源自中国。

　　天目山满山遍野生长着银杏树。山中有一座庙宇，名曰开山老殿，位于海拔1000 米高处，建于北宋年间。老殿下方悬崖峭壁中，有一丛古老银杏树，被称为"五世同堂"，其中最老的一株树龄达 12000 多岁。据测定，它们一株株泂生出了 20 多代，大大超出了"五世"。那天，我们站在殿前俯瞰古树，金黄色的树冠尽收眼底，阳光下，片片树叶如展翅欲飞的金蝴蝶，闪烁得你好一阵眩晕。

　　天目山还有一株古柳杉，乾隆皇帝曾为之题名"柳杉王"。可惜那株柳杉王已枯死，据说当地百姓把它视为神树，纷纷前来顶礼膜拜，并顺手撬点树皮，作为"神药"带走，于是加速了树王的厄运。我们调侃道：幸好乾隆皇帝没有为银杏王也题上一笔，否则，这"五世同堂"也会盛名之下难逃厄运。

　　据说当年日本林学家声称，银杏最早发现于日本国，可爱的法国林学家立即引经据典予以反驳，论证：日本的银杏，是唐朝时，日本留学生从中国天目山引进的。

为了证实银杏的祖籍地在中国，我国有关部门组织力量调查，在西天目山发现树龄1000—1500年的野生银杏200多株。《中国植物志》第七卷予以论定：银杏最早生长于中国西天目山，后来由此向中国北方传播，再从北方传到欧洲，由欧洲传到美洲各地，目前世界上有50多个国家引种栽培。

纵观神州大地，称"银杏王"和"银杏第一树"的有几十处。这即说明中国是银杏王国，又说明国人喜欢称王称第一。更有趣的是，贵州省福泉县干脆把吉尼斯总部请来，确定本县黄丝乡李家湾村一株古银杏为"天下第一银杏"，于2001年8月载入吉尼斯纪录。这株古银杏又名"白秀才树"。当地传说，唐代有一位白秀才，高中状元，成为清官，为百姓除奸，反遭诬陷，被贬充军，冤死途中。百姓含泪将他安葬于此，不久墓中长出此树，成为正义正直的化身。白秀才树一副伟岸身躯，高38.5米，胸径4.79米，须十五六人手拉手才能合围，被林业部门确定为我国银杏树中胸径最大的一株。奇特的是，白秀才树树干离地面三四米处，有六株分支，如六兄弟一般，紧密团结在一起。

我未实地拜谒过"天下第一银杏"，只是在《中国树木奇观》（国家林业局主编，李瑞环题写书名）一书中欣赏到它的神采，唯有心向往之。但同样被该典籍录入的"八闽银杏王"，我则有幸前往拜谒。那年，我们到古邑浦城学习考察，县委蓝书记乃闽东乡贤，陪我们到九牧乡渭潭村，参拜银杏王。那尊"王者"，矗立于海拔900米的高山，身高35.8米，胸径3.56米，树身巍峨而不失儒雅，有如一位长者在呵护脚下家园。树干又似一口大铁钟，似乎在警示世人：人间正道是沧桑。

闽东地区的古银杏，我以为周宁后垄大峡谷的两株最具特色。前些年，福建师范大学两名博士生导师对后垄大峡谷科考后，称其是"闽东西双版纳"。那两株古银杏就藏身在密林深处的峡谷旁，"身高"20余米，"腰围"须六七人才能合抱。古银杏一雄一雌，相距四五十米，相伴已逾千年。当地传说是"夫妻树"，经常有青年男女到树前燃香祷告，祈求美好姻缘。千年银杏旁，有几株珍稀的古梅树，优雅绰约；不远处，是一片树龄几百年的擎天老松树，挺拔葱郁；而间杂其中的是青翠欲滴的毛竹林，亭亭玉立。也大概只有这"岁寒三友"，才有资格陪伴这千年不老的"爱情"。

前不久，我走了一趟浙江长兴县的银杏长廊，才感觉走进了真正的"银杏王国"。

该县小浦镇八都岕有一座 12.5 公里长、1 公里宽的银杏森林公园，共生长着 3 万多株银杏，每年光产银杏果就达 360 吨。据林业部门测定，树龄百年以上的有 2300 多株，"大王"和"王后"的年龄皆 1300 多岁。村头广告牌写着"走遍天下景，难见银杏林"。

沿途的几个村落皆掩映在墨绿的银杏树叶和青青银杏果中，散发着特有的、好闻的气息。几位老大娘提着竹篮，坐在屋前树下，售卖银杏干果子，3 斤 10 元。大娘说，白果最养女人，这里历史上出过一位皇后和四位妃子，都是吃白果吃出来的。导游说，银杏全身都是宝，连银杏叶制作的茶，对心脑血管疾病都有独特的疗效。这里人长寿，没听说得癌症的。导游指着远山，让我们欣赏独特的"三层楼"景观：高高在上的是银杏树，中间一层是乌梅树，乌梅树之下是一畦畦茶园。解说词是："银杏果，质冠全国；黑乌梅，药中圣品；紫笋茶，茶之上品。"

走进古村落，我发现房前屋后，银杏树大都几世同堂。年富力强的参天大树陪伴着老而弥坚的千年古树，呵护着幼小的树苗。一幅多么和谐的农家乐。导游说，这里人年年都种小银杏，从不出售大银杏。闻罢，肃然起敬。

想起柘荣城关的"长安街"，大约是 20 世纪末，为迎接"千禧之年"而种下的两排银杏树苗，说明倡导者们很有耐心。它们现在已长成两层楼高了。银杏树生长极慢，从栽种到初结果要 20 多年，从初结果到大量结果还要 20 多年，故有"公种而孙得食"的"公孙树"之名。吾辈每次走进柘荣，看到大街两旁苗壮成长的公孙树，一种"前人栽树，后人乘凉"的温暖感觉便油然而生。

半岭的一场约会

◎ 禾　源

　　夏天一场雨，暑热随雨水渗透到树的根部，顺着山坡缓缓地流到山下的清流里。山脚下"U"字形的交溪，让来去的溪水在半岭村下缠绵又缠绵。水与水的对话，水与山的爱抚，凉与热的交流，轻纱飘起，慢慢化作股股云雾笼罩溪谷。云堆层层，半岭村浮在云雾之端，村庄犹如海市蜃楼，云层下则是一个神秘的世界。一场约会就这样拉开序幕，一登场便在人间高境。

　　城市里的视野常常在一堵堵高墙间徘徊，即便"独上高楼，拍遍栏杆"也只能踩着炙热的楼顶奔跑，一着地便顺一条街或一条巷弯来曲去，视野成一条条爬行的线。在半岭村极目眺望，视野辽阔，视觉有了驰骋的快感。群山列阵，峰峰挺立，垫着目光一层层走远。千山万壑俱在胸怀，伟大与渺小凭尔参悟。

　　我喜欢半岭村的景致，亦困惑这里的五味生活。村边群山立起屏障，村后群峰比肩，陡峭的山势从山顶一气贯到溪流边。村庄屋舍依山而起，楔在长长山岭中间，把岭分成两截，上山半条岭，下河半条岭。梯田、梯园螺旋式缠在岭边，把上山的岭拱起，把下山的岭捆牢，每一个长相无不艰辛，跨出家门的每一步尽在岭上。挑一捆柴，从山上到村中，柴禾中的水分与人的汗液一同渗出，收干了许多；从溪里捕捞的鱼虾，越岭到家，鱼虾两眼一定翻白，螃蟹也不再冒泡。半岭村的老祖宗怎么会选择在这样的地方肇基兴村？是因为富足而想隐居看景，还是为身居高处以境修身？不是，都不是，村里的小哥说，得此境是耕牛的引领。500多年前的一个冬季，寒山积雪，林氏耕牛失踪，一路寻踪，找到时，发现耕牛卧息在此境，咀嚼不停，悠然反刍。这里不但没有积雪，且不见雪飘，原来是一处藏风聚气的宝地。于是决定迁居到这里。

许多姓氏的开疆拓土都有着类似的生灵启示录。不管是一群鸭、一群鸡、一群鹅，或一条家犬的引领，农耕文明的共同基因里，宜居之地就是草木丰茂，宜耕宜畜。半岭村的兴村也不过是这基因择居的落土。

村庄中的奇石，往往是村庄神话与故事的出发站。半岭村有三块灵石镶嵌在这条岭的三个端点，一块在后山之巅，一块在村中祠堂前的一个坛上，还有一块在交溪溪畔。三块岩石，三个大桩，把这条岭牢牢钉在这块土地上，一石汲水，一石扛村，一石镇山，把半岭村生生不息的生存之路锁定。

后山的镇山灵石，虽说不赋奇形，不立神名，而成了那片风水林的保护神。传说，此石癖好森林遮体，不喜欢裸露在人们的视野里，一旦森林毁坏，灵石裸体曝光，就会给村里带来火患。村里的人谁也不愿意迁怒于它，便把那片林保护得密不透光。村中的扛村之石，体成龟形，昂首看着村庄。这负重之龟是不是龙的第六子赑屃，村里人没有追究，钟情的是它力大无边，能驼着村庄安居乐业。依山而建的村庄怕火也怕涝，山体滑坡那可是灭顶之灾，有这么一块龟石镇守村子何愁不牢靠。交溪虽说离村子还有半条岭之距，可至柔的水总与刚毅的石相携同行。石在水的温柔中养出外顺内坚的品质，百丈雄岩到了交溪边也铺成裙摆片片，雄伟险峻在临水一刻化作温情种种。岩石裙摆成撒网之根，壁立雄岩如岭之茎。根汲水，茎抗洪，上山之岭生长其中，温柔与坚强互为台阶，一级级上升，一直走到半岭村。

一块石赢得一片林，这片林严严实实地守在村西方向，东风吹来，到这里留下绿意；西风刮起，寒气被挡在村外。这片林有如村中的老祖婆，呵护着村里子子孙孙。走进林中甬道，浓郁的绿荫弥漫着远古的爱意。一位文友突然问起村里小哥："村中是不是女人当家主事的多？"不知他凭什么有此感觉，难道是因为这片林"青山作父，林当娘"，见这片林如此丰茂而下定论，还是东风与西风之喻呢？我突然想起《红楼梦》中林黛玉说过的这么一句话："这也难说。但凡家庭之事，不是东风压了西风，就是西风压了东风。"

从这片林散发出的爱意揣摩，在东风与西风和谐的一家中，"林之娘"确实居强势之位。

穿过远古爱意的森林公园便到"奇岚山"休闲观光农业园。一巨大红色风车在山间造出一个童话世界。万绿丛中的红色格外引人注目，风车下的"萌兔园"成了网红景点。"萌兔园"下的猕猴桃采摘园里，毛茸茸的果实缀在藤蔓间的绿叶下，羞涩感的甜蜜味若隐若现。一片几百亩的猕猴桃园，把这种见而不得的诱惑一垄垄铺满整面山坡。他们说经营者是一位女企业家，她还兼营特色房车露营、民宿体验等。"哈哈！但凡家庭之事，不是东风压了西风，就是西风压了东风。"我在重复林黛玉的这句话时添上一句，"半岭村的森林老祖婆真不一样，不仅没有重男轻女，反倒偏爱家中媳妇与孙女。"

山村，夜一来即黑，民宿到村子一段路点着路灯，路灯把黑夜撕出一道口子，如同在黑色大缸凸起的缸体上镶嵌了一枚发光的铜片。日出而作，日落而息的生活节奏，这条路此时归我所有。行走其中，影子不再无意间扒到别人背上，落地也不会被人踩踏，真正是形影相随。自在中，可以张开双臂抱抱夏夜凉风，叉手在腰听听天籁夜曲，还可以指向远方他村的隐约灯光询问怎么称呼……闲游在这样的山村夜里真能让灵魂出窍。听到粗壮的蛙声，会想到交溪大峡谷是不是有小鬼在清点着田鸡的数量；闻一两声空远的鸣叫，会想山里的神仙是不是在驯化着蛇兽的魔性；看山间飞行的萤光，会问是不是树神花仙在搜罗着今天的花蜜。山村的夜，黑诡秘，亮诡秘，静诡秘，有声也诡秘，就连自己也诡秘得让当地人以为来了不速之客。

回到所居民宿房间，我拉开窗帘，躺在吊篮秋千藤椅上，把自己荡起，荡在黑色世界中，头戴花环，鬓插山兰，腰挎长剑，骑一鬃乌骓，造访山神，向其问道，让他说一说半岭村的将来。可我还没来得及到东市备马、西市买鞍。在这里担任乡村振兴指导员的李兄敲门，邀我去领略半岭村的行酒令。

李兄一向儒气十足，能引起他关注的一定不凡，我急趋而行。小屋有创意，青藤装饰，农具点缀，老树破膛当几，木桩当座。两个可乐瓶装着白色饮品，这就是半岭村自酿的白糯酒。一盘花生，一碟葵花籽。村里几个年轻人已经候在这里，我们一到便耍了起来。

几个人分成两个阵营，一同起唱："一个开始嗨呀，一个搓眼睛呀，眼睛清呀，眼睛花呀，一起述感情呀！""开呀开杯酒呀，饮呀饮杯酒呀。一品哎高官呀，官拜冇输赢呀……"小调味浓过酒香，这是一种温文尔雅的倾诉，是醉酒中的温柔，而不是豪气冲天。听一遍不够，两遍随和几声，三遍醉在其中。怪不得说半岭村

《不可居无竹》/ 林伟　绘

的《酒令歌》是"礼貌拳"。听着听着，忘记了寻山神问道之事。也不必去了，这样的行酒令，山神也误以为是瑶池歌宴，肯定事事顺人心。几个年轻人原来都是在外的小企业家，他们说：如今都想回村创业，在家好，偶尔聚聚，喝喝清明茶，唱唱酒令，喝点太子参泡的酒，生儿育女。老了，攀攀上山半条岭，看看森林，在龟石旁坐坐，给小的们讲讲故事，偶尔缓缓下山半条岭，亲亲交溪水。千好万好，不如家乡好。他们又一同唱上："开呀开杯酒呀，饮呀饮杯酒呀，十全哎大发呀，官拜众喝酒呀……"

回到民宿，一场雾升起。窗外的群山慢慢隐藏，一个长梦就在这时开始。半岭村的一场约会，像一场梦，一同被收藏在这方山水的大梦中。

白云深处

◎李步舒

　　半岭之所倚并非名山，也无奇绝峭雄可读，岭上来水与崖瀑无缘，更无吟咏留唱可品。脚下一条大河如龙蜿蜒，却被弱弱取名为交溪，需俯瞰或借用望远镜方可收其雄气。游子每临，遥对一水之隔的浙江泰顺县域，倒能平添几缕"望乡"别绪。半岭村名也讨得有些随意，但来历却颇具传奇。500多年前，林氏先祖踏雪寻牛，发现正在反刍的卧牛四周热气蒸蒸林稀雪消，于是决定举家从山的那一边来此"热土"定居。观其所在，乃山岭之半而居其中，遂定域名。世事难料，500年后这里竟成了追寻古朴唤醒乡愁的好去处。据林氏宗谱记载，族中智者为了子孙繁荣昌盛，把村上延绵300余亩的环带状树林，作为休养生息的不二依凭，并以族训开篇警示铭记，美其名曰：凤栖碧山！遗训还强调，没毛的凤凰不如鸡，只有护住风水林，才能确保"一方以安"。试图告诫后来者，尽管寸土寸金物力维艰，再穷也不能动这片林子的心思。林氏子孙没有辜负先人苦心，至今闲来说道如数家珍，把古老的生态观和生存理念活化在"家长里短"间。

　　人的情感就是那么微妙，对林子的过往曾经听多了，怎么看就怎么喜欢，怎么去畅想都觉得意义非凡。仰望，则如彩羽披身，将整个村庄揽入怀中。似乎每时每刻都用她的翅膀，温存和护佑着襟抱里的每一个人。春来生机无限，新绿丰满而鲜嫩，米锥树就特别地昂扬，一伞又一伞地撑开去，乳黄色的细花透出迷人的香，风中的抖落似乎是在显摆着什么。嗡嗡嗡的蜜蜂振翅声如网兜来，它们可不管树下过客，把采过的花骨朵儿缤纷扇落，就像雨丝抚脸沁沁微甘。一花一世界呵！那刻我才明白这里的蜂蜜为何纯真地道，村人的幸福感觉为什么那样简单饱满。神思也便随来日冬阳下的人们去收拣满地的米锥果儿。

那个夏日，村支书林自发邀我穿梭林间。比起人工营造，野生林确实况味不同，乔木、灌木丛杂交错落自由生长，落叶与根的情意在这里年复一年不知疲倦。微光把时间的斑驳映射成古老的物语，野生红菇们乜斜着，仿佛要把我的惊喜化为它们的自得，就差用笑声嘲我孤陋寡闻！黄精、灵芝，还有不知名的药材不时出现在视线中，它们似乎都朝着我看，期待我的惊诧与询究。仿野生黑木耳就像古老的编钟乐器垂挂在钢架下，三两条悬成串儿，在风中荡荡悠悠好个自在。我想，若能系上几串小铃铛，让风儿替它们道出心情，那该多应景。支书告诉我，林子里的每一棵树他都曾经攀爬玩耍过。追忆起孩童嬉戏的快乐时光，他仿佛年轻了许多。说者无意，美国动画片《人猿泰山》的场景浮现在我的眼前。我试图望穿这几百年的厚重，从中找出"天道公平"四个字，蓦然回首，恰是守候这份公平的人最值得礼敬呢！

夏日的林子是蝉的天下，短暂的寂静可因风、因声波或因枯枝触发而被激活。但听"知——"的一声长吟，铺天盖地的"知了——知了——"的应答声响彻林空。这时不必举目搜寻是谁先撩起，那份久远的亲切就会凭空显现，动了情的你早已再次穿越回到了童年。"垂緌饮清露，流响出疏桐。居高声自远，非是藉秋风。"这是唐代虞世南的《蝉》诗。诗中的蝉高洁清雅，老林子里的蝉们可有那般心境？

"晓起追云去，向晚问落霞。"这是摄影人追寻半岭自然风光的节点，也是自媒体时代人人可表达的诗意天然。去年，乡里组织了全国性风光摄影大赛，有不少好作品就出自半岭。也因此，深山里多了远亲，就连我的老友们也借此造访纷至沓来。

水是云故乡。大峡谷地貌使这里长年云蒸霞蔚，半岭得此拥趸有俩绝妙令人难忘。一是晨启晴来，天色微明就该踏露巡山，选择最佳位置俯瞰蒸腾。朝东北方向，远远就见雾从谷底山脊后，如千军万马奔杀而来。早先贴伏水面，像神仙从乾坤袋里变出的魔幻，尔后渐垒渐高，顺山势攀缘弥漫，有时又像七十二泉之首的趵突泉极力喷涌。这时天光大白，远山时隐时现，流云如瀑如幕，沦陷其中的你我也是朦胧影绰。二是雨后初霁。山雨从来都是声势浩大。不久前的那场雷暴雨，让我酣畅淋漓地领略了什么叫神威不可轻慢。刚刚诞生的白云像是插上了翅膀，在长空款款悠悠，儿时最喜欢的动画片《大闹天宫》里就有这种让人神往的场景。逡巡久了，仿佛自己也悠哉伴飞傲视群峰，那份自在与放空竟在一念之间。

半岭西向是著名的世界地质公园白云山，莲花状的峰巅极目依稀，恰逢夕阳西下则曼妙无穷。落日似由莲花供捧着，但仅仅是瞬间的一托意象。天地万物或多如此，素白中的惊艳从来难得。美丽的绽放明天还会再来，只不过需要时间、需要静候，而把大美留存世间的摄影人就有这份执着，我钦佩他们皆基于此。宏阔，是半岭观落霞的总体感觉，究其缘由大概离不开闲适心，离不开"山高我为峰"的豪迈。尤其是落霞满天以及金光撕开云隙的那一刻，暮气尽扫山川笑来。

半岭人的美走心。相处久了你会发现，中国农民的所有传统美德都能找到影子。像蜜蜂那样勤劳。村人家家户户有茶、参等产业，闲不住的他们间或到猕猴桃农场务工或在千亩太子参种苗场忙活，一年下来似乎只有下雨天才是他们的双休日。像老林子那样质朴。几十年来，但凡有利村庄未来的大事，无不理解支持踊跃参与。像春风那样亲睦。全村一个姓氏，族风与村风、现代文明与古老文明相得益彰，更兼党支部一班人引领有方，农村小社会清气浩然，不知不觉"无访村"的荣光已经在这里珍藏了二十多年。

"问余何意栖碧山，笑而不答心自闲。桃花流水窅然去，别有天地非人间。"李白的《山中问答》定然投缘每一位来此佳境的人们。此刻，白云正与我擦肩绕踵。此刻，我或许成了你眼中的风景……

烟雨溪口，一场美丽的邂逅……

◎郑　峰

我在这里，流连忘返，也留下了许多美好的回忆。

又是一个让人充满思念的季节，为不辜负这一美好时光，携一缕阳光，再次走进山中。缓缓地穿过十里翠竹，随着静谧竹林中飘荡着轻纱一般的薄雾，飘进这个隐在云雾里的古朴又原生态传统村落，去寻找那一个传奇神秘之地。

一个村庄若有一条河流穿过，那么这片土地便会显得很生动。由村北凤里溪与村西玉山溪两条玉带环绕交汇而得名的溪口村，位于柘荣县乍洋乡东南部，整个古村环山聚水而建，村外河流围村，村内城墙围屋，每一处都有别具一格的风韵。

青山、绿水、竹林、茶园融成朦胧色，沉寂在氤氲的云霭中，静静听着过往的脚步。

风吹来了，十里翠竹便响起哗啦啦的掌声。时间像雨，一滴一滴落下，层层叠叠的翠竹隐居山中，不闻世事。十里翠竹，虽然将古村与外界隔绝，但仍挡不住人们络绎不绝的脚步。

在古村巷道上，座座古民居错落散布，恬淡自然。一根根翠竹交叉扎在一起的篱笆，以及绿油油爬墙的藤蔓，让院墙格外显眼，还有村边静静横卧在青山绿水间的石拱桥、碇步桥、石梁桥，流淌出一种田园之美。村庄宛若一幅玲珑的水墨画卷，人在其中，如诗如画，自是别有一番意境。

横跨玉山溪上美轮美奂的永安桥，建于清同治二年（1863年），长达47.2米，单拱跨径24.2米，宽5.5米，高12.8米，桥面是用近一吨重的条石筑成，是华东地区现存单孔跨度最大的半圆石拱桥。永安桥与村里的袁氏宗祠，2009年成为福建省级文物保护单位。

跨过永安桥，沿着灵动的潺潺溪水，漫步在烟雨抚摸过的青石路上，空气中萦绕着迷人的气息，清爽而沁人心脾。

放眼望去，荡悠着两岸的翠竹与树影，绿竹掩映，山花投影，河宽流缓，水色碧绿。游玩的竹排顺流缓缓而下，漂流于碧水青山间，微风拂面，惬意无比。两岸秀美风光尽收眼底，给人一种"竹筏水中流、人在画中游"的震撼。透过水面，溪底闪现着晶晶亮亮的鹅卵石和悠游其中的小鱼小蟹，岸边还有尽情嬉戏玩水的山童。

回眸永安桥，似半轮明月，卧于碧波之上，溪面的倒影与水上桥拱"双拱"合璧，构成一幅完美的圆月图，疑是天上明月飞落人间。

心在这一片自然生态中安放，这样的时光是美好的、轻松的。

穿过"柘水流芳"古民居、古戏台，那环绕在民居四周的古城墙和村中的甬道据传建于明朝，为防抗倭寇而建。现保存较好的几段古城墙，长度约有 600 米。墙高壕深，任由自己的思绪飞扬，实为发思古悠情的好去处。

据说，这座列入中国传统村落的古村，还有不平凡的身世。20 世纪 80 年代，文物专家在溪口村发现了新石器时代古越先人使用的劳动工具——石刀，将其历史推溯至远古时期。

据史料记载，明朝开国功臣袁天禄官至福建行省参政、左丞、义兵征行元帅、明江西行省参政。袁家有五个兄弟，后来袁天禄的二哥袁海从柘荣县城迁居至溪口村，袁氏自此而立。随后，袁氏兄弟在溪口村修建城堡、屯兵、练兵，割据一方。村内围在民宅四周的古城墙，就是当时留下的。明代开始，闽东倭寇泛滥，这些围墙在历代的抗倭战争中起到了保家卫国的作用，也在山洪暴发时兼具防洪作用。

自明代袁氏开始，尚武文化就在当地流行起来。村中至今保留有明代武馆练武所用的两块长方形石锁，大的一块重 180 公斤，小的也有 140 公斤。

据史料记载，元朝年间，这里是闽浙官道必经之地。鼎盛时期，云端里马帮铃响，往来客商络绎不绝，客栈林立，夜市红火早市兴旺。由于商贸繁荣，加上当地山清水秀，境内层峦叠嶂，云雾缭绕，雨量充沛，茶叶资源丰富，造就了"白琳工夫"红茶品牌的创立者袁子卿。村里至今还保留着袁子卿的故居与戏台。

随着岁月沉淀下来的，是那穿越时空的茶香。传承着"白琳工夫"橘红创始人"一代茶商"袁子卿的制茶技艺,延续着代代相传的采茶、制茶、品茶技艺与生活方式,玉龙峰、易品源等众多龙头茶企带动村民脱贫致富。

幽然茶香引得行人翕鼻嗅闻,仿佛又梦了一回,分不清到底是现实还是虚幻,或者说是看到了想象中的梦境。穿越岁月的屏风,还好随手拍捕捉到了瞬间,随手编出一幅未经修饰的画卷⋯⋯

位于村子中心的袁氏宗祠,是一座清代建筑。厅前有古戏台,宗祠内木雕、彩绘精美。宗祠附近落有一枚石蛋,长约 80 厘米,直径 35 厘米,传说是古时金凤凰孵化三枚吉祥金蛋之一。

难得的是,宗祠正堂除了悬挂袁氏祖先画像,还陈列保存完好的"文魁""选魁"牌匾。有道光年间的"历世重光"、光绪年间的"天锡纯嘏",也有嘉庆年间的"望重成均"、咸丰年间的"松筠柏操",还有上标道光皇帝圣旨的"节孝"牌匾。

尤其是袁氏宗祠还静静悬挂着民国政要李宗仁所题"世泽绵长"牌匾,两侧墙

《君子兰香引雏鸣》／王卉 绘

上有杨树庄、蒋光鼐、萨镇冰、何宜武等十人书写的贺匾。对于这些牌匾的来历，村民中流传着各种说法，在当地成了谜，又增添了这座百年宗祠的神秘色彩。

村里还保留着一项传统的婚礼习俗：新人要到祠堂摆上香烛、果蔬、酒菜等祭祀供品，由村中长者主持见证，敬祖上香，祭祀祈福。

百年宗祠、千年古风、灯笼高挂、红毯铺地，在上百名村民的祝福声和游客的见证下，一对新人以传统的仪式喜结连理……这是微电影《烟雨溪口》的唯美一幕。

2016 年 11 月，由柘荣县委宣传部、县广播电视局、县旅游局携手福建腾煌影业联合组织摄制打造的微电影《烟雨溪口》首发，引发反响。

> 或许我们都曾爱过
>
> 却终究没有开口
>
> 你成了一粒朱砂
>
> 烙在我的心底
>
> 再不敢轻易提起
>
> 以为这辈子就这么放弃了
>
> 但烟雨有情
>
> 终让我在溪口等到你
>
> 山水为媒
>
> 许你一世不相离

"长寿柘荣"官微新媒体首发《烟雨溪口》高清视频，编辑彭丽华为增色添彩，精心配发了《烟雨有情》发布词。可喜的是，《烟雨溪口》微电影荣获福建省文联、省电视艺术家协会 2016 年度福建省广播电视艺术奖一等奖，位居电视艺术片榜首。

烟雨溪口，如梦，如诗，如歌，如韵！

居屋变迁记

◎刘步明

前几天，一位朋友搬新家请吃饭，席间聊起这辈子为了构筑一个"窝"而四处奔波的话题，众人不觉感慨万千。

细想起来，我这辈子也是为此伤透了脑筋。屈指算来，我此生整整搬了十次家，但没有一次是满意的。或者说，不同时期总有不同的烦恼。

三十多年前，我拖儿带女离乡背井到柘荣县的工厂打工。工厂是新筹建的，只有车间没有职工宿舍，一家子只好租用民房居住。该县刚恢复建制不久，百业待兴，不仅工厂没有宿舍，机关住房也紧张，所有稍微像样一点的民房都被机关干部租了，我们这些当工人的，不要说经济条件差，即使有钱也租不到好房子。

我租的房在一座破旧的两层小木厝里。那房子可有几百年的历史，整座房子被岁月的烟尘侵蚀得里外上下就剩一种颜色：黑！我租用的部分说是厢房，上下两间，楼下厨房，楼上卧室。厨房其实只是一个通道，里屋的人要经过我租的空间才能到达大厅。为了让它像个厨房，我利用工厂的木材下脚料，隔出一米宽的空间作为公用通道，把属于我自己控制的部分安上一个简易的门，以便上班时可以锁上，免得家里的锅碗瓢盆被房东的小孩扔得满地皆是。这样一隔，真正属于我使用的面积大概只有 12 平方米，即：楼下厨房 6 平方米，楼上卧室 6 平方米，一家五口人就在这蜗居里窝着。冬天，大人小孩挤在一张一米二宽的小床上睡，只要有人翻个身，全家都会被吵醒。最怕的是小孩尿床，一旦小孩尿床，全家人只能坐着过夜了。夏天哪，那小房间简直就是蒸笼，上半夜根本不敢钻进去，夫妇俩只好让小孩们先睡，大人就坐在楼下的空地上数星星、看月亮，等到下半夜气温下降后才进屋睡觉。

我那时当工人，干的是体力活，白天辛苦一天，晚上多么渴望能睡上一个安稳觉呀，而我却求之不得！更让人受不了的是，从我隔出的那条通道来往的人们，看我一家子时眼光里充满了怜悯，似乎在说："这人哪来的？怪可怜的！"每当我接触到这种眼光时，就有一种无地自容的感觉。我也不敢带亲戚朋友到家里去，怕丢人现眼。记得有一次，大叔从家乡过来，找我商量家事，我竟也不好意思将他带回家，就在街上找了一家小食店凑合着接待。叔叔吃过午饭提出要到家里坐坐，我就以妻子已去上班，我忘了带家门锁匙为理由，把叔叔忽悠着在街上闲逛了两个多小时后直接送上班车了事。叔叔那次回去后，再也没到过我家，我现在回想起来，还深感愧疚。

几年后，我招工转正调到粮食部门工作，算是吃上了"皇粮"。单位给我分配了一间宿舍。第一次住进"洋楼"，一家子甭说有多高兴了。一间卧室有20多平方米，楼下还有间当年来说算是很像样的厨房。我在卧室里摆了两张床，我夫妇一铺，孩子们一铺，又购置了写字桌、电视机，日子过得其乐融融。

但是，没过多久，新的问题来了。因为这时孩子们已长大，大女儿都上小学了，一家子住在一个房间，互相干扰影响很大。特别是大人看电视，严重影响孩子们的学习。即使周末、节假日，大人小孩一起看电视，大人在看生活片，小孩吵着要看动画片，也是件令人很不愉快的事。那时，我任秘书工作，经常为找不到一个清静地方写材料而伤脑筋。心里总想：能有两个房间，大人一间，小孩一间，各得其所、互不干扰该多好！

1987年我调到县委办公室任职，虽然县委机关的住房紧张，不少干部还是租住民房，但是作为县委办干部，近水楼台先得月，领导以工作需要为由，为我争取了半套住房。说是半套，其实只差一间没一套。这套房子面积不大，只有70多平方米，但功能齐全，三室一厅一厨一卫两阳台，只不过各个功能区都相对狭小而已。因为办公室还有一个刚毕业的大学生没有住房，领导说先划出一间给他暂住，待找到单身宿舍后，他搬出去，这套房子就全部归我使用。

这简直喜从天降，领导一开口，我也顾不得等黄道吉日搬家，赶紧叫来几个朋友，拉了辆板车，连夜将那些破旧家当搬了进去。这下子我夫妇总算有一间卧室，我也有了一张属于自己的写字桌，看电视也不怕影响孩子们读书了。孩子们有了自己的小天地可乐了，刚搬新家那几天，他们把自己的小伙伴请回家，从早到晚围着一台破收录机唱啊跳啊，笑个不停。亲朋好友来访再也不要坐在床铺上聊天，客厅虽不大，总算也可以尽待客之礼了。

小孩的高兴劲还没过去，大人的烦恼又来了。一个门里住着两户人家，确实有很多不便之处。不管什么时候，只要走出房间都要穿着整齐，否则就可能出现尴尬的局面。特别是我那个同事是单身青年，经常有女孩子前来串门，如果一时疏忽穿着背心短裤走出房门，撞到那些在客厅聊天的青年男女，那是很不雅观的事情。

于是，我天天期盼着同室的那位同事能早日搬出去，好让自己一家子过得自在些。工作之余，我也帮助同事上下奔跑争取单身宿舍。第二年，我的同事搬走了，他腾出的房间给我儿子做卧室。这样，女儿、儿子各住一间。至此，应该说我家的住房问题基本解决。

但是，随着工作的变动、职务的升迁，家里来访的亲戚朋友逐渐多了起来。特别是老家那边的亲戚多是相约而行，一来就是一大群。我那住房虽说功能齐全，但毕竟总面积才70多平方米，客厅兼做饭厅的面积才6平方米左右，放一张饭桌后空间就剩不多了，如果同时来三五个客人，就挤得转不过身来。每逢此时，我心里就嘀咕：这房子也不知是怎么设计的！客厅就不能加大几平方米？暗骂设计师没水平。殊不知人家设计师是按国家政策规定行事，什么级别的干部只能享受多大面积的住房，不是可以随意扩大的。无奈之下，家里客人多时，

又绿／缪怡端　书

我就将他们带到机关大院围墙外的小溪旁，边散步边聊事。夏天还行，要是冬天呀，那高海拔山区溪上的寒风简直会把人的耳朵、鼻子吹掉！

实行住房改革后，我家的住房状况有了很大改善，孩子们都成家立业，各自贷款买了商品房；我也分到一套经济适用房，不仅有宽敞的客厅、饭厅，还有一个雅致的书房。平时在书房看书、写字、写文章、玩电脑。偶尔有客人来访，坐在客厅的沙发上，泡上一壶茶，谈古论今，海阔天空，一聊就是一个周末。那惬意呀，简直无法言表！

可是，有一天，这种胜似神仙的心态又被打破了。那是我调宁德工作后，有一个搞房地产开发的同学请我们几个发小到他的山庄吃饭。嚯！真所谓"不看不知道，一看吓一跳"，人家那才叫派头！市郊外的海湾边，一座突兀而起的小山头被整理得绿草如茵，依山傍水建着几幢红墙黛瓦的别墅。周边的绿树郁郁葱葱，把那些建筑物衬托得像是在云里雾里似的，远看若海市蜃楼。

走进别墅，那大厅就像是五星级宾馆的大堂，从一楼到三楼装修用的都是非洲花梨木，家具用材是缅甸红酸枝。席间，我悄悄问我那个同学："建这山庄要花多少钱？"他伸出了一个巴掌。我说："500万？"他说："乘以10！"他语出轻松，我差点把筷子丢落地上。

那次饭局回来后，我坐在客厅泡茶时，再也没有那种惬意的感觉，总觉得这一生很窝囊，艰苦奋斗了一辈子，如今还住经济适用房！而小时候整天鼻子挂着两条鼻涕的老同学，说到花5000万元建一座山庄别墅时的神情竟然那么轻松！我还经常梦里想着有朝一日也能建一座有天有地的房子，哪怕不叫别墅！于是，惶惶不可终日！

去年，我随团到杭州旅游，参观了红顶商人胡雪岩故居，对住房问题有了新认识。胡雪岩故居位于杭州市场河坊街，建于清同治十一年（1872年），建筑面积5800多平方米。那时正是胡雪岩事业的巅峰时期，豪宅工程历时三年，宅内有芝园、十三楼等亭台楼阁，建筑布局紧凑，构思精巧，居室与园林交融。室内家具陈设用料考究，做工精致。不管从哪个角度看，堪称清末中国巨商第一宅。置身于胡宅，你在享受美的熏陶的同时，也会感受到财大气粗的压力。

导游在介绍好胡雪岩传奇的一生和该建筑物的结构特征以及历经的沧桑后，讲了这么一段话，使我茅塞顿开。他说："胡雪岩临死时嘱咐家人，他死后出殡时，灵柩两侧凿两个洞，将他的双手伸出外面以告世人：他，一代巨商，赤条条地来到世间，也手空空离世而去！"

胡雪岩的事业不可谓不大，胡雪岩的住宅不可谓不宽广华丽。但是，"良田万顷日食三餐，大厦万间夜眠八尺"，世人活着时不顾一切不择手段地积攒钱财、购置豪宅，并不都是为了生存和享受，其实，那是人性贪婪的表现，占有欲在作怪。大家都知道这是人性丑恶的一面，但要克服这丑恶的一面还真难。

我不禁想起杜甫的诗句："安得广厦千万间，大庇天下寒士俱欢颜，风雨不动安如山。"他在自己的茅屋被风刮破时，发出的竟然是这样的感叹！若世间多一点这样的情怀该多好！那些有钱人能把用于购置豪宅的钱省些下来捐给贫困地区，帮助他们重获生机，那该多好！

王描眉剪纸

雨雾东狮山

◎ 张冬青

辛卯初冬，随省作家采风团一行走访柘荣。上午乘中巴从福州出发，在福安下高速，改走省道。山间公路弯来绕去，愈行愈陡。车窗外雨雾迷蒙，层峦叠嶂，云遮雾锁；渐觉有寒意从脚底袭来，麻麻地咬脚。我们下榻在龙溪边的柘荣宾馆。

寒风凛冽，冷雨还在淅淅沥沥地下着。午后稍歇，见采风行程安排下午游览东狮山，时间尚早，我便独自撑伞往宾馆门前的龙溪边溜达。溪岸的柳树还垂着青黄；清浅的溪水里，成群的七彩锦鲤在坝埂的流水处扎堆，这里那里，一圈圈生动着，像是被水流牵拽的锦簇花团。溪东岸不远，就是高耸入云的东狮山。

东狮山是闽东太姥山脉的顶峰，海拔 1479 米，因山顶逶迤的峰峦形似昂首朝天的卧狮而得名。20 世纪末被评为省级风景名胜区。东狮山可说是雄奇与媚秀兼具，方圆 25 公里的景区内，由泉、洞、谷、岩、峰、石等组成的"灵岩叠翠""仙人锯板""百丈朝暾""龙井飞瀑"等三十六胜景鬼斧神工，千姿百态，美不胜收。尤其是千年前在峰顶灵岩洞里修行的马仙姑行云布雨、惠泽农桑的传说流传甚广、深得民心，因此，东狮山向来是柘荣人心目中的神山。

一年前的小雪时节，我曾受邀参加柘荣作家协会代表大会，会后正逢雪后初霁，冬阳灿烂，一帮文友欢天喜地踏雪东狮山。我至今还记得在迎仙亭前五指插入仙掌泉，感受大山隐秘玄机的那份惊喜；记得走在松林小径，聆听枝头融雪如时光细语呢喃的那份纯净。

可眼前的东狮山，一片雨雾迷茫，神龙不见首尾，上山能看点啥呢？我心里有些纳闷。

下午 3 时许，一车人上得车来得知，此行往东狮山主要是前往瞻仰半年前在山顶清云观前落成的马仙姑石雕像。

中巴车过龙溪桥往东，在高大的山门前右拐，驶向景区的山间公路。过了"V"字形的大拐弯后，前方山巅云雾深处就若隐若现一高耸的灰白色岩柱体，底部敦实浑圆渐收渐拢，微微前倾，远远望去，宛若一只巨大的拈花在指的佛手。同行主人告诉我们，那就是 2011 年 4 月 26 日落成的马仙石雕像。马仙圣像整体高达 25 米，由 633 块花岗岩组合而成；雕像高 18 米，寓意马仙 18 岁修道成仙。该圣像是迄今为止福建省最大，也是矗立最高处的户外露天神像。石雕像由国家级著名雕塑家、厦门大学李维祀教授、吴荣华教授等精心设计。

我们在清云宫前的停车坪前冒雨下车，风狂雨斜中好不艰难爬走几十米的斜坡，来到海拔 1100 米的宫前坪岗上。风愈大，人难以站稳脚跟，刚打开的伞瞬间被翻成伞花，一大伙人只能退避进一旁的思哲亭里。待同行们站稳脚跟，举头仰望东方，只见前方十多米开外，一身简装素雅清丽的马仙姑巨大身影正从漫天灰白的云雾中隐隐出现。她左手持伞平举，右手兰指低垂，有如刚从高天云端裙裾飘飘降落，又像是从隐身的峰顶灵岩洞缓步走来，美轮美奂，风姿卓然。酷爱户外摄影的登豪兄端着相机，左右腾挪寻找角度，又唯恐镜头被雨雾淋湿。神迹就在这瞬间闪现：西天翻滚的云雾中露出半轮白亮的太阳，风雨渐息，大家纷纷拿出相机留影拍照。在一片啧啧声中，我默默伫立马仙神像前，心中感慨万千：我基本上算是个无神论者，一向对"进化论"和"神创论"的争议饶有兴趣。我时常也疑惑，我们赖以生存的如此丰富生动气象万千的宇宙世界，冥冥之中或许真有神的非凡伟力在掌控调动。颇有影响的《中国地理》杂志不久前推出一期福建专辑，称福建是"造神驻神最多的地方"。我想，这和福建历史上远离政治文化中心，方言众多族群割据有关，和山海交错气候多变的地域有关，和这里的闽越先民以及历朝历代从远方迁徙来的客族更加渴望和平安宁的内心诉求有关。因此，风高浪险的莆田湄洲岛上，才有了慈航普度的妈祖娘娘；苦旱盼甘霖的山区柘荣小城，才有了润泽农桑的马仙女神；还有闽中福州的陈靖姑、闽南地区的保生大帝等等。正所谓神的迹象存于人心，文由人化，神由境生，哪里有苦难困顿迷茫，哪里就有神的拯救引度皈依。神是民间的力量、民间的心声。我对马仙神像雕塑设计者充满了敬意。

眼前的马仙神像充分体现了"神来自民间"的朴素理念。雕像没有司空见惯的凤冠霞帔，没有华贵的锦衣绣袍，马仙就像是我们时常见面的一个邻家小妹，就像是早起采茶带露归来的一位村姑，那柄随身携带的油纸伞，仿佛随时都可能为你撑开。一个素面朝天不施粉黛的乡间女子，照样有超凡脱俗摄人心魄的青春魅力。这就是大美不言、大音希声，是艺术家对生活、对民间的深入体会，心领神会，匠心独运。这是我所见到过的最具亲和力、最亲切可人的一座女神雕像，这样的神让我敬重喜欢。

眼下，马仙姑就屹立在这高高的东狮山巅，挺拔秀美的身姿几乎与顶峰齐高。她一定还记得，当年她从远方被迎请祈雨，当久旱龟裂的土地遍洒甘霖时，这里的子民是多么欣喜若狂。如今，她已不再需要云游四方，只要美目顾盼，就能遍览柘荣四乡八境以及目力所及更远的地方；如今，她也可暂缓思乡之情，只要转头回望，就能见到浙江景、宁见到大海，回到生她养她的故乡。

东狮山因马仙而神光普照，马仙因东狮山而声名远播。东狮山是有福的，柘荣人是有福的，我们采风团此行是有福的。

马仙，我虔诚地走近你

◎陈慧瑛

　　走近马仙，必先走进柘荣。

　　柘荣实在太小了，只有 10 万人口。作家黄文山先生说："在地图上，柘荣有如一片树叶，静静地飘落在闽东北与浙江交界的太姥山脚下。"娇小如绿叶的柘荣，走进了便令你一见钟情，惺惺相惜，走过了便叫你依依回首，再难相忘。

　　辛卯年的初冬，我来到柘荣。原以为地处深山的柘荣，当已黄叶萧萧，没想到车抵县城，却见碧凌凌的母亲河龙溪逶迤而来穿街而过，清溪两旁竟然翠柳如丝袅袅婷婷，雨雾朦胧中恰如烟花三月。难怪柘荣别称柳城，我情不自禁就想起"不知细叶谁裁出，二月春风似剪刀"的诗句了！

　　热情的主人带我游览并向我介绍柘荣。纵使大半生中已游历万水千山，此时听过走过，依然令我耳目一新、赞叹不已！柘荣，海拔千米以上的山峰就有 93 座，太姥山脉主峰东狮山，方圆 25 公里，由"蟠桃映翠""百丈朝墩""仙人锯板""普悦洞天""龙井飞瀑""仙都胜境"六大景区组成。山上有奇峦怪石，千姿百态，岩洞众多，深浅错落。山中有"天峰奇观""灵岩叠翠""青龙起伏""仙洞双泉""仙人锯板""树伞遮日""龙井飞瀑"等鬼斧神工的三十六胜景。"半县良药半县茶"的柘荣盛产药材，被誉为"中国太子参之乡"，茶叶则有金观音、"柘一红"等，更有珍稀植物鹅掌楸、红豆杉、三尖杉、香樟、银杏等等，真是柘荣柘荣，木石俱荣！柘荣剪纸、柘荣布袋戏先后被列入国家级、省级非物质文化遗产保护名录，还有名闻遐迩的柘荣灯谜、柘荣评话等，民间文化可谓源远流长、异彩纷呈。县文学刊物《柳絮》，更是华章锦绣，才人济济！

进了柘荣，那一份大自然雄奇瑰丽的馈赠，那一份父老乡亲百代千秋的文化积淀，那一份谁也无法忽略的深厚人文底蕴和庞然大气，令你顿生高山仰止之感，从而忘却了她是全省最小的县份！

特别叫人惊叹莫名的是迷你如盆景的柘荣，竟然宫庙成群——沿东狮景区，山腰密林中有三曹院、普光寺、白马宫、清云宫、觉性寺，山下有龙兴庵、马仙观、东峰寺、广福寺、仙屿、孔氏家庙、三清观等。其中影响最大的是马仙道场。马仙马元君与妈祖娘娘林默娘、临水夫人陈靖姑并称福建三大女神。

提到马仙，柘荣人真是津津乐道恭敬有加。

相传马仙祖籍浙江秀州华亭，是马二公的三女儿，名马元君。马二公进士出身，为仕宦之家，弃官与夫人卢氏隐居白马山修德布施。可惜年老无子，夫人卢氏常礼佛祈祷，乞赐子息。一日，卢氏夜梦神仙，尔后连续生下三个女儿。三女马姑生于后晋开运元年（944年）正月十五日子时，自幼聪慧，秉性高洁，深明玄理，有慕道济世之心。马二公为回避朝廷再次起用，迁居浙江泰顺百丈漈。不久马二公逝世，妻女又迁居浙江景宁鸬鹚岭。马姑三姐妹，日耕夜织，侍奉老母。有一天，马姑手提织纱上集市换米，行至赤岩石门处，此时玉帝派一神仙化为鹤发老人下凡，欲度马姑成仙。马姑见老人忙行礼让路，老人以财、色、猛兽三试马姑，马姑给钱不收，见色不理，遇猛虎不畏惧。老人知马姑不凡，现出真身并开示："你孝顺善良，胆略超人，玉帝令我度你，不久你便可成仙。"

马姑18岁，是年七月初七日，在住处附近狮子岭采药时，升天成仙。柘荣有文字记载马氏天仙，始于宋景德元年（1004年）。当时柘荣与江淮一带大旱如焚，民众纷纷叩天祈雨。柘荣信众在城西仙屿顶设坛，步行200多里至浙江景宁鸬鹚岭迎马氏天仙。马仙来后"显灵"于东狮山之巅，不日天降甘霖滋润禾苗，当年五谷丰收。马仙见东狮山群峰耸立，草木丰茂，景色清幽，叹为人间仙境，便从浙江乔迁柘荣东狮山灵岩洞修炼。从此，马仙大德化灾，普降甘霖；驱除瘟疫，保境安民；崇尚孝道，启迪教化的神奇故事不胜枚举，代代相传。

传说马氏至孝，未登仙时，家贫，亲身为佣得薪米以养姑，艰辛备尝从无倦怠，于是姑得所养而善终。因此，祈雨是马仙最神奇的功德，而"孝""和谐"则是马仙功德的精髓。

马仙神像／袁秀莹　剪纸

每年历时近 20 天的马仙迎送巡游仪俗，是闽东乃至浙南规模最大、最为隆重、最有影响的民间信仰活动，百千万人怀着谦卑与神圣之心，和神灵一起尽情狂欢。马仙信仰形成于唐代，明代福建马仙信仰达到鼎盛，清代马仙信俗更趋发展，民国时期走向衰落。改革开放后，马仙信众重新活跃，各地重建、新建了不少马仙庙。

柘荣首推"马仙文化"，应归功于新世纪初年前来就职的县官唐颐。唐颐先生是一位有思想、有文采、有艺术品位的欧阳修式的官员，他深知马仙信仰在千年岁月的传承中，形成了丰富的文化积淀，这种民间文化，既可以满足民众迎神祈福、求雨保平安和五谷丰登、百业兴旺的美好愿望，也有利于乡土社区族群团结和睦、健康向上氛围的形成；既拥有广泛的群众基础，又对新时期构建和谐社会具有现实意义。于是，上任之初，他便把仙屿公园扩为广场，举办大规模的马仙民俗活动，从而提出打造"马仙文化"理念。此后，柘荣历任党政官员对弘扬"马仙文化"都予以高度重视。除了民间早就设立的马仙管理机构"仙庙董事会"以及马仙研究会之外，2007 年正式成立"柘荣县马仙文化研究会"、柘荣马仙文化仙屿管委会，县统战部也牵头成立了柘荣县马仙信俗协会，多次邀请福建师大历史系教授林国平、福建省艺术研究院研究员叶明生携研究生到柘荣研讨马仙文化，并在《福建民间信仰》《福建宗教》《福建文史》等省刊上发表柘荣马仙研究文章。2008 年，县里组织拍摄马仙信俗文化专题片，出版了《柘荣马仙信俗资料汇编》，成功举办了首届中国柘荣马仙文化节，"马仙信俗"荣列福建省第三批非物质文化遗产保护名录。现在正着手申报"柘荣马仙信俗"为国家级非物质文化遗产。

现任县委书记薛理朝先生告诉我，2010 年 4 月 4 日，丽日当空，位于东狮山坪岗的马仙石雕像工程奠基；2011 年 4 月 26 日，东狮山顶霞光万丈，马仙头像安装大典隆重举行。由 633 块花岗岩石材建造，高达 25 米的马仙圣像，是迄今为止福建省最大的户外露天神像。雕像高 18 米，寓马仙 18 岁修道成仙。各组数字均取意于马仙、道家、县城吉数，蕴阴阳协调、国泰民安、风调雨顺之意。该石雕由国家著名雕塑家、厦门大学李维祀教授、吴荣华教授等精心设计。马仙圣像的塑造，自然而然地提升了东狮山风景名胜区的道文化内涵。

当天下午 2 时许，薛书记陪原省委副书记何少川，并带领炎黄采风团一行，驱车前往东狮山瞻仰马仙雕像。是时风雨如磐，雾锁群山，咫尺之间，只见满目石崖嶙峋，难辨东西。沿山而上，山愈高愈雨急风狂，天地昏晦。车子开到海拔1100米高的清云宫前坪岗上，大家冒雨下车，我的花伞刚打开，便被风翻成伞花，人也让风绳雨索抽得东倒西歪。待立定脚跟，抬头仰望，只见飘飘欲仙、清丽优雅的马仙姑屹立云端，微倾玉体，持伞而行。此时此刻，风里雨里，秀色可餐、风韵迷人的马仙，仿佛与我们一路同行。令人不可思议的是，拜见马仙那一刻，阴霾密布的天空竟然露出大半轮玫红色的太阳，人们正高声欢呼之际，太阳却款款地隐入乱云之中去了。不一会儿，我们登车行将离去那一刻，太阳又露出金灿灿的笑靥，似乎与我们道别。车行数十米，发现有人掉队未及上车，开车门寻人之时，整轮明晃晃的金阳，竟毫不犹豫地穿过云空中灰蒙蒙的浓雾喷薄而出，有如老友送行再道珍重。奇景诡异，把一车人惊喜得童心勃发，手舞足蹈，欢呼雀跃。薛书记说，今天大家不畏风雨一腔至诚而来，何少川书记又是4月底雕像落成后前来参谒的最高级别长官，马仙欢喜，所以频频显迹。真是马姑毓秀迎贵客，神光普照远来人哪！是啊，风雨交加时刻而冬阳三现其身，如此神仙灵异人间奇迹，若只听传闻而非当场目击者，必以为是聊斋志异或天方夜谭呢！

马仙是神，马仙传说是神话。由马仙神话联想到中西方神话——中国是一个充满神话的国度，古代神话散见于各种书籍，其中现存最早、保存最多的是《山海经》。《精卫填海》《夸父追日》等神话名篇，就出自《山海经》。女娲补天的故事见于《淮南子》《列子》，女娲造人则出自汉代《风俗通义》。盘古开天辟地来源于《述异记》。另外，魏晋南北朝的笔记小说中，也保存了一些神话故事，它们是我先民的理想光辉和智慧结晶，也是炎黄文化坚忍不拔的根和丰腴富饶的土壤！

西方的神话则更加丰富多彩了。古希腊神话是各成体系的，神与神的关系有如大千世界人际关系错综复杂。两部举世皆知的荷马史诗《伊利亚特》《奥德赛》和《神谱》《变形记》，以及古希腊的悲剧和喜剧、古罗马的神话，来源于《圣经·旧约》的古希伯来神话《世界最初的七天》《亚当与夏娃》《挪亚方舟》《巴别塔》等等，在西方可谓家喻户晓，它们对西方文化具有巨大的影响力，让世人从中了解西方文明的文化背景，从而为西方世界增添了无数神奇、瑰丽、迷人的风采。其中善与恶的较量，生与死的搏斗，爱与恨的纠结，历史与现实的冲突，自然与人类的互补，神与人的悲欢离合，则给人们带来了处世经验、人生哲理和取之不尽、用之不竭的智慧源泉！

因此，有梦的地方就有神话，有神话的地方就有理想，有理想的地方就有希望，有希望的地方就有生命的奇迹和事业的辉煌，就有留之于后世载入史籍的流传，古今中外，莫不如此！

马仙在农耕社会形态中，以勤劳耕作、纺织持家、侍母孝姑、和睦邻里的品德操行受到大众敬重并奉为典范，所以，马仙神话是一种草民神魂的宗教化信俗现象。马仙文化在柘荣故里的千载传承，不仅显示了它绵延不断生生不息的生命力，也体现了它与一方水土相互交融不离不弃的民俗性，因此我们没有理由不深怀感恩之心，虔诚保护这个朴实而美丽的神话、保护这份深入人心的民俗文化！

不论是高雅文化，还是通俗文化，真正的魅力在于它的群众性、公益性和持久性。因此，我总以为，有神仙居停的地方，有神话传说的地域，一定是风水宝地！柘荣能拥有"天下无收柘荣半收，天下半收柘荣全收"的美誉，以及全国首屈一指的太子参产地、闻名遐迩的长寿村、巧夺天工的自然景观、多姿多彩的民间文艺、孜孜不倦的优秀学子、古道热肠的民风民俗，除了种种政治、经济、人文因素之外，也多拜马仙千秋庇佑、百代教化之赐！因此，我对马仙心存谦恭，情有独钟！

马仙，我有幸走近你！在你圣洁的神像前，我虔诚顶礼——敬祝马仙神灵永驻，呵护众生平安吉祥，福报八闽山川大地！

半岭蛇事

◎周宗飞

半岭村给我印象最深的，不是缥缈变幻的高山云海、郁郁葱葱的生态林木，也不是蔚为壮观、沿山开垦的数百亩猕猴桃基地和满目青翠、绿浪起伏的有机茶园，而是村干部向我神秘吐露的关于巨蛇的故事。

半岭村地处浙江泰顺和福建福安、柘荣三县交界处，隶属柘荣县英山乡，海拔600米左右。今年初夏，我去看望担任该村乡村振兴指导员的老朋友，有幸来到这里。

那日下午，我们参观完优美整洁、依山而建的村容村貌之后，村干部便引领我来到村庄前面地主宫的操场边，指着脚下落差五六米深的山坡下的树林荒草，告诉我，这底下的岩洞里生活着两条巨蛇，每条估计都有八九十公斤重，村民们经常看见它们出没，特别是在夏天时候，他自己就看到过三回。我问他，是不是蟒蛇？他说，按理说，这么大的老蛇应该是蟒蛇，但又不像；蟒蛇他在动物园见过，体背棕褐色，有云豹状斑纹，而这两条蛇，全身漆黑发亮。

听他这么一说，我毛骨悚然，立马退回操场中间，生怕这两条巨蛇会突然扑上来欢迎我。要知道，我从小就怕蛇。那时候生活在农村，经常听大人们说到蛇，还多次见过村里和邻村人被蛇咬后的惨状。我自己，也曾被老蛇追赶过……正因为有了这些恐怖记忆，只要一说到蛇，我就会条件反射。何况，此刻我与巨蛇的老窝距离如此之近。

村干部聊到，这两条巨蛇，他父亲小时候就见过，但它们从未溜进村子吓唬人。以前，它们偶尔会吃村民散养的鸡；这几年，随着周边生态好转，野生动物多了，就没有再吃鸡了。自从发现了它们，村里人一直都把它们当神灵来对待，在蛇窝边上的林子里设了神龛。同时，也把它们的存在作为村里的"一级机密"，从不对外人泄露，以防它们被人偷猎残害。他说，20世纪90年代初，闽东各地捕蛇成风，但在半岭村，村民和蛇以及其他野生动物一直相安无事，和睦相处。建村500多年来，绝大多数村民始终信守着耕读传家、敬畏自然、热爱生命、保护动物的朴素理念。

前几天，村里一位眼睛长白内障的老人回到家里，听到阳台有"哧哧哧"的响声，以为水龙头漏水，准备去拧，结果发现是一条站立起来、有10多斤重的眼镜蛇，正冲着他吐蛇芯子。他二话不说，立刻喊来村干部捕捉，放生。上个月，一位采茶女看到一只受伤的穿山甲蜷缩在茶园里，就把它放进篮子里提回家治疗，然后放归山林。村干部还不无遗憾地对我说："若早知道你对野生动物这么好奇，我就把前两天捕捉到的酒杯大的泥鳅供养着，让你欣赏之后再放生。"原来这条泥鳅不小心钻进他们用来捕溪鱼的竹篓里。他感叹，活了一大把年纪，从未见到过这么粗大的泥鳅，也算是大饱眼福啦。

在与半岭村村干部和村民闲聊野生动物的那天下午，听到最多的词就是"放生"。之所以野生动物被这里的村民善待，是因为他们始终认为，残害生灵，会被生灵所报复。他们兴致勃勃地向我分享了好几个充满着传奇色彩的野生动物报恩、复仇的故事。我想，正因为他们对待野生动物像对待人一样，村里的两条巨蛇才能够一直过着悠然闲适的生活，周边的野生动物才会越来越多，很多闽东该有的物种，这里都可以找到它们的踪迹。他们形象地比喻，村庄没有野生动物，就像蓝天没有白云缭绕、山上没有树木花草。

对活着的动物爱护，对死去的动物，他们也同样表示敬重。前几年，半岭村山上修建水库，施工时用了炸药，不小心炸死了一条正在冬眠的百多斤重的巨蛇，村里人没有取它的胆做药，剥它的皮卖钱，吃它的肉"进补"，而是让它获得了人一般的葬礼：挖坑、掩埋、放炮、焚香，还种上了树木花草……

临别时，我不无疑惑地询问村干部，那两条巨蛇既然是村庄的"一级机密"，为什么要透露给曾经当过多年记者的我？他自信满满地笑了笑说："现在已是公开的秘密啦，有动真格的法律保护，我们不再害怕！"

回来路上，映照着满天晚霞，倾听着婉转鸟鸣，我再次用手机搜索出一则曾经让我震惊的数据：工业社会以前，鸟类平均每300年灭绝一种，兽类平均每8000

年灭绝一种；工业社会以来，由于人为破坏，地球物种灭绝速度已超出自然灭绝率的 1000 倍。全世界 1/8 的植物、1/4 的哺乳动物、1/9 的鸟类、1/5 的爬行动物、1/4 两栖动物、1/3 鱼类，都濒临灭绝。我不禁回过头去，为朴素善良的半岭村民，高高地竖起了大拇指！

鲤居／王伟 篆刻

凡人疫事

◎李步舒

近段排队做核酸的场面，在微信朋友圈似乎成了热图。不论卑微市井，还是高贵庙堂，都毫无例外地必须接受几下棉签捣喉。最初印堂测温的反感，拥有绿码的自得，尽随奥密克戎的诡异传播力而不再心存侥幸。天眼之下无遗事，大数据就像《西游记》里的照妖镜，一分为二地辨识出谁是后进分子。行程码无法掩饰的星号又将人往危险分子堆里放，使你不得不按星行事，或打起背包或自备粮草，规规矩矩地闭门清修。所幸一部手机联通天下，可以不像古人那样秉烛黄卷或禅坐冥想打发日子。可是，即便全民免费的抗疫国度，依旧杂音不绝，令人不得不反思：是不是给的爱多了反倒没感觉啦？国人健康背后的重重"防火墙"是谁加持的！大道理也许都懂，可当事到临头就没了君子风度，一边吃肉一边骂娘，有的丧尽天良，数着美金四处播毒。

一天，例行核酸检测。负责信息录入的白衣使者因事耽搁了几分钟，一位妇女大为不满，骂骂咧咧地责怪起来。在我前面的一位年轻人白了妇女一眼，冷冷地说："大热天哪，你穿上这身太空服试试看！"听着，十分过瘾！

与困守上海的老友时常微信往来，他说整整半月喝粥就榨菜，我笑回道："挨饿的滋味连我们这代人都忘了，有机会和子孙一同艰苦朴素一阵子也挺有意思嘛！"一天，老友忽然问："当初决定让儿子来上海谋生是不是搞错啦？"我想起了老电视剧《上海滩》，于是回了句："上海自开埠以来就是'冒险家的乐园'呢！"又一天，老友发微说终于收到好吃的啦！替他高兴的同时我也十分感慨，偌大的上海啊！哪像草原放牧那样有诗意。

由于自驾从中高风险城市的边沿擦过，我被定性为可疑分子，不断地做核酸检测、请示报备。还好基本生活资料有"朴朴"相帮，小区物业管家是位合格的搬运工，但这等"饭来张口、衣来伸手"让我有些许受之有愧之感。志愿者的"敲门行动"反倒成了我的额外惊喜，恨不得拉他们进门多聊一会儿。可是，看着他们提防和质疑的神情，我兴味索然，送走关门时，瞧瞧门楣上的封条，我五味杂陈，愤然之下想到了鲁迅先生笔下的阿Q……非常之时当用非常之策，但如何让履职对象不致坠入"明白你为我好，但就是高兴不起来"的心理漩涡当中呢？

隔离期间联系最密切的还是故乡故友，除了例行公事般的问安致意，就是锁定老地方红黄版图是否外扩或缩小，真心希望早日像这个春天一样绿满人间。老家房子所在的小区也施行了网格化管理，建起了微信群，这个群我虽难得"冒泡"，但最在乎。对群里的网格员责任人和邻里中的党员志愿者，应给予大大点赞。正是他们忠于职守，既"敲门"又"微"追，不厌其烦应询述答，即便天涯海角的原住民也尽在网兜里。我的亲人也参加了统一行动，难怪最近在亲人群里鲜见。他说，工作再难也难不过做保险业务的。想来也对，推销员干的是虎口夺食的活儿，而他们却是真真的送健康送平安，我为亲人有此工作感悟而高兴。看来人的文明程度并非因城市大小、学历高低、地位贵贱而不同。

山中无门处处有路，偏远山村的防疫最难，谁也保证不了不会有人从邻县邻省山道弯弯中悄然出现。村里的老者食堂停办了，对外交通的边界处都搁上了毛竹竿，以禁止境外车辆进入。山花依旧烂漫得诱人，只是没了赏花的远客，云卷云舒风雨雷电，并不因抗疫而停下它们的变幻莫测。农民兄弟依然日出而作，日落而息，除了听从村里安排，做好预防、核酸或报告是否有客上门，照样忙着各自的活儿。荷锄暮归还照旧曝上几杯家酿米酒，伴讲着关于古早瘟疫、关于口罩、关于秋来丰收的话题……

柘荣石山洋：闽东桃花源

◎朱谷忠

初冬，前往闽东柘荣县。到达当夜偶听友人说，离城50多里有个石山洋，去过的人都说那就是现存的一处桃花源。我一听就按捺不住了："是吗？那还等什么，明天就去！"

次日，一行人往山里进发，果然一路美景扑面而来。虽说天气有点冷，但一进入云端高处，丛林山麓反而像遮风避雨的天然屏障，雾气冉腾，景色叠映，若隐若现，令人心旷神怡。只见一弯溪水，缓缓而流；溪边山峦，仍是一派翁郁浓绿。两岸菖蒲，黄绿相间，轻轻摇曳，与林叶籁籁呼应，显现着不尽的野趣。行至半路，忽有几缕白色的阳光从云间洒落，照得溪水银光四射，顿使林间生意盎然。之后，光点消逝，轻云淡雾又开始弥合，但迎面而来的仍是一幅幅景色愈转愈幽的画轴。这一切，与我梦想见到的景物是何等契合啊！然而，不论真景也好，梦景也好，甚至幻景也好，在我看来，都有一种潇洒出尘之美。

一路山峦，一路溪水。每到一处，即便是在有点清冷的风中，隐隐也能听到飞泉溅落的珠玉之音，以及远处悠长的鸟鸣；每到一处，仿佛都有一双温柔的手，招我徜徉，留我驻足。果然，两小时后，桃花源一般的石山洋村便蓦然呈现了。

这是一个坐落在群山环抱里的盆地，层层叠叠的田园，栽种着庄稼，栽种着花果。在这里，有蔬菜，有鱼虾，有桑麻，有清心濯尘的竹林，有彩翠四射的荷塘，有朴实憨厚的老农，有灵秀聪慧的少女，一如陶渊明《桃花源记》所描述的景色。触目可见的仿佛不是敷着薄霜的稻茬，小灯笼般挂在枝丫上的柿子，游在水沟里的小鱼，飞过竹篱的翠鸟……而是色彩，是诗句，是惊喜。走着走着，人恍若梦中，心无杂念，只会一遍遍地问自己：这是真的吗？这是在书上读到的景物吗？还是在梦中曾经见到的情景？当村口出现的一群牛羊挡住我的去路，鸡鸣犬吠在耳边响起，我这才恍然醒悟，这里是石山洋，也是我过去梦中也想结识的桃花源。在这里，我自然不会遇见那个"不为五斗米而折腰"的陶公了，不过我遇到一个在园中锄草的村民。聊了几句，他自豪地告诉我，现在村路已经优化了，比过去好走多了；居住条件也改善了很多。他还告诉我，离村不远处有个龙井瀑布，又称九龙井，应去看看。我们即刻前去位于石山洋村西南部的九龙井。果然又是一处好景：依山逐级而上的竟有 20 多口潭水，由飞泉垂挂蓄成。近前细看，那水质之澄鲜洁净，为我前所未见。整个九龙井景观，极具龙的特征，其龙首、龙爪、龙珠、龙须、龙背，惟妙惟肖，活灵活现。各级瀑布中，尤以龙井瀑布为甚，宽 10 多米，落差 60 多米。远眺，仿佛两边高峻崖岸之间飞泻下一条宽大的银帘，水泛白色，飞雾腾腾，声响如雷。瀑布流经的河床上镶嵌着许多大小不一、深浅不同的石臼，据说是由数百万年水流漩出的。陪同的当地人告诉我，这就是新开辟的景区。当时山上没有路，外人进不去。为了扩大景点，村里人一合议，由一帮有经验的村民带着砍刀等工具，披荆斩棘攀爬进去。九龙井隐秘又神奇的面纱，就是这样在新世纪初被村民亲手揭开的。

喜新也恋旧，这是当地人文化情怀中值得称道的地方。石山洋村的周围村落，至今拥有的几处不可移动文物都得到很好的保护。一处是凤岐古民居，建于 1740 年，是闽东境内第二大单体结构古民居。该宅又称吴氏大宅，共有 36 个天井、5 个大厅、12 个小厅、108 个花窗，由 572 根大柱搭建而成，整体规模庞大，气势宏伟，结构严谨，其木雕饰品，堪称精美绝伦。难怪许多建筑专家都把它称之为华夏古建筑的活化石。另一处是溪口的永安桥，始建于清同治年间（1863 年），横跨石山溪两岸，桥面均以千斤重的条石筑成，据说是华东最大的单孔石拱桥。当我与向导来到此处，远远就看见永安桥似半轮明月飞卧于澄澈的溪流之上，水中清澈的倒影，与水上桥拱"双拱合璧"，构成一幅完美的圆月图。令我惊异的是，未近桥身，就感觉到似有一阵清风柔情绕指，全身也好似浸染于一轮明月的天香风华之中。

古朴、美丽的石山洋，是你，让我体验了一个久远弥新的梦境。

东狮山下行百步

◎ 陈革新

小城像个鸟巢，筑在山窝。这次来，算是短暂深入，朋友非拉他去东狮山下走走不可。

那是一段新建的石板台阶，两旁有一对对仿刻的各个朝代的著名石狮陈设其上。云雾常罩，除去山峰背景，便是近处山坡一垄一垄种植的太子参，好一派田园风光。

徒步徐行，只听朋友一段接一段风物介绍，于他，确是一种难得的情调。这种纯正的悠闲，也只此时此地才拥有。

遇上一个来者，朋友就向他介绍，这是同乡，当地某局领导。又遇一个来者，朋友又激动地招呼，这个也是同乡……

一

他有过穿梭往返这座小城边缘的经历，因为有国道从此经过。那是还没有大哥大、BP 机的年代，他的工资每月人民币 57 元。但天时是他的工作有长假，地利是他的生活起居处在两省交界，他就跟随一个亲戚，南下某偏僻小渔港贩卖走私香烟。搭上长途客车，两天一来回。他是个新手，一次只带二三十条，装在旅行包里，顺利的话，一趟可赚 200 多元。

南下是乘客，可无忧无虑看看路边风景。途经这座小时，车上就有人说这里有一种小吃最叫人嘴馋。可回来时，一路转车倒腾，逃避检查，胆战心惊，就顾不上这小城小吃摊的诱人飘香了。

贩烟客在途中照样方便彼此联络，两车交汇时，车灯眨眨眼，就会有他们需要的情报。路边店可让旅客吃饭，汽车加水，有时也可派出摩托车追赶上坡的汽车接送货物。

国道从这座小城擦肩而过，因为"擦肩"，所以是重要的一站。再往北，就是两省交界处，故检查特别森严。有时，他只需把自己的旅行包提到路边山民的房屋，敲敲门放进去，报上是谁的货就可以走人了。次日清晨天一亮，他便可以在自己家的柴草市场提货。至于货物藏在何处，如何穿越检查站，这就是秘密了。轻易告人犯规。只是走这通道，赚钱少点。

如此跑了几趟，他就有了战利品。他抽出一沓钱，买了一台进口录像机，可塞进磁带看片。但他的得意，根本就不如他老弟的一根汗毛。他老弟同样领每月57元工资，却跟一个老兄搭股，一卡车一卡车地贩运，股份为七比三。占三成的老弟后来去了浦东，买下700亩土地起家，成了房产开发商，总部设在陆家嘴。而占七成的那个老兄专去澳门做赌场贵宾，风光过后，现在只好回到老弟的一家分公司打工。

这条曾经繁忙的财富之路，有许多故事，如今已被改道的高速路取代，小城显得冷清下来。

外观冷清的小城，腹地有理由热闹。他这次来，感觉到这里的"绿色""有机""野生"和"本土"几个关键词。最生动的注脚，莫过于庭院角落总有无花果枝条斜出，一二十米高的苍老树干中会长出毛竹来。但他也发现，小城已制作了声光电模型，像小吃摊散发香味一样，招徕外人驻足。追逐财富的梦想，人人都有权利。原生态是聚宝盆，但不能马上兑换现金。以欣赏者的姿态面对清贫抑或富有的"原生态"并一味喊好，看来也只是一厢情愿。在小城不远处的山谷，他还是发现了躲在绿色植被里铁皮搭建的厂房、铁架流水线和冒烟的烟囱。他无权咒骂这是在糟践绿水青山。

这时，迎面走来一个年轻的村干部。朋友介绍说，他们村是著名的生态村，村干部正忙着保护古民居，保护八卦水系，建造新村，翻修寺院。但村干部却悄悄对他说，还是你们沿海城市发达，自己应该赶快跑出去创业才不至于年华虚度。

二

朋友说，云雾中的山上有仙，叫马仙。她是女神，手握纸伞，庇护四方众生。当地投入巨资，由著名教授设计，为她立起一尊高大的花岗岩雕像，更为这座小城打造一张文化名片。

雕像后有个清云宫，终日香火缭绕。清风徐来，送出法器的金属清音，仙鹤羽毛一样飘向远方。

有一年下了一场大雪，当地一班文人相约上山观赏雪景。就在那个聚会的清云宫，有个叫吴恩银的摄影师经不住诱惑，悄悄溜走，独自一人去攀登无路的最高峰。那是难得一见的冰雪世界，冰雪覆盖着亭阁峰石，白色中点缀几丛嫩芽枯枝，大自然的冰清玉洁，命名了这座仙山。

他忘记了双手几乎被冻僵，独自享受着那片净土，不停按下快门，定格一幅幅雪景图。瞬间的美，成了永恒。由衷的赞叹，化成奇观。由此，也成就了一位摄影家。

朋友又说，人大陈龙营副主任是县作协名誉主席，分管山上的旅游开发。雕像周边，开辟《道德经》文化石林。那石林可不是一般意义的石林，是从各地采集挑选、购买回来的。每一块都是天然的，有大有小，有横有竖，各俱神态。看似随意置放路边，却是精心布局。细看已刻字的和还没刻上字的石头，游人别有一番滋味。想想那蚂蚁搬家一样的工程，如果没有马仙信仰的支撑，恐怕很难办成。

道士道姑在"素斋"顶楼辟出一个大大的会客厅，一边摆着工夫茶具，让来客品茗交谈；一边置放一张大桌，铺上毡垫，常备笔砚宣纸，诚邀来客留下墨宝。

那天彼省来了一批作家，其中一位老诗人兴致勃发，以无为之笔法，飞舞出"无为"二字，还朱笔画下印章。另一个艺术家运笔自如，小心留下"东狮胜境"书法，赢得围在身边的马仙信众一阵喝彩和掌声。

朋友讲述"索面话"又细又长，他静静听，好像触景生情，走神了。信仰是一种宁净，但有时也世俗。古代留下的云岗、龙门、乐山佛像，他不明白，无解。新建的南山菩萨、普陀观音、大屿大佛和湄洲妈祖雕像，不论是玉的石的，还是金身的，不时会出现在他的旅途中。雕像一个比一个巍峨，宝座下的人来人往很是热闹。这现象不仅国人偏爱，洋人同样喜欢。他就随导游"参拜"过纽约的女神、里约的耶稣。

神像下人挤着人，不同肤色、不同眼神，低头胸前画十字或展臂大呼小叫，虔诚或好奇，情景更加疯狂。

他曾越过高加索山登上阿尔卑斯山神女峰，曾游走在落基山脉和安第斯山脉的森林湖泊，也曾站在桌山上把远眺的目标锁定在乞力马扎罗山。说实在的，他不大理解朋友为什么如此痴迷这座小小的东狮山，又是填词，又是作曲，抒发对它夸张的赞美，倾注浓烈的爱。但他似乎又能理解，小城因为有了这座东狮山，就有了在这里无限寄托的可能。"山不在高"之说，"心诚则灵"之说，说的正是这里居民拥有自己神圣的精神高地。

朋友对他说，你右手写作，左手办企业，上山拜拜，保佑发财如何？他沉默一阵，说，钱好，马仙能赐给写作灵感更好。

《以心造境》／林伟　绘

三

石阶一级一级登上去，面前出现了一群新建的别墅，错落在山坡。他对朋友说，这不是他想去之所，回吧。

折回不几步，石雕图腾柱下，转出一位长者。长者头戴官帽，两侧有叶片一晃一晃的，手捋长须，相貌和善，像是一个读书人。

他和朋友上前作揖。

他说："你好，前辈，我认得你，我们是同乡啊。"前辈自号无相居士，姓陈名桷，字季任，北宋政和二年上舍廷对第三，授冀州兵曹参军。历任礼部郎中、提点福建路刑狱、太常少卿、泉州知州、两浙西路提刑、福建路转运副使等职，是个省部级高官，事迹见《宋史》。

但凡名人，一般总有故里之争，这太平常不过了。此省陈楼坪是其出生地，有证有据。说其是彼省浦门人，也言之凿凿。此事留给那些乐于考证的人去做。他觉得，追捧名人，是顺理成章的事。只是，追捧名人，须追捧其人而非追捧其名。不必一概仰视名人，反之，名人也不必俯瞰众生。人与人碰撞交流，无论是蛰居底层，还是高居庙堂，平等是最佳状态。用平视的眼光，才能窥探到真实的内心。

他对长者说："前辈，不知你官有多大，但看看你的字，读读你的诗，你令人敬重。"

现保存在彼省九堡村，有一块《宋故孺人柳氏墓志铭》石碑。此碑楷书阴刻29行，满行23字，系林季仲撰文，"左朝议大夫提举江州太平观赐紫金鱼袋陈桷书"。前辈的字唐人形制，晋人笔意，一点一画都不含糊。

前辈笑笑，说："勒石不是小事，哪能草率。《瘗鹤铭》崩裂江中，后人还要视为稀世珍品去打捞。'到此一游'式的涂鸦会大煞风景。柳氏虽是个村妇，但我不能因为她是村妇就不认真对待，更不能因为我是个官，就信手乱涂。"

他又对长者说："前辈，你的文集十六卷早佚，如今能读到的，也只有二三首诗了。"《合掌岩》见于清乾隆曾唯辑《东瓯诗存》，《广化寺》见于清乾隆《福宁府志》，还有一首送别友人的诗，据说是近年在民间文献中发现的佚诗。

"'合掌仙岩插汉高，下临沧海压波涛。'这是前辈你写家乡风景的，欣喜告诉你，如今合掌岩完好无损，仍然屹立在高山，面对大海。遗憾的是驻扎了部队，有警戒线，只能远观，不可近看。"

他从洪氏辑录的陈桷资料了解到，前辈幼年从父读书，其父手抄群书授之，早夜课其诵读。入仕后，宋高宗称他是"好士人"。史书载，秦桧曾在温州闲居，结交了一批温州士人，陈桷因主张"修政事以攘敌国"，而没有投靠秦桧。秦桧当宰相时，宋高宗问："陈桷好士人，今何在？可惜闲却，当与一差遣。"秦桧以同名的武将对答说："今从韩世忠，辟为宣习参议官。"高宗笑着说："非也，好士人岂肯从军耶？"因与秦桧不合，陈桷终与礼部尚书吴表臣等六人一并被罢官。

被罢官后，前辈曾回到长溪广化寺一带，爱上这块土地，吟诗作赋，过起隐居生活。

前辈诗云，望外去程远，闲中度日长，寺林投宿鸟，羁愁逐异乡。广化寺就在此不远，后山就是前辈长眠之处……

前辈收起笑容，有些忧伤。前辈说："我想家乡了，就此辞别。"

他与朋友若有所失，久久回不过神来。

前辈被人称为"才吏"，在他看来，"吏"不重要，"才"才是稀缺的。于是，调节一下情绪，他跟一同拜访东狮山的朋友调侃起来——"嘿，周贻海！你在此小城也算个'才吏'，好好干，有朝一日成了名人，到时此省彼省自然就有人为你引发一场争夺故里的大战啦！"

柘荣说"柘"

◎ 周贻海

引　子

2011 年 12 月 5—6 日，著名作家、福建省作协原主席章武先生在柘荣采风期间，至少跟我说了两次，"柘荣雅称'柳城'，境内绿柳成荫，柘树却罕见踪影；赞美柳城柳树的作品不少，却没有发现有人去写柘荣柘树的"。他们夫妻俩因此决定，把"柘荣柘树"作为"走进柘荣"创作的选题。作为柘荣相对比较活跃的作者，我暗自羞愧，不知言语。

章武夫妇回到榕城，很快兑现了承诺。汪兰女士写了《柘荣寻柘》，章武先生在《一条溪对一座城的倾诉》中深情地说："还记得吗？早在相亲的日子里，你就告诉我：你的家乡曾是一个长满柘树的山间小平洋，名叫柘洋，后来，你诞生时，人们就为你取名为柘荣。柘树—柘洋—柘荣，我喜欢你这名字，因为这是整个福建省唯一以树为名，与树共荣的县城名字。"

章武先生寄给我文章的同时，也寄来了他在 2012 年元旦为柘荣县作家协会会刊《柳絮》的题词："祝福柘荣的文朋诗友：能像柳城之柳，在春风中绽放新绿，轻舞飞扬；也能像柘荣之柘，厚积薄发，大器晚成，让野生野长的灌木，长成参天巨树。"由此可见，章武先生对柘荣柘树苗壮成长的期待与热望并不亚于柘荣人，而对柘荣文学青年成长的关怀与祝福亦如出一辙：寄望于树木树人浑然一体，寄望于柘荣文学积健为雄。章武夫妇对柘荣柘树的热情关切与衷心热爱，深深感动了我，也促使我把文学创作的责任意识与内心驱动，转向了柘荣之"柘"。

沿 革

柘荣古称柘阳，又名柘洋、柘城，宋代属福建路长溪县灵霍乡柘阳里，设有库溪巡检司；元代为福建行中书省福州路福宁州灵霍乡柘洋上里；明代属福建省福州府福宁县（州）；明正统六年至清康熙三十九年，清乾隆四年至民国二年，前后434年，柘设巡检司于下城（柳城）。清宣统元年，柘为霞浦县上西柘洋区。1934年4月，中共在柘开辟苏区，成立霞浦上西柘洋区苏维埃政府，直属闽东苏维埃政府，同年5月，建立霞鼎泰县苏维埃政府。1935年10月，设柘洋特种区，直属省辖。1945年10月1日，设置柘荣县。（《柘荣县地名志》）

世居龙溪下游溪坪街的陈桷后裔、柘荣县第一届人大代表和第一至第三届政协委员陈超，自号"木石居士"。这位20世纪70年代为争取柘荣复县的"铁笔杆"功臣，出版有《木石居诗文集》。这部文集在2005年作为柘荣建县60周年、复县30周年的县庆贺礼，送给各方来宾，为柘荣的后代了解柘荣历史渊源，意义十分重大。

说到柘荣建县，不能不点到"木石居士"陈超的伯父、清宣统拔贡陈善臣。他曾在闽东一带以及省立第三中学、汉英中学任教，培养出许多优秀人才，其中闽东著名革命烈士马立峰、福建师范大学黄寿祺教授等都是他的门生。1943年，他担任柘洋特种区民众教育馆馆长。翌年，他主笔写成《建县刍议》上报省政府，请求在柘洋建县，文章曾刊登于《中央日报》。1945年，柘荣建县，陈善臣被选为县参议会副参议长，兼任县文献委员会副主任、县志编纂组组长。

"拓"荣

2012年春节前夕，柘荣九龙井所在的乍洋乡，出产了一品美其名曰"柘一红"的乡土红茶。据说其冠名的出处，来自清袁健伦的《柘城志》："柘虽僻处一隅，东据狮子朝天之胜，西拥猛虎出林之雄，南临禄马特金龟而走蜈蚣，北靠文峰倚碧洞而挟美女，此其大概（红）也。"我有饮茶写作的习惯，这种冠名特质、意味悠长的"柘一红"茶的到来，刹那间融化了深冬严寒的夜幕与僵化的灵感神经，撩拨起了我探究柘荣之"柘"的盎然兴味。

乍一思索，我发现当下越来越多的柘荣人对"柘荣"的"柘"字，已经显示出了强烈的自信与认同的荣耀感。他们对"柘"的推崇备至，已经升华到了一种"文化自觉"的高度了：开个酒家，美其名曰"柘一家"；整点臭豆腐，也喜滋滋臭美地称之为"柘一味"；出一款新茶，赶快注册"柘一红""柘一泡"，如此云云。好像认准"柘"字做文章，人能成、事能发、商标能驰名似的。

或许很多人并不知道，曾几何时，柘荣人在当地做装潢广告，还有人把"柘荣"写成"拓荣"，并且赫然钉在自家的商铺上的。外埠人，自不必说了。也许他们认为"开拓繁荣才是比较直白通俗的文化内涵"，于是一路"拓荣"了去。

"柘"字毕竟不通俗。如果你打开"2009'凡花无界'"的视频细听，不难甄别出红遍中国的"反串"歌王李玉刚在《故乡是北京》的嘹亮歌声中，依然自作主张地将"潭柘寺的松"，唱成"潭'拓'寺的松"。声音很小，发音很短，但可以确定的是，李玉刚一开始并不认得这个"柘荣"的"柘"字。据说他在北京献演时，还是一位在首都师范大学就读的柘荣人耳尖，当即在网上登高一呼，很严肃地指出了问题所在，狗仔队才不依不饶，发出了一片唏嘘声。

如果"倒着走"，关于"柘"字的生僻，还可以上溯到1934年朱自清的《潭柘寺·戒坛寺》。在文中，朱自清直言不讳地写道："真打动我的倒是'潭柘寺'这个名字。不懂不是？就是不懂的妙。躲懒的人念成'潭拓寺'，那更莫名其妙了。这怕是中国文法的花样；要是来个欧化，说是'潭和柘的寺'，那就用不着咬嚼或吟味了。"可见，即便是"先有潭柘寺，后有北京城"，人们对"柘"字读音的想当然，似乎一以贯之习惯了，就比比皆是起来了。

柘籍著名诗人、《台港文学选刊》编辑游刃曾在他的《词语续纪》中感叹道："我生活的小城名叫柘荣。数不清的人将它读成或写成'拓荣'。'桑柘影斜春社散，家家扶得醉人归'，柘树在古代意味着农耕文化的荫郁，与人们的日常是那样密切关联。如今，柘树在消失，词也将随之消失。"

木　石

20 世纪八九十年代，柘荣的知名度尚未鹊起。笔者在溪坪古街的"东峰碑林"诗书画影研究会担任《诗书画影报》主编。在研究会发起的"东峰碑林"诗词美术书法摄影大赛上，那些从全国各地如雪片般飞扬而来的参赛书信上，除了用工整的美术字写着"拓荣县"之外，还有用颇有功力的书法变化着各种字体书写的"枯荣县""石荣县"和"木石荣县"等。

当然，写"木石荣"我多少还可以接受一些，"木石"和"柘"毕竟还是有一些历史人文的牵连的，史上文人也喜欢把"柘"字拆开了，在"木石"上寻些雅趣，做点文章。有道是，"前贤筑室岂但木石与居鹿豕与游？后学入门要识宗庙之美百官之富"。木与石既是原始社会人们结庐山间、木石为家的基本元素，又是天下有情人"缘定三生"的爱情信物，有温馨况味，亦有传奇之美。

《孟子·尽心上》："舜之居深山之中，与木石居，与鹿豕游。"又，名著《红楼梦》的情节楔子起源于"木石前盟"。明朝诗人王阳明在《舟中除夕之二》的诗中也有"也知世上风波满，还恋山中木石居"的优美名句。明朝著名的无念禅师亦被黄柏山的高远和幽静所倾倒，认为这里可以是自己心灵的家园。"一日闲登峻岭，望见有山，名曰黄柏。岭僻幽深，绝无人踪，甚可寄息……古人言'与木石居，与鹿豕游'，此其地矣！"（《黄柏法眼寺记》）

最重要的是柘籍福建历史文化名人、明万历进士、湖广布政使参政游朴。他早年在柘洋黄柏山洞读书时，就在溪岸的摩崖上，写下了"木石居"三个字，现遗迹尚存。游朴读书洞，后人称之为"片石堂"，木为床椅，石为屋篷，可见游朴当年读书的艰辛与毅力。《中华诗词》中有一首描写游朴摩崖石刻群的诗："安居木石每朝东，魂系云端翠柏峰。头枕诗书怜雅意，情留家国傲苍穹。政通巴蜀青天外，法定龙庭日月中。可渡梅船行万里，当前一钵祭游公。"（缪芝山《访黄柏·怀游朴》）游朴石刻中除了诗中点到的"木石居""当前一钵""梅船"之外，还有"天开图画""静里层匕石""双翠亭""白云深处""竹裹奇石""水帘洞"等等。

解读游朴的"木石居"，至少有三层含义：柘荣古称"柘洋"，无论"木石居"还是"居木石"，不外乎都是"居柘焉"，此其一。游朴少年祸不单行，11 岁祖父去世，

15岁丧父。游朴哀恸之余，"静里层匕石"，一刀一刀刻在石心里的"木石居"，蕴含着他"立誓成才、排除万难、守志践诺"的"木石心肠"，此其二。游朴后来遭遇"木石前盟"的悲剧，不得不自断金玉良缘，此其三。

关于"木石前盟"，《红楼梦》第一回《甄士隐梦幻识通灵，贾雨村风尘怀闺秀》道：西方灵河岸上三生石畔，有绛珠草一株，时有赤瑕宫神瑛侍者，日以甘露灌溉，这绛珠草始得久延岁月……那绛珠仙子道："他是甘露之惠，我并无此水可还。他既下世为人，我也去下世为人，但把我一生所有的眼泪还他，也偿还得过他了。"贾宝玉念念不忘的"木石前盟"，表示他和林妹妹前生有缘，林是木，宝玉为石，林妹妹要以一生红泪还他的恩情。

令人感到蹊跷的是，虽然这《红楼梦》写自清乾隆年间，可早在明朝嘉靖年间，长溪柘洋南阳（今闽东柘荣黄柏）一隅的游朴，就经历了一次他生命中痛彻心扉的"木石前缘"——

话说游朴父亲游德英年早逝，临终遗言要他"立志成才、矢志不移"。游朴草草埋葬了父亲，在乡里开设书馆贴补家用。他的学生潘岳训勤奋好学，深得游朴器重，可惜不久就染病去世。其妹潘岳琴年方十六，天资聪颖，暗恋游朴，觉得游朴是个难得的好后生，如能成为终身伴侣，父母也有个倚靠。

可不久，附近有个殷实人家的子弟，托媒前来说亲。潘岳琴终日寝食不安，她红着脸对父母说，先要报答游朴的恩情。于是托人告知游朴，说茶园荒芜，请游朴帮助除草。游朴按约来到南阳茶园除草。见了游朴，潘岳琴依旧是红着脸，将人家说媒一事和盘托出。面对一个"今生只愿他拥有"的娇娃，面对触手可及的一生幸福，游朴却想起了父亲游德的"立志守誓"遗嘱，艰难而坚定地放弃了这段姻缘。潘岳琴听罢，泪如泉涌。

落花有意，流水无情。巧的是，游朴朴中有木，岳琴岳里有石，一段凄美的木石之缘就此了断。"都道是金玉良姻，俺只念木石前盟。空对着，山中高士晶莹雪；终不忘，世外仙姝寂寞林。叹人间，美中不足今方信。纵然是齐眉举案，到底意难平。"（《红楼梦·终身误》）因了这个凄美的传说，柘荣九龙井后来出产的一味茗茶就顺了这个典故，美其名曰"柘一红"。

柘城

确实，"柘"在古代是红极一时的。北京著名的潭柘寺建于 1600 余年前的晋代，清康熙年间改称岫云寺。据《岫云寺莲花池记略》载："寺址本在青龙潭上，有古柘千章，故名潭柘寺。"可见，古老的"柘"字在名寺中的沾光添彩，这时候就开始了。

除此以外，古往今来，大江南北还有诸多地方因柘树而荣的。比如，河南柘城县。"柘城"一名始于战国，属楚国。据《太平寰宇记》载："邑有柘沟，以此名县。"柘沟应是以当地广泛生长柘树为名。秦置"柘县"，隋开皇十六年（596 年）更名为"柘城县"。

笔者现居的柘荣县的先民系从中原大地河南迁徙而来，史上也称"柘城"：

福宁在八部，独当东北之冲，扼距瓯越，八部恃之；而州之西北为柘城，又州所恃以为背塞之固者也。故柘虽甚僻，而实有特引全闽之势。（明参知游朴《送柘洋司聂巡宰考绩序》）

考之先世，初未有城，四望林樾之下，长檐相稠。现今相传，百姓门即其遗址。迨我先公……下令筑城。凡桥梁、关隘、道路，听民掘石垒堑，时至正廿有一年也。越明年，城竣，城周围八百四十丈，高一丈五尺上下，马路厚一丈七尺，街长一百七十丈，阔除沟二丈实……柘之城实起于此。（清袁健伦《柘城志》）

元至正间天下纷扰，盗贼蜂起，吾祖恭三公与胞弟恭四、恭六、恭九、恭十公纠建泰安社，以御贼而安民，始为城。在至正二十一年十月兴工，越明年城竣……明季倭寇之乱，柘有城，而战守两便，寇至辄败去，无所获，故霞之南路知城之为利甚大，效而筑者三十余处。（清袁万青《修柘城志》）

柘洋东山，在州西北百二十里，东望海外数百里，诸山皆在履舄之下。元末有袁天禄者，率其昆弟保柘洋，为泰安社州，赋税讼狱皆归焉。元授以江西

行省参政。明初纳款，世居此地。嘉靖末，倭贼寇其頍堡，不能下。（清顾祖禹《读史方舆纪要》）

上述索引的"柘城"，现为省级重点文物保护单位"柘荣双城城堡"的其中一城，是闽东建筑最早的一座石构城堡。

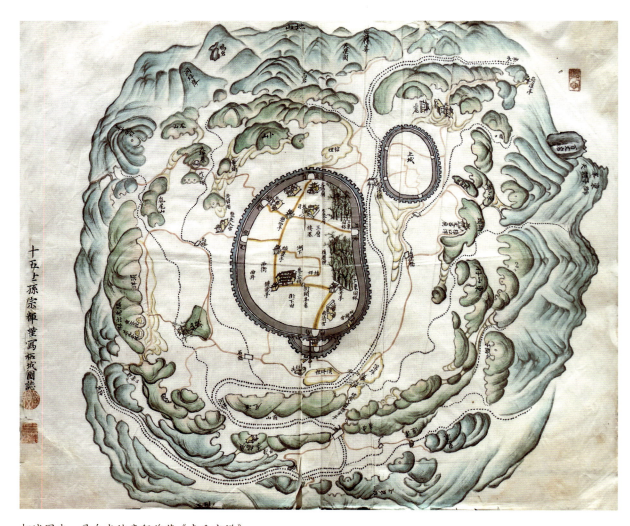

柘城图志，录自光绪辛卯前营《袁氏宗谱》

柘 树

柘荣的先民最初来自中原大地河南固始等地，想必这跟柘树人柘衍生，以及柘荣古称柘洋、柘城多少有些根源吧。《柘荣县志》载："民国三十四年10月建县，始定今名（柘荣），以寓欣欣向荣之意。"古时，"桑柘并称"（柘树叶可以饲蚕），全唐诗里就有"蘸菘郁朝露，桑柘浮春烟"的绝句（唐彦谦《和陶渊明贫士诗七首》）。留在太姥山主峰东狮山的摩崖诗刻中，也有"全柘万山罗小队，扶桑千里见微波。晴云不散坛前树，明月长依石上萝"的名句（明游德《柘洋东山》）。由此可见，"木石尔雅，欣欣向荣"，才是"柘荣"的引申与祝词。

柘树很名贵，有"南檀北柘"之说。经过长时间的生长，柘树会由灌木生长形成乔木。而由于生长极为缓慢，国家规定，凡树龄在50年以上，都属于国家一级保护的落叶乔木。《本草衍义》："柘木，里有纹，亦可旋为器。叶饲蚕曰柘蚕。叶硬，然不及桑叶。"明代李时珍《本草纲目·虫一·蚕》载："今之柘蚕与桑蚕并育。"

2011年12月，章武夫人汪兰女士在《柘荣问柘》中写道："按理，柘树是北方的树种，在南方极为罕见。但不知为什么，在古代的闽东，在东狮山下一大片山间小平洋上，它也能落地生根，繁衍后代。于是，先有柘树，后有柘洋，再后，又有了柘荣这个县名。""可惜，来柘荣快两天了，我却始终与柘树缘吝一面。""听当地文友说，在柘荣，已很少能见到柘树了，为此，十几年前，县领导特地命林业局从东狮山上挖来一株，种在县府大院里，供人观赏。"

"有人质疑，柘荣原名柘洋，为什么不见一棵柘树，倒有柳絮迎风呢？这应该与物竞天择的进化有关吧。在开垦这块处女地之前，也许是一片原始森林，有过不少自生自长的柘树，被开垦后，柘树就'搬家'了，代而取之的是易生易长的柳树。据老农民说，在章口洋田基下还残存有柘树老根……"（陈超《木石居文集·柳城来历》）

又，《本草纲目》曰："柘，处处山中有之，喜丛生。干疏而直，叶丰而厚，团而有尖。其实状如桑子而圆粒如椒，名佳子。"可见当年，柘城内外"杨柳风微，苗稼云齐"，一派"桑柘翠烟迷"的景象。然物竞天择，如今柘荣的标志柘树，除了县政府门口从东狮山移植来的一株树龄10多年的柘树之外，就只剩下龙兴寺旁的龙溪畔、草莽间，几簇不为人知的野柘灌木丛了。

柘 阳

1987年，木石居士陈超老人写的《陈桷其实柘荣人》一文，成为后人揭开柘荣原名"柘阳"的重要线索，也因此揭开了宋礼部侍郎陈桷的祖籍地之谜。其实，柘荣建县年岁虽短，但历史悠久，文绪绵长，新石器时期的文物就在柘荣的东狮山下被发现。据《柘荣县志》记载："柘荣原名柘阳，始自宋代长溪县灵霍乡柘阳里。元代升长溪县为福宁州，柘阳改称为柘洋，并析柘洋里为柘洋上、下二里。今柘荣县境为柘洋上里之地。"

宋淳熙五年（1178年），柘荣湄洋陈氏祖先陈傅良出任福州通判，深得福州知州兼福建安抚使梁克家的信任。他协助梁氏编纂了史上著名的淳熙《三山志》。彼时，他以"城里三山千簇寺，夜间七塔万枝灯"来说明福州城内外的佛事繁盛。在《三山志·卷第三十四·寺观类二》中，他与梁克家记述的"柘阳"比较著名的寺庙是"龟湖院"："龟湖院，柘阳里。光启二年置。始，僧惟亮筑庵今院之前山，有大龟浮湖中，沿崖而上，僧有所之，辄载往。既而龟化为石，庵鞠为草，其徒乃移建今院。皇朝景德，始为丛林。"文中所指的"前山"，即是当下城郊乡前山村：村前龙溪环流，鳌鱼山矗立。唐代有诗云："白云古刹景清幽，半月沉江吉水流。"前山龙溪畔广福寺内现有一棵罗汉松，树龄1000多年。

此外，淳熙《三山志》记述的"柘阳"寺庙还有："报恩院，柘阳里。天祐二年置。""宣圣院，柘阳里。乾化元年置。""广福院，柘阳里。后唐长兴元年置。""圣寿院，柘阳里。清泰元年置。""保安院，柘阳里。清泰元年置。""延寿院，柘阳里。皇朝建隆元年置。""广应院，柘阳里。皇朝建隆二年置。""宝胜院，柘阳里。皇朝建隆四年置。""云峰院，柘阳里。皇朝建隆五年置。"等等。

那么"柘荣"为何原名"柘阳"？又为何来自"柘洋"？除了"柘树诸多、登东山可望洋"的联想之外，20多年来，闽浙两地的陈桷后代陈超、陈拂岫、陈起兴、陈启西、陈起建、陈文苞等人不约而同从不同的角度寻根问祖，做了大量的文史考证工作。名作家林思翔、唐颐、黄静芬、陈孔屏、缪华等人也先后撰写了相关文章。

陈桷（1091 — 1154 年）字季壬，浙江平阳柘园人，卜居京口（今江苏镇江），自号无相居士。政和二年上舍，进士及第。历仕宣和提点福建路刑狱、高宗礼部侍郎，忤秦桧罢官。著有文集十六卷。《宋史》载："桷宽宏蕴藉，以诚接物，而恬于荣利。"

民国《平阳县志》和《柘园陈氏宗谱》记载：柘园陈氏始祖陈瑄（784—857 年），字正器，长子名陈昊，次子名陈直。唐宪宗年间（806—820 年）与兄陈瓒同登进士，官永嘉教谕。因恋浙南山水之胜，致仕后隐居横阳（今平阳）凤凰山下，数年后又徙居江南柘园。

关于柘园，乾隆《平阳县志·陈序传》有文章记载："陈這后裔之一陈序，号植柘，工诗文，明正统年间著有《植柘稿》若干卷。柘是落叶灌木，产北方，干疏而直，木里有纹，叶厚而尖，用途很广。其干曲之可以作桥，其叶可饲蚕，柘蚕可吐丝，柘丝作琴瑟其声激扬，柘皮煮法还可作染料。柘园之地因植柘而得名。"

由此可见，平阳柘园成了"柘阳"的关键词之一。

——柘园族谱清楚地记载：始迁祖瑄公，四世臣公，陈臣公生三子，即"执左""执右""执在"。在"执在"旁注有："配苏氏，徙居福建柘烊县"。后查资料发现，"柘荣"就是"柘烊"，因生僻，又称"柘洋"。柘园陈氏族谱与柘洋湄洋陈氏宗谱的对接，让笔者意外的是，谱上记载的"桷公"就是登宋政和二年（1112 年）探花的"陈桷"。（陈文苞《一代名宦陈桷的身世考辨》）

——唐进士、广州刺史平阳柘园第四世陈臣，与其子陈执在，在此离乱之际人柘。据《柘洋湄洋颖川陈氏宗谱》（清朝嘉庆廿五年修）记载：柘园五世祖执在公迁居闽柘荣县溪坪陈楼坪，此后，历经尧信、士公、太卿、器公、链公、显公、节公、寿公、桷公（陈桷）。现柘荣溪坪古街的陈桷坊、陈桷接官亭遗址和陈桷探花府故居官邸等，已被认定为柘荣县文物保护点。（陈拂岫《一代名臣宋礼部侍郎陈桷身世探析》）

——陈桷，福建柘荣人。宋元祐五年（1090 年）出生于柘洋（柘荣古称）溪坪潭头坪（又称陈楼坪）。从小受书香家风熏陶，勤奋好学，并曾到浙南"平阳学宫"就读，学业日见长进，终以上舍贡生入太学，政和二年（1112 年）高中进士，殿试名列第三（探花）。陈桷的祖上原住浙江平阳。唐末藩镇割据动乱频繁，陈家便从浙南迁至柘荣。（林思翔《如公清白古今稀》）

宋绍兴三十二年，《柘洋湄洋陈氏谱》序言中有一首《创兴蔗园基址》诗：

自古英雄不偶生，

致身惟被竭忠诚。

由来志士无多见，

今睹尚书绰有声。

千载石林曾著美，

百年川岳复储精。

圭璋魁宇风尘表，

闽浙襟期玉雪清。

这首诗是写陈桷中北宋探花后，有人赞誉柘洋陈氏家族名人辈出的情景。明末思想家王夫之云："柘，与蔗通。"因此诗中的"蔗园"与苍南的"柘园"实相同。由此可以猜想，柘荣原名柘阳，是和当年从平阳迁入有一定关联的。

尾　声

综上所述，柘县虽小，历史渊源却博大精深；建县历史亦不长，却又经历了多次撤并。

据《柘荣县志·隶属沿革》载，柘荣在 1945 年 10 月 1 日设置柘荣县；1956年 8 月 12 日，柘荣县制撤销，原县境并入福安县辖；1961 年 10 月 15 日，柘荣恢复县建制，仍属福安专区；1970 年 7 月 1 日，柘荣县建制再次裁撤，原县内的城关、东源、宅中、黄柏、富溪、楮坪、英山 7 个人民公社划归福安县辖，乍洋人民公社划归福鼎县辖。1975 年 3 月 15 日，柘荣再次恢复县建制，属宁德地区。

关于柘荣建县、撤并县的周折，柘荣一中原校报《蒲公英》主编、县史研究爱好者吴纯生先生曾耗时多年，费尽心血写成《柘荣"闹"复县始末》(初稿)。令我怦然心动的是这几句话——"在中国近 3000 个县治中，像柘荣这样 1945 年建县，到 1975 年不过才 30 年的短暂历史中，被撤并两次又建县三次的，可谓是绝无仅有！

小小的山城柘荣，它既是命运多舛，可又常常能峰回路转啊！"

　　林林总总，有关"柘"的研究与追溯到一定深处，才能顿悟柘荣"闹"复县时，民众的坚执合力；也不难体会乍洋九龙井茶冠名"柘一红"的良苦用心。《本草纲目》有云："柘木红心……其木染黄赤色，谓之柘黄。"自唐以来，帝王服色多为"柘黄色"（赤黄色）。唐王建《宫中三台词》中有"日色柘袍相似，不著红鸾扇遮"。这也只是唐诗辞藻中的美言佳句。其实，古往今来，柘荣人民一颗红心，前仆后继，为了自己的小小县治不畏艰险、舍家捍卫，不仅辛苦维护、辛勤劳作，而且建设图腾、持续发展、跨越发展，这才体现了"一颗红心献给党"的真谛啊。

　　柘木红心，"柘一红，便胜却人间无数"。

花篮／王描眉　剪纸

波光流影溪坪街

◎诗 音

　　溪坪街是一条古街，也是古代南连福宁府、福州府，北通浙沪，直抵皇都的一小段繁忙的古官道。古街位于柘荣县境内，闽东太姥山山脉最高峰——东狮山脚下。古街地形奇特。街西缓缓流淌着龙溪水。街东萦绕着一条后门溪，以及一片长有丛丛野苎麻、芦荻、菅草的野地和田野。由北而南长约400米、宽4—8米的卵石路古街，就像一只漂浮在水上的木筏子。而且北街头一段地势确实缓缓升起，再加上街头龙溪一侧没房子，古街简直就是一只在水中浮漾起伏的木筏了。那种漂浮不定感确实让住家感到不安，于是在街头种了一棵辛夷树，来系缆镇定木筏。这是多年以前我听本家族的阿细叔公说的。住在溪坪中街的阿细叔公说，辛夷花开时，花香飘满一街，从街头香到街尾。为什么要种辛夷树，而不是种其他树呢？我想，辛夷花散风寒，确实适合居住在水边的人，但更可能是辛夷花也叫木笔花的缘故吧。辛夷花蕾确实像饱蘸墨汁的毛笔。你想象不到，花开后，那满树满枝头粉粉白白艳丽灿烂的玉堂春色，就是这些毛笔在蓝空绘就的奇迹。而笔在溪坪街人的心目中是很有分量的。与此相应，下街就有一个"人"字屋顶，状似神金的字纸炉。对于废字纸，那是不能乱丢的，要恭敬地焚化了。溪坪街人对文字、对文化的敬重可见一斑。

　　这次我回老家，因为要收集一些地方民俗资料，想再找阿细叔公聊聊。母亲说，阿细叔公早过世了。溪坪街上，现在我阿公这一辈分的基本没人了，只剩一个也已瘫在床上。因为原始住家与外来户的迁出迁入，父亲一辈或再小几岁的人，也大多不知道这传说。他们说，街头往东拐弯处的旧炮台附近，以前是有三棵树，是实籽树和杜椎树。实籽树每年结出指头肚儿大小、圆圆黑黑的浆果，非常清甜。说者回味津津，眼神渺远。那一瞬间，我知道他已回到了和小伙伴嬉戏的童年时光。他说实籽儿一黑熟，就被鸟儿啄食。没成熟的摘下，可以在柴草灰里焙熟。他们不知道有这棵木笔树，不知道有种树缆舟的说法。我想这并不奇怪。如今就连他们说的那三棵树也没有了，而且古时候空荡荡的街头龙溪边，不也有了挤挤挨挨的一排房子了吗。

我上小学时，有个同学就住在那片灰暗拥挤的矮小房屋里，大家都叫她桥头妹。我从龙溪的这边，可以看到对岸的房屋和屋后的山峰，在波纹粼粼的水面上的倒影；可以清楚地看到，桥头妹家长满绿苔藤蔓的屋后，还有贴着黑滑的河堤石壁，斜斜砌向水面的石梯。她家人常常沿着窄窄的石梯，下到水边洗刷东西。再往下几座房子的边上就有一个出口，一条没遮没拦的光光石板桥，连接着溪坪街和龙溪西岸这边。

石板桥上游有一条美丽的石拱桥连接着上城。石板桥下不远处有一条石碇步，连接着溪坪里。很久很久以前，在还没有我的那时候，碇步头岸边有三棵老柳树。树上时常栖息着胡爪大老鹰。有个砍柴卖的林发弟，跑了老婆换得一捆纸币，想到溪坪街买点猪肉，煮酒浇浇愁，可是物价飞涨，金圆券瞬息贬值。朝代要变换了，一捆纸币不如一堆废纸片。猪肉店老板可怜他，送了他一斤肉。砍柴人拾了肉，过到碇步半中间，胡爪大老鹰呼地从老柳树上冲下来，叼走了那斤肉。而后就有了"林发弟老婆被老鹰叼去了"的说法。这是一个真实的故事。只是老柳树和胡爪老鹰早已不知何处去了，唯有碇步下的龙溪水仍在潺潺流淌。溪水大时会淹过碇步。当然，遇到山洪暴发，洪水还会淹过甚至冲垮石板桥（今已改建成有护栏的水泥桥）。溪水淙淙，绕过溪坪街尾，在神秘且深邃的五斗潭回旋一下，再往南流去。

五斗潭边的一座小山冈，形似狮子仰天，要去扑龙溪西岸的绣球。龙溪西岸一片坦荡荡的小平原上，有一座妙手神工天然浑圆的小山包。小山包百年老树盘根错节，枝干虬曲，绿意葱茏，遮天蔽日。远远看去，真是一个圆滚滚绿茸茸的大绣球。小山包名仙屿，山顶上绿荫里还藏着一座香烟缭绕的马仙庙。如今，仙屿四周一片种稻种菜的田野，已变成了有音乐喷泉、有草地、有绿柳的公园。

溪坪街人过桥到溪这边的大街，都是说去城里，我小时候听桥头妹这样说时觉得很奇怪。我们都是说上街之类，她们溪坪街人怎么这么说呢？难道一条不长的石板桥就使溪坪变为乡下吗？多年以后，我才知道，原来我是住在一座石头城堡里。溪边那段高一丈五，厚一丈，用一大块一大块鹅卵石砌成的旧石墙，就是残留的一段老城墙。小时候贴着石缝在墙上爬上爬下，在墙头乱蓬蓬的荆棘藤蔓荒草丛中摘野木莓、野酸枣吃；在墙脚或墙缝里采一把草药，到草药店卖几分钱。那时只知道"城墙城墙"地叫着，却没细究"城墙"的含义。石头城堡是明朝开国功臣袁天禄，在元朝末年率领家乡社兵修筑的。这座闽东最古老的城堡，另有很传奇的故事。这里我要说的是，溪坪街的历史比这座古城堡还要古老。

据说，唐朝末年，陈家先祖陈臣，为避战乱，携儿子陈执在从浙江平阳柘园迁移到了闽东柘荣（古称柘洋）溪坪潭头坪。陈家崇文尚德，五世显宦，后裔子孙陈桷是宋礼部侍郎。陈桷高中探花，为一甲第三名，被授予金花。同辈兄弟十房被敕封"金花陈门十房"。陈桷力主抗金，被贬外放回福建老家，任福建路提刑、转运副使等职，常奔忙于福州府与京都临安府之间，转运朝廷钱粮，管理农桑，监察地方官员等，并且几次孤身深入乱兵营，平定了叛乱。这期间，陈桷在故居溪坪古道旁建探花府官邸。这座气势恢宏雄踞溪坪下街的府邸，就时常成为福建路处理公务的中心。明清后，古街诸姓陆续入迁，街市逐渐繁荣，古街两侧附近也相继建有17座古厝大院宅。老人们称这条古街为溪坪陈桷街。

在陈桷探花府门台前，有一个陈桷坊大埕。宋室为嘉奖陈桷在广州任上拒收38000贯番宝归献朝廷，敕建有天子手书"守介不移"匾额的骑街牌坊，并在坊前不远处建有"接官亭"。文武百官到此要下轿下马，瞻仰坊额，感受其平生崇德清廉风范。亭子重檐钟楼式砖木构架，下设木亭凳。亭子是官道上来往挑夫客商歇脚躲雨处，又是街民聚集闲谈摆龙门阵的场所。我有个伙伴小时候常常要到亭子，喊她因聊天忘了回家吃饭的父亲。溪坪街从街头到街尾，还有上下园里亭、泗洲佛亭、集仙亭等七座街亭子。

溪坪街人说，好风水都流到下街了。有民谣流传，"上街打铁仔，中街开店仔，下街读书仔"。

下街多为官宦书香门第。由于家族的崇尚或邻里的影响，下街读书氛围浓郁，子弟读书多有出息。有兵部侍郎陈岘、吏部尚书陈昉，还有什么枢密院都丞兼中书门下省公事啦，进士啦，举人啦，还有拔贡、贡生、庠生、太学生之类，说不过来。现今的大学生、研究生、博导啦，也数不过去。于琴棋书画方面小有名气的人才也不少。记得小时候，有个印象，似乎是我大姐有个俊俏的绣花女伴，不顾父母的坚决反对，硬是要嫁给下街的一个穷小子，就是因为仰慕那后生写得一手好书画，由此还引发了一场风波。

下街读书人除了"学而优则仕"，从事其他行业也都很有些名堂。办私塾的能名扬远方。清举人陈德先，一生潜心研究经学，善治汉易，尤精《小学》，曾受聘主持洪洞玉峰书院，从游者履满户外。山西平阳府尹闻其才，聘他主持平阳府水平书院。清拔贡陈善臣，博学多才，能诗文，通医理，尤工书法。其弟陈继宸，自幼从商，见多识广，能博闻强记，尤有儒者风范。他们家的"聚星堂"陈成记商号，常于灾荒开仓赈济。清儒商陈万泰开有很大的布庄，在福州、苏州、上海一带均有商行，且乐于捐资建桥、筑路、修亭等。仙屿上的马仙庙就是他捐建的。

还有吴可泮，深明易理，尤精天文，以历日酬世，编有《星象地理》《日家要诀》等书。他开设"治明堂"择日馆，历日之术可与泉州"洪潮和"择日馆比肩。周边县市慕名者纷至沓来。民间流传"上街银行，下街治明堂"之说。

就连乞丐也"文"得出名。柘荣有个乞丐叫阿恩，家喻户晓，经常在城里或溪坪街上来来去去。没人知道他是哪里人，但他确实是寄居在下街尾的一处公众房里。阿恩好像有点傻，但傻得可爱，不讨人厌嫌。阿恩总是好嘴头，逢人"阿姆""阿婶""阿嫂"地唤着，笑嘻嘻地来到你面前，并不伸手向你讨要。给也好，不给也好，给多也好，给少也好，他不像别的乞丐还会骂人。如果你给他两角，他会很真诚地客气道："咳，把你拿了这么多来。"如果碰到边上有俩孩子，他会说："这俩孩子真好疼惜啊！"把那张票子转送给其中的一个孩子，再从口袋里掏出一张送给另一个孩子。他常常把讨来的钱散发给街上的孩子。人们对待他也都像来到家门口的乡邻。谁家要是孩子哭，或孩子不好带，就说送给阿恩当义子。

几年前我还见过阿恩。我对面一家人正办喜事。乞丐们好像对这种消息特灵通。阿恩也来了，瘦瘦小小的个子佝偻着，越发瘦小，裹着不合身的破旧衣裳，乱蓬蓬的花白头发，分辨不清他的年龄。他拾着一个扎着口的蛇皮袋，接过喜家给的食物，不忘了说声："咳，这么细腻啊。"然后蹲在门边墙脚静悄悄地吃着。

咳，阿恩不在也已有几年了。听说阿恩死时，有 36 个义子去送葬。

现在说说上街。清雍正年间，上街头铁匠用土铁锻打剪刀、镰刀等。后来陆师傅父子首创柘洋式剪刀。到同治年间，有了林家、袁家的品牌刀剪，以造型精美和剪刃锋利而闻名。上街打铁人家临街而居，却不开打铁铺。即便接邻中街，也不受其影响，搭伴着开个铺子，卖点葱或菜什么的。门前只如寻常人家，安安静静地开开闭闭。他们不需要开铺子，本地人要买一把刀或剪之类，或者外地客商来订货拿货之类，自会熟门熟路找进去。街上隐约可以听到打铁声。铁匠们围着污迹斑斑的油布围裙，在弥散着铁腥味铁锈味的自家院子里，伙计呼哧呼哧地拉着风箱，师傅抡起锤子，在烧红的铁块上叮叮当当地敲打着。物件成型，"滋"的一声，扔进冷水中淬火。日子就这样在沉默的敲打中，或偶尔的说笑中度过。那些出远门的"扛锁"刀剪人，则脚踏芒鞋，翻山过岭，走街串巷，沿村叫卖。"鸡声茅店月，人迹板桥霜。"一路上，坎坎坷坷，有歧视也有温情；有遭洗劫，也有遇拔刀相助。

如今溪坪剪刀已形成产业规模，产品销往全国 20 多个省市和东南亚各国，柘荣被誉为"中国刀剪之乡"。

其实，就隔着一条窄窄的，仅够两个人错肩而过的小巷。小巷的那边是打铁人家，过了小巷这边，就全是做生意开店铺的了。大商人小贩子聚居一处，繁华热闹的街市就几乎全在中街了。古街民居除清嘉庆前建的陈姓 17 座大古宅，属元朝厝建筑，为单层官厅式大院宅，其余多为清嘉庆后建的明朝风格古厝。街道两旁，店面 180 余间。除为小巷所隔，间间共壁相连。柱壁桁橡多以杉、栎木为主。两层"人"字瓦顶木屋，沿街底层店面一律后退一人宽，形成骑楼，方便路人避雨，也有一种谦让迎客之意。古街当年鼎盛时，各种商号林立，有布庄、茶庄、药铺、粮店、油店、猪肉店、京果店、豆腐店、点心店、染布店、弹棉店、金银加工店、香烛元宝店、制衣制鞋铺、照相馆、择日馆、算命卜卦馆、鸦片馆、武馆、花会馆、赌场等。明万历年设有驿站。清代有税务所、银行、邮电代办所等。客栈 10 多家，常常人客爆满。真是麻雀虽小，五脏俱全。新中国成立后，一些乌烟瘴气的店馆关闭了。并且随着县城交通要道与繁华中心的转移，溪坪街逐渐萧条冷落了。

溪坪古街，这艘近千年的老木筏，漂荡在历史的河流上，经受岁月的风雨侵袭，随浪涛沉浮起伏。水漫过，火焚过，匪劫过，但倾盆大雨总有歇时，山洪暴涨会很

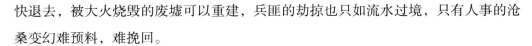

快退去，被大火烧毁的废墟可以重建，兵匪的劫掠也只如流水过境，只有人事的沧桑变幻难预料，难挽回。

有个姓谢的算命瞎子，祖上原是大户人家。高祖父在时，家境如烈火烹油红红火火，溪坪街两边的店面占了中街一大片。高祖父在溪坪里建了一座大宅院，不知什么缘由得罪了木工师傅，木工师傅随手用木剑在墨斗上蘸蘸墨，捡张刨花片画条墨蛇，夹放在正横梁上。谢家自八月十二搬进大宅院后，正当壮年的曾祖父辈五兄弟，每年的这一日，就莫名其妙地殁去一个。最后一个殁去是八月十三，只差一天。

阴戚戚惨凄凄的乌云罩着谢家大院。谢家上下人心惶惶，曾请法师"看腾光"。在房子四周蘸洒净水，用十支大小蜡烛点上五斗灯，在大瓷盘上连下十三道符，请菩萨上座。大瓷盘封上白竹纸，法师念起磨光咒，白竹纸上隐隐显出一首五言诗（或七言诗）。谢家知道了隐患，取出了正梁上的墨蛇，和压在进金门柱石下的红线缠绕着的铜钱铁钉。但却阻止不了家道的衰落，子孙的败业。到了算命瞎子父亲这一辈，已是生计无着，落魄难支。父瞎母聋，又生下瞎子姐弟。瞎姐年过半百才嫁人。瞎子从小跟随瞎父弹三弦，学算命，13 岁就流浪江湖，盲杖笃笃，四处卖艺讨生活。

我小时候，通往溪坪街的那条光光石板桥还在，算命瞎子也还在，只是小瞎子变成了白发蓬乱的老瞎子。算命瞎子将三弦琴弹得风萧萧雨泠泠，有时也弹出光风霁月鸟鸣花笑，但似乎没人爱听他的三弦，或是弹三弦的在三教九流里更低贱。那就闲时弹给自己听听吧。倒是算命能被人尊一声"先生"。算命瞎子的瞎算，算术精得让人一惊一诧，但他却始终算不明白自己的命。在一个月黑风高的冬夜里，瞎子失足掉下石板桥。

回忆起那些老店，母亲记得，她小时候，家里要买块豆腐，切斤猪肉或称点鱼鲜之类，都要跑到溪坪街。城里是有一条街，但只有三爿店，都是游氏家族开的。一家是豆酱酱油坊，一家是米粉豆腐店，另一家什么店，母亲忘了。（那时母亲还小，而且民国初的乡间小镇，女子还不是可以轻易往街上跑的。）但城里的豆腐确实不如溪坪街的水嫩。城里有个黄财主，怀疑长工偷懒，买的不是溪坪街的水嫩豆腐，特意坐了轿到溪坪街豆腐店去证实。

溪坪街除了豆腐水嫩，确实还有许多历史悠久、让人嘴馋的美食。如拌有花生

明光画作

芝麻的炒米块酥脆，甜香里略带点咸；有橘味的姜饼；香嫩柔滑的油卷面；还有鲜香酸辣的牛肉丸等。但最令人怀想的，还是溪坪街的切面店。切面店前店后坊。作坊的大案板上，一条长长的擀面棍在案板上来回擀。擀好面皮，宽宽切细细切，再将宽切面或细切面抖索抖索，就丝丝缕缕落进了沸水里。我似乎闻到缕缕葱油香，从过去的年代扑鼻而来。猪头骨汤在汤锅里咕噜咕噜地滚沸，临街摆满佐料的灶台上热气腾腾。老板在白瓷碗里配好佐料，浇上沸滚滚的猪头骨汤，捞上切面，一碗飘着葱油香、撒上红辣椒绿葱花的切面，就油花花地摆在面前了。店里还有扁肉，皮薄而透明，柔嫩有韧劲，也是淡黄乳白中红红绿绿，清清爽爽。这些面食浇上柘荣特有的砸蒜泡米醋，面粉浊味没了，且更见爽口清香。

溪坪街上，祖传三代酿米醋的刘师傅，祖上也开过切面店、猪肉店和豆腐店。我问他溪坪切面美味的奥秘。刘师傅说，就像做豆腐，切面也要用料讲究，做工精细。再用猪头骨汤浇面，邻里乡亲的，还顺手切一片猪头肉扔进碗里，哪能不香？是的，有店主的厚道和乡情相佐，这样的切面哪能不味醇滋远呢？

有趣的是，过去年代溪坪街很多生意人都迷戏。戏班来了，生意人会挑着面担子之类，十村八乡一路跟随戏班跑，边做生意边看戏。布庄老板张大龄也是个老戏迷，看戏不过瘾，就干脆接办柘洋民间第一个业余剧团，演唱柘洋方言地坪戏。切面店的赵绍良，则创办"新城娱乐班"。民谣流传："柘洋出个绍良班，没戏担用箩担，没戏衣穿长衫。"新中国成立后，戏班改为县越剧团，在福州、厦门及浙江、广州等地演出，盛况空前。

母亲还说，染布店的人家天天穿新衣。因为衣服穿旧了，扔到染缸里一过，又是一件新衣了。说到染布店，早在清康乾年间，本地就盛行种靛草，年产靛草600多担，用靛草捣烂做染料。将纱线织品、土布、白龙头布染成黑色、棕色、蓝色或蓝花布料。抗战时，海运不畅，溪坪街成为沪浙陆运要道，印染业发展至13家。印染土布料销往江浙、苏北一带，生意十分红火。日寇投降，海运恢复后，仍有8家操持染布业，其中富溪温天吉商号也迁到溪坪古街经营。

我的二姑姑曾被送给一家印染大户做童养媳。她说，她小时最怕艳阳晴天。天气好，她就得一整天一整天待在荒凉的五斗潭边，看守经溪水漂洗后晾晒在卵石滩上的染布。一个7岁的小女孩，模模糊糊听过五斗潭边的凶险传说。在冷僻的只有荒草芦荻的卵石滩上，太阳底下晒昏花了的眼，定定看住鹅卵石滩的某一处，自己都被自己的想象吓坏了。荒草丛稍有风吹草动簌簌声，都会心惊惊胆战战。于是就盼着雨天能挽只竹土箕，到田野上拨猪草的自由快乐来。

这次我回老家，特意到溪坪街走了走。清晨，提篮挑担买菜卖菜的，匆匆吃早餐的，骑车上班的，那一阵热闹过后，整条街很快清寂下来。那些时髦高档的店铺，都开到城里霓虹闪烁的十字街口了，只剩一些日常生活不可少的快餐店、点心店、杂货铺，以及老人孩子的衣帽鞋铺、补鞋修伞铺之类，而且大都聚集在桥头口周围。越往下越寥落，一些店门紧闭，里面的住家可能已搬到新城区了，一些店面只为住家出入的门户。

草药铺、香烛元宝店、竹刷木桶铺也还开着，店堂里幽暗冷清。老木质货架和架上的货物，让人感觉积满尘埃，有了陈旧的色泽。店堂里只有一个看店老头，孤寂地坐着，或拿一把鸡毛掸子，这里那里掸掸，挪挪货物；或抱着竹烟筒，默默抽两口又停下，若有所思。他们灰暗的衣裳，融进店堂的幽暗里，一张苍白的脸浮在幽暗中。但我看不清脸上的五官和表情。他们的儿女子孙有些能耐的，也都搬到外面的新房了。老两口难舍旧家，坚守着老铺子。那些曾经显赫辉煌的大宅院门口，"衡门自适""天光云影""流水环门""溪云深处""奎璧联辉""德星远聚"之类的题字，虽雄浑苍劲，但也抵不住风雨岁月的剥蚀，斑驳模糊。而在这沉寂的大门楼里，还有多少我不知道的故事，在岁月的河流中漫溯呢？

回首古街，我想到另一些斜阳草树寻常巷陌。风从远古穿街而来，风里有我无法说清的气息。我走进街旁的牛肉丸店，店里只有我一个客人。我要了一碗，慢慢嚼着。鲜美的酸辣里有醇厚的姜香肉香，那种特有的风味还在。我想，古街这些大宅院，这些壁连壁，彼此相依，注定要互相搀扶下去的老木屋，就像那些难舍旧家的老人们，沧桑古旧，却都蕴藏着一份厚重的历史和文化。

龙溪水亘古至今缓缓流淌。波光流影里，溪坪街往事如梦，亦真亦幻。流逝的终将流逝，流不去的倒影，会不会偶尔涌上溪坪街人的心头，波光粼粼地荡漾呢？

惇游福地

石山洋晨曲／魏高鹏　摄

双城城堡之间的龙溪协奏曲

◎ 晓 舟

20世纪70年代，笔者随父母到闽东老区柘荣县工作，孩提时代的我有幸见识了这个有着"双城"之称、"柳城"之美的山区小县。那时没有宿舍楼，我们租在龙溪河畔的大杂院里。民居对面是一个柳林茂密的明代古城堡东兴安堡（俗称上城），一条古碇步贯穿了龙溪的清澈与自由自在。

龙溪由源自太姥山山脉主峰东狮山的润流甘泉汇聚而成，源头一段叫作仙娘溪，与间山相通。传说，东狮山麓岭边亭农民陈秀二从闽江底的间山学艺归来，在这里遇见了马仙娘娘变成的农妇。时值溪水暴涨，农妇无法过河，要求陈秀二背她过河。陈秀二备感为难之际，用葛藤变成一座仙桥，马仙即收陈秀二为徒。因此，龙溪之源便称为仙娘溪。

马仙娘娘又称马仙、马元君、马七娘等，其神格为"健康平安神"，其信仰肇始于唐朝，与妈祖、陈靖姑并称宋封福建三大女神。古代柘荣信众以母亲河龙溪蜿蜒流过的两岸村落为"境"，按当时的人口，共划分为"十三境"，作为马仙巡游的先后顺序。元至正元年（1341）《柘洋湄洋陈氏芦家塘谱系·秀二间山回家遗言》记载，"十三境"的划分即按龙溪源头起始的水流秩序分为：岭口境、东峰境、上城境、后营境、前营境、溪坪境、湄洋境、前山境、洋边境、东源境、西宅境、太阳境、濂溪境。于是，柘荣龙溪成了人们敬仰仙灵，规范秩序的度量体。

当年，我住在龙溪之中游，就读的学堂在龙溪下游。在我家和学堂之间有一条长达千米的元代古城墙，墙外是杨柳依依、欢快潺潺的龙溪，墙内古木参天。这座明朝开国功臣袁天禄在元末所建的城堡，曾为闽东抗倭起过战略示范作用，时称"闽东第一城"，俗称下城。上下两城隔着龙溪相望，互为犄角，形成富有福建地域特色的"双城城堡"。多少年来，龙溪悠悠，自在开心地穿梭在双城城堡之间，宛如太极阴阳鱼的中间线，而上下两个城堡则构成了太极图里的两个鱼眼，这是多么天造地设、威仪万象的神奇曼妙啊！

读小学的时候，我们喝的是有着神灵色彩的甘甜的龙溪水，家里的用水是我在溪边侍弄小菜园时顺手提回家的。现在回忆起来，这一带有无限的童趣：当夏天的凉风吹皱东狮山掩映的蓝天碧水的时候，我和童伴们一头扎进龙溪水里去摸溪蟹，还有田螺。潜入水底，翻开稍大一点的鹅卵石，肥肥的螃蟹就蛰伏在浓浓的软泥里故作休闲，所以轻易能捉得到。最高兴的莫过于抓到软壳蟹了，这玩意煮起来芳香，大可省去剥壳吃肉的麻烦，而且可以一口咬住，任香喷喷的汁水横流。靠近古城墙一带的田螺分布最多，卷起裤管就可以"三个指头捏田螺"，任你挑肥拣瘦了。在双城城堡里，也有不尽的乐趣。童伴们在草木森森的墙堡壕沟里打野仗，戴着柳条编织的草帽隐蔽，拿着松木制作的手枪冲锋，一个个革命斗志昂扬，俨然南征北战的红小鬼。

遗憾的是，龙溪的童趣在20世纪80年代开始的乡镇企业热和市政建设的如火如荼中渐去渐远。那时，龙溪两岸污染企业汇集，溪流时而发黑时而泛黄，发出阵阵恶臭，别说饮水思源，洗衣游泳，就连溪里的鱼虾都死绝了。龙溪终日在呜咽叹息，仿佛一个快瞎了眼的老太太，找不到身边的针线包。而延绵瑰丽、雄伟壮观的双城城堡也在交通建设和城市化的进程中，不断被刨开豁口、拆毁破坏。历史文化遗产在镐铲挥舞中日渐萎缩，消亡。如今，上城古城墙尚存566米，下城仅余226米。

好在21世纪的曙光很快使这条母亲河重见阳光。以创建"国家级生态示范县""国家级园林县城"为理念的柘荣老区人民，坚持实施"生态养生城"战略，果断关停并转和搬迁了污染企业，在龙溪上游建立饮用水保护区，在龙溪两岸修筑防洪堤、防护栏，种植柳树，培育香花绿草，布建林荫通道；在龙溪下游的前山及仙屿公园栽种各色花草树木，形成形状各异的花境、花篱，更新老化草坪，合理搭配栽植乔、灌、花、草，形成了优美龙溪宜人的公共生活空间。同时拓宽、清理、疏浚河道，抬高水位，投放各种鲤鱼，使龙溪成为福建最宽、最长、最清的"生态鲤鱼溪"。

柘荣老区县的文化觉醒也使历史文化瑰宝双城城堡得到理性的保护。政府聘请福建博物院专家编制《福建·柘荣双城城堡保护规划》，修旧如旧，修建古城墙。双城城堡现已成为福建省重点文物保护单位。

2010年，柘荣县全面落实福建省试点建设项目龙溪水库水源地综合治理（包括新建截流排污、封禁水土保持项目，以及隔离墙、警示牌工程和建设水质监测预警设备），得到中华环保世纪行宁德采访团的肯定。如今，柘荣人民在按照福建省委、省政府的要求，因地制宜，如火如荼地实施福建省赛江流域城区防洪工程（柘荣龙溪段）。

最是阳春三月，城堡内外、龙溪两岸的柳树吐芽了，一天一个样，新新的，细细的，嫩嫩的，让人心酥心恋。几乎每天上班，我都要趴在护栏上好一会儿，痴痴地欣赏娴静的龙溪里那惫惫的鲤鱼搅动古城墙的倒影的优美景致。这是多么美妙的"龙溪协奏曲"啊！寂寂的低柳随风飘荡，不时撩拨着龙溪，显得有些急切，似乎她正等着春天的那把剪刀，将自己的枝叶修理得更加靓丽，更加温顺，更加服服帖帖，更加羞赧动人。

古韵悠悠的双城城堡和玉带穿城的明澈龙溪，作为闽东老区柘荣县发展物质文明过程中，保护文化遗产和改善生态环境的见证，终于在文化生态的觉醒和全民绿化的脚步声中昨日重现了！保护蓝天碧水，营造绿色家园，我们应当让生态成为文化，让文化文明的政治理性驱逐以牺牲环境为代价的短期行为和急功近利的发展观念。如果我们想更好地享受生态家园，更加彻底地落实科学发展观，那么生态与文化的社会主义核心价值，就要成为建设者尤其是决策人一以贯之的可持续追求。

缪芝山诗《虎》/缪怡端　书

雪 舞 慢 城

◎张坤铃

　　周末，因事回到久别的故乡，原本以为错过了这场雪，也便断了一份奢望，只好借助微信朋友圈，抚慰心中对雪的那份渴念。这一夜，躺在四面透风的老房子里，跳跃的雪米从稀疏的瓦楞落下，应和着村庄孤零零的呻吟。也许是故乡海拔低的缘故，不久，雀跃的雪米竟也垂怜起村庄的孤寂清冷，化作缠缠绵绵的泪水，将本应浪漫的雪夜汪洋成湿漉漉的伤感。

　　第二天午后，心急火燎驱车往回赶，心想兴许还能拽住雪的尾巴，满足一下渗透进骨子里的念想。车到茶场岗，沿途的树木、远处的山峦，掩映在似雾非雾的时空里，白的雪、绿的树、黄的草，毫不掩饰自己的欲望与张扬的个性。一路心中暗自窃喜，虽然无法聆听雪的呢喃，但也没有辜负这场雪的邀约。总以为人到中年，历经岁月的打磨，对于喜怒哀乐自然少了些许冲动，但沿途看到孩子在雪中玩耍，年轻人在狂野拍照，心中难免产生一丝涟漪。有多久没有这样了？也许 10 年，也许 20 年，时间在此刻已不重要。独立山野，看山川白雪尽染，想前尘往事，而浮现脑海中的，却是多少人事在现实的风雪中湮灭。

　　也许是老天的怜悯，或许是雪花对慢城的留恋。夜里，窗外孩子的惊叫声将我从被窝里拉出。匆匆穿上衣服，站在门前的石榴树下，那洁白如玉的雪花，像美丽的玉色蝴蝶，似舞如醉；又像吹落的蒲公英，似飘如飞；更像天使赠送的小白花儿，忽散忽聚，飘飘忽忽，轻轻盈盈。它是天宫派下的使者，抑或是月宫桂树上落下的玉叶？在霓虹灯的映照下，这些小精灵格外调皮，一会儿落在屋檐上，一会儿跳跃在树枝上，一会儿冷不丁钻进脖子里，正应了"白雪却嫌春色晚，故穿庭树作飞花"。

清早，在一片欢声笑语中醒来，拉开窗帘，天阴沉沉的，雪花似乎余兴未尽，还在洋洋洒洒叙写她的杰作。西山荒凉的山野，铺满了洁白柔软的雪，比平时显得丰富了，温暖了。小区的房顶披上了洁白的素装，龙溪两岸婀娜的柳枝变成臃肿的银条，门前的杏树桂树挂满了雪花，给小城营造一个"忽如一夜春风来，千树万树梨花开"的意境。为了不辜负雪花的盛情，我舍去雨伞的烦琐，冒雪走在上班的路上，任凭雪花恣意潇洒。天地浑然一色，雪花仿佛是一位穿着洁白衣裙的仙女，裙裾所到之处，仙峤公园静若处子，东狮山冷峻挺拔，沿路两旁香樟琼花怒放，而空气却显得特别温柔。在她的温柔抚慰下，平日的躁动也开始安静下来了，小城静谧而从容。

雪花在风中飞飞扬扬，像恬静的姑娘柔若无骨的纤纤玉手。她下得那么深沉，下得那么认真，把天福公园变成一个银装素裹的童话王国。"有梅无雪不精神，有雪无诗俗了人"，天福公园的梅花倒也知趣，分外精神绽放枝头，只是苦了我这俗人，怎么也扯不出一句诗来。"愿有岁月可回首，且以深情共白头"，也许梅与雪本来就是一对情人，他们一起飘，一起落，一起走到最后。"梅须逊雪三分白，雪却输梅一段香"，梅与雪相亲相拥，雪以纯洁告白梅的等待，梅以灿烂回应雪的多情，在这写就了一个"雪似梅花，梅花似雪，似和不似都奇绝"的境界。突然一个奇怪的想法从我脑中冒出，雪花应该是雨对小城的相思泪，它既有春雨的润如酥细无声，又糅杂秋雨的缠绵悱恻，虽然少不了冬雨的冷冽、夏雨的急躁顽皮，但终归感动了小城，让它一夜喜白了头。如果可以的话，我也愿化作一片相思泪，捎带上几分梅花香，静静落在小城的肩头。

"东山无雪不过年。"这句小城人耳熟能详的俚语，既道出东狮山的高度，也说出小城人喜雪的深度。可惜这老胳膊老腿经不起折腾，只好断了往上走的念头。坐在办公室里，又禁不起窗外雪花的诱惑，站在走廊，蓦然发现这里的视角特别好，可以独自一个人与东狮山对坐。白雪点缀在裸露的岩石间，在云雾的朦胧中，像不经意间露出的处子肌肤，充满欲说还休的神秘感。山腰成片的林木，披着白色花纹的绿衫，在氤氲雾气的作用下，禅意飘飘，仙气十足。缠绕山顶的白雾，仿若飘带，将东狮山与灰蒙蒙的天连成一片，不禁让人浮想联翩。我以为，眼前雪中的东狮山更适合远观，而不宜近距离亵玩。

举目环顾，一切是如此安静，静得似乎能听见自己的呼吸声细微得如雪花落地的声响，细微得近乎没有，但我听见了，还看见雪花被这呼吸吹得微微飘动。我想提笔写些文章，却发现文字在我的脑海里无法组成抒情的语句。也许此情此景什么都不用想，只要煮一壶茶水，捧一本书，一边翻书，一边喝茶，一抬眼，窗外刚好燃起烟花，一回头，恰好雪花的目光看向我，一提笔，小城的喜悦落满字里行间。

缪芝山诗《过年》／崔陟　书

王卉在溪坪

◎ 陈拂岫

溪坪古街从远古走来，密密匝匝的商铺沿溪而立，一间连着一间，几乎一眼望不到尽头。一个个如犬牙状、成"雁"字形铺设的街中石，经历了岁月风风雨雨的磨砺，似乎都在诉说着各自不同的经历。

古街繁华，吸引着南来北往的客商与文人雅士在此穿梭与驻足，给古街留下记忆。"文革"期间，后来自号"南国藤翁"的著名书画家王卉在学生的安排下避难到此。他没有太多的言语，他的影像在万瓦排麟的古街中留下，让人难以忘怀。

王卉，字劲草，浙江温州人，为国画大师刘海粟、黄宾虹、潘天寿的得意弟子。1949 年参加解放军南下服务团到福建，先后供职于共青团福建省委、福建画报社、福建省出版局和福建省美协诸单位，并在闽东生活了 20 多年，从此与福建的山山水水结下不解之缘。王卉先生知识广博，才调非凡，诗、书、画以及美学都有相当精深的造诣和研究。刘海粟大师称许王卉先生"画好书佳，诗词高雅"。王老诗词中有画，画中有诗词，诗词与画相得益彰。

如今王卉已经步入耄耋之年，他身材不高却很敦实，走起路来步子不大。王卉为人憨厚纯真，喜欢与门生泡在一块，成天乐呵呵地打发日子。即使天塌下来，也没有太多的想法，一把笑影挂在嘴边，像个小乐仙。他终日与水墨相伴，以写意水墨花鸟画而出名，多少年来沉迷于其中。在他的画案前，摆放着一个不起眼的水墨缸子，其中积淀了一层厚厚的墨垢，一眼就可以看出与他相伴多年了。只要画瘾一上来，水墨缸子里的沉寂立即被搅乱，一股浓抖抖的水墨劲儿，随之引发于毫端。

王卉画作

在经意与不经意之间，或浓或淡，或干或焦，一个劲地加以宣泄与点染，一幅幅耐人寻味的画面立即映入眼帘。王卉那种浓郁、宽厚、深邃、雄浑与老辣的画风个性，酣畅淋漓地凸显出来。王卉与八闽侯官笔墨骄子陈子奋齐名，集画家、诗人、书法家、美术教育家和活动家于一身，是当代唯一健在的八闽画坛四杰之一。

王卉来自东海之滨，出生于瓯江之畔一个书画世家。那是个如诗如画的江浙水乡，他吮吸着这方水土长大，在蹒跚学步的孩提时代，就由父亲引上了书画之路。12岁崭露头角，在鹿城举办了父子水墨画展，一个水墨书画神童的故事就此在江浙一带流传开来。王卉步入弱冠年华，一举折桂，考中了上海美专与杭州国立艺院，跨进书画国苑之门。这是华夏书画大家云集之所，是造就水墨书画家的摇篮，他比同龄人幸运多了。王卉先后师从刘海粟、黄宾虹、潘天寿、王个簃、顾坤伯、夏承焘等书画宗师，聆听大师的教诲，转益多师为我师，博采众家笔墨意趣，成为大师门下首屈一指的得意门生。

20世纪40年代，王卉早就被神州风起云涌的赤潮所感召，他冒着战地的硝烟弹雨，挎着简易行囊，唱着军旅之歌，随南下服务团踏上了八闽古老而又神秘的沃土。在千年鼓山的佛号声里，王卉不知多少次徜徉于这座书法瑰宝名山的摩崖石刻之间，一次次揣摩先人"端庄奇秀，龙飞凤舞，千奇百怪，变幻莫测"的笔墨书风。

"大跃进"时期，王卉下放闽东，在"一句顶一万句"的日子里，他被卷入了大字报的漩涡，也成了造反派紧盯不放的人。夜里，他没敢入睡，也不敢支灯。在黑乎乎的窗外，隐隐约约传来了一阵阵"打倒'福师'画坛反动学术权威"的口号。他把身子蜷缩得更紧一点，深埋着头，把眼睛压得很低很低，甚至只能看到自己的鼻梁，几乎被压得透不过气来。校园里四处风声鹤唳，似乎被笼罩在一个巨大的黑幕之中。

20世纪60年代末的一个深夜，王卉睡得很迟，楼道里不时传来金属撞击声与吵闹声。此时，王卉不知道楼道里究竟发生了什么。一阵平静之后，他在柘荣门生东乾等人的护送下，悄然离开了校园，离开了韩阳古道。

历经数小时的周折与辗转，王卉踏着淡淡的晨光，避世寓居于陈桷故里柘荣溪坪古街138号内。这是一幢临街三间旧店房，在古街繁华之时曾经开张过烟、酒与豆腐铺，铺上曾经悬挂"成记"的商号，铺主平和，财源倒很通达。后来随着古街生意的淡去，店房成了居家房，空荡闲置的铺子成了出入通道。铺后有宽敞的堂厅和一个冬暖夏凉的小院落，让人感到格外的温馨与舒适。

王卉向来只会与水墨打交道，不会挑拣生活，来到古街，铺主又将他看成是"从天外盼来的星客"。大清早，他站在陈楠探花府故居官邸前院，龙溪东南岸的"小扑龟"上。这里是那个年代的小码头，一堆溪畔乱石旁，依偎着三五个卖力捶搓衣物的女子，她们边洗边聊，嘴边似乎有聊不完的话题，其中还夹杂着各种不同神色的嬉笑。王卉面对缓缓流逝的清溪，趁着溪面上淡淡腾起的晨光曙色，挥笔勾勒着《溪坪三桥风光图》。那"三桥"是由两条碇步和一座古石桥构成，桥上浮动着若隐若现的人影和数株歪脖子大柳树，树梢间夹杂着一幢幢重重叠叠的古街青砖老瓦房。柳枝飘拂，清溪泛绿。在古石桥对岸，那座高高耸立的铁厂圆顶冷却大水塔，足有五层楼那么高，是全民"大炼钢铁"年代柳城最醒目的建筑物。

有学生问："这也能入画吗？"王卉先是微笑而不语，而后淡淡地说："这是'砸锅卖铁'年代的遗弃物，也快成古董了，迟早要被拆除，留着点缀点缀也好！"夜里，在微弱昏暗的灯光下，东乾邀来几位同在韩城求学的古街门生，师生围聚在一张古老的八仙桌旁，上面摆着几碟小菜。数巡家酿浊酒之后，王卉乘着几分醉意，当即以门生惠名为题，吟咏了一首七绝藏头诗《溪坪初聚》来助兴："溪坪初聚喜相逢，梦笔生花兴会浓。偶纪新诗聊寄意，彤云拂岫过前峰。"这首诗内隐三个门生名字：梦生、诗己、拂岫，在那个困难的时期，尤为显得先生的雅趣与达观。

东乾父亲木石居先生解读之后，见其诗直抒胸臆豪迈率真，也坐不住了，借着王卉《溪坪三桥风光》写生图，步其韵作了一首回文诗相和——《柳城春色图》："真情体会盛时逢，着色春城柳绿浓。人动山容娇照水，晨光丽日映高峰。"此时，王卉已是乐意融融，嘴边的笑影也显得更舒展了。他没想到在如此艰难之时，在这条小小的古街中，竟能与诗者相逢。他敞开心扉，师生心心相印，尽情享受着古街所带来的乐趣，早将校园里的烦恼抛诸脑后。

王卉善诗，而书不逊画。他在古街吟咏之余，时而挥笔满纸书法，翰墨淋漓，足见其临池不辍，笔墨力透纸背。书体既有明徐渭的苍劲、清初王铎的遒劲与沉着，又有近代吴昌硕的朴茂与雄浑，并参有魏碑的笔意，笔墨雄浑大气，妙趣横生。在尽兴之时，他又潇洒泼墨，《雪中梅》《岩上松》《石间竹》《霜里菊》和《墨虾闲趣》《鱼在水中乐》《丝藤瓜络图》等水墨画作，几乎一气呵成。尤其是《呼唤小鸡》，他将传统王墨的"泼墨法"与王维的"破泼墨法"相融合，在经意与不经意之间，随手捻来，画面简约，形象逼真，"卿卿我我，觅食相呼"的小鸡群呼之欲出，跃然纸上，让人拍案叫绝。

王卉寓居古街，与门生一道悠闲、浪漫，徜徉于铺满鹅卵石的古官道上，为古街古韵所陶醉。在那段特殊的日子里，他似乎找到了一块净土，不时沉迷于诗书画的交融创作之中。王卉的许多诗题、画作与墨宝被柘荣民间爱好者所收藏。在柘城还有多个崇拜他的关门弟子。王卉追求艺术，不分尊卑，崇尚岁寒三友，并以此为创作题材。在他离开古街之际，还多次嘱咐门生给他寻求一株崖壁倒立岩松供桌，以期领略岁寒风骨，珍惜那一段金子般的时光。

老鼠娶亲／黄细妹　剪纸

廊桥今梦

◎张锦兴

带雨的春风似一帘薄纱飘过东边的旷野，土地上慢慢渗出的新绿，已然望见了明天金色的梦想。

珑玲翠绿，灿烂金黄，中间连一道彩虹。在东源的原野上，这道彩虹物化为一座木拱廊桥。

廊桥取名为水浒桥，窃以为是恰到好处的。名称源自桥梁上的一百单八根柱子，柱子根根硕大挺拔，我想这不只是机缘巧合，应是700多年前能工巧匠的心理寄托。

没有车水马龙的喧嚣，没有行路匆忙的踢踏，只有那巍巍耸立的廊桥张开斗拱和飞檐，诉说几百年的风雨侵蚀和流水冲刷。诉说，也期待我们倾听。

水碓溪似一条玉带绕村而过。溪面不宽，然两岸壁立如刀切斧削，溪则成涓涓细流深深地沉卧沟底，如一根飘落的白练般柔弱。高架于溪面的廊桥则如虹龙般刚强。

水浒桥始建于元至正元年，即公元1341年，清乾隆年间重修。桥身形状和构架似脱胎于宋张择端《清明上河图》中的汴水虹桥，既体现关中秦汉宫殿居高临下廊庑厢房重叠交错的磅礴气势，又独具闽越民居布局巧妙窗棂门楣精雕细刻的婉约风味。古代三沙港通往闽浙内地，水浒桥是必经之路。商贾、儒生、逍遥客……芸芸众生，因了桥的托举，梦因而灵动了起来。溪畔的源也被带动得飘逸起来，宽宽窄窄任肥任瘦地铺展着。心灵手巧的源上人春打扮一片绿，充满希望；秋打扮一垄黄，喜悦盈怀；稍高处种玉米黄豆，近水低洼处插了稻秧；窄的地方植瓜果，宽的地方播麦子；陡处栽油茶桐树，平坦处培太子参。

商贾之富，农事之足，打造了东源，打造了东源的古典高雅和文化意蕴。长长的石板驿道，高高的祠堂檐角，深深的八卦水井，幽幽的十里长亭，村口盘根错节的柘树，雕梁画栋的明清民居，高耸的旗杆石，敦实的喂马槽，古巷深深，宫庙森森，驿站巍巍，这样的水墨画卷，我们不难回望曾经的繁华与辉煌。回望往事，廊桥上脚步深深浅浅如长长短短的诗句，咏叹着田园牧歌。当然，东源人不只满足于田园牧歌的世外桃源，眼光也不仅囿于仓满钵满，眼光眺望着地平线上的光辉。

耕读世家，是农耕社会的文化追求。耕，事稼穑，丰五谷，养家糊口，立性命，是为生存之本；读，知诗书，达礼义，光宗耀祖，立高德，是为教化之道。东源人虽无"几百年人家无非积善，第一等好事只是读书"的豪迈与自信，但有"二字箴言惟勤惟俭，两条正路曰读曰耕"的实在与自知。村里祠堂门口的对联注释了这一点。

东源村边有一棵千年香樟，村里人敬称樟木神。关于它的传说，我们精心把玩，然后用情感的纤绳去打捞沉入记忆湖底的往事，也许可以为东源文化底蕴增一抹亮色。

东源，原名张园，张姓家族是原住民。张家世代耕种，行善积德。一年，捐累世积蓄，兴办义塾，遍寻名师不得。一日，一老者飘飘而至，自称张慕生，乃饱学之士。一番交谈后，张员外见老者果真满腹经纶，学富五车，当即请老者教子女们读书识字。老者说："能为公子和善人家尽平生所学，荣幸。只教三年，独居一室，不见外客。"老者教得耐心，公子学得专心，学业大有长进。三年后，恰逢大比之年，张家公子赴京赶考。远行之日，老者伫立廊桥，轻捋银须，颔首微笑，目送公子一步一回头地前行。当张公子的身影消失在源的尽头，老者回身告辞。张员外挽留不住，慌忙打点银两用红绸包了，强挂老者身上以表答谢。老者呼啸一声，飘然而去。张员外追至村边，却见千年香樟腰身悬挂着刚才的红绸礼包，包内银两纹丝不动。张员外恍然大悟：自称张慕生的老者实则樟木神，是神在护佑耕读人家。不久，张公子果真中了一甲进士。

尽管阳光雨露可能朦胧了人们的记忆，然而，唯星光不朽，岁月不朽，传说不朽，千年樟树下千年香火不断，缠绵着一代一代人的梦想与追求。

盛世修庙，祈求风调雨顺，恩泽绵长。东源周边的灵光寺、玄妙宫、觉性禅寺、观音阁，修造于层峦叠嶂、怪石嶙峋、松竹交辉的好去处，淡雅恬静，景致优雅。

只有在盛世，我们才有雄厚的实力和闲适的心情去建造宫庙寺观，我们才能以无比愉悦的心情去捻香养性。在这里，到底是尘世在保佑神灵，还是神灵在护佑尘世？我们如潮的心思不能不面对这样一个问题。

历史的血雨腥风，经常浸染耕读人的衣领。战争、暴力、灾荒、饥饿、疾病隐藏于潘多拉魔盒中，像一炬毒焰，时不时灼伤我们的梦想与盼望，也种植了佛寺的清凉与荒芜。佛与神也佑不了自己的身家与性命。从来都没有救世主，也没有神仙皇帝，创造幸福生活，全靠我们自己。在那风雨如磐的岁月里，一群热血儿女，背负锤子与镰刀之嘱托，浴血奋斗，拼死抗争，迈过源野，跨过廊桥，挺进千山万水，挺进人民梦想的黎明。

大革命时期，几个红军伤兵被敌匪追击，当他们跑过廊桥时，聪明的东源人迅速将桥板拆去，追兵只好隔岸干号放空枪。东源人从容地将红军伤兵藏于苍莽东狮山深处的崖洞中。红色故事，说明了红军与民众的鱼水深情。架构廊桥，为了实现跨越的梦想；拆除廊桥，也是为了保护梦想。医护红军过程中箪食壶浆的细节无法重现，但看四周流岚飞雾，廊桥下碧波荡漾清凌凌，分明可以抚触红军战士胸膛之气息，谈尽历史沧桑的岁月凝重。深山里弯弯曲曲的石砌小径盘山而上，那雾岚缠绕的爬满野藤的古木以及青苔与茅草，点缀着永恒的沉稳与坚韧。石崖巍然屹立，宛如雕塑。崖壁上镌刻着三个大字：红军洞。红漆闪烁着耀眼的光芒，朝着东边的方向，朝着廊桥，交相辉映着映山红。

如今，我们亲切地称之为红军洞的地方，已被县人民政府确定为文物保护单位，是爱国主义教育基地。先辈炽热的付出，似一篇壮美的歌谱写在人们的思念中，也滋养着后来者的心田。

同绿草追忆往昔，沙漠不再苦涩；与红花憧憬未来，冰天从此温馨。流连忘返于古廊桥，我们依傍于梦想的边缘，让梦想的手牵着我们漫游，牵着我们看一路飘落的桃花。有梦想，意味着有盼望;有盼望，意味着有追求;有追求，意味着有行动。人总是在梦想中超越、升华，向着未来的方向，构建自己的蓝图。

有一段岁月，我们不敢梦想高速公路会作为物化的实体走近廊桥的侧畔，走进东源的历史，走入我们的心灵，走到我们的生活，走上崭新的舞台。但是面对日趋明晰雄伟的影像，我们不得不寻找理由宽容自己的无知与狭隘。当所有的目光聚拢过来，所有的力量汇集起来，所有的感情依偎着想法渐渐进入角色，所有的梦想此刻化作一股沸腾热血。多方呼吁，唇干舌燥；反复论证，凝成共识；精心规划，殚精竭虑；寻求支持，苦口婆心。付出的心血与汗水、艰辛与劳动化为预可、工可报告时，你的思绪尽可无限翻飞，想象尽可无限扩张。

梦想之花将成现实之果，你准备好了吗？

廊桥作为文化生命的延续，将似怒放的心花拥抱新景致的描绘。

闽东似乎与廊桥有不解之缘。廊桥作为交通工具渐趋退化，但作为一种文化遗存，作为祖先勤奋智慧的结晶，作为追求跨越的心理寄托，将永恒架构于闽东的山山水水。

闽东与桥有不解之缘，在崇山峻岭中要实现跨越的梦想，唯有借助桥。借助当代高科技，桥将以雄奇壮观喷发无限的张力。

一桥飞架南北，绝壁成坦途。百年文化积淀的廊桥，蕴含当今智慧的高架桥，传承与创新，保护与发展，交相辉映，聚集光芒。

处于高速公路至互通口的东源，在今天编织梦想，那将是金色的梦想。

风景陆家庄

◎林光谊

　　"云屋依山建，朱门对水流。花开幽静处，耕读越春秋。"此种和谐桃源胜景，是一段时间来，查阅和聆听有关陆家庄（洞）典籍资料和传奇故事后，在脑海中唤起的对当年陆家庄的概括认知。令人心动的是，这个偏安于柘荣楮坪一隅，曾经名为陆家洞的小村庄竟然如此别有洞天，人们常言中的柘荣文化底蕴深厚，似乎在这个乡村的过往里，可以寻觅到源起踪迹和传承密码。

一

　　发源于山东德州糜镇的陆姓先祖，因避兵燹，历经长途跋涉，几度辗转迁徙。北宋建中靖国年间（1101年），陆家洞开基肇祖陆宣厚，慧眼识风水，落户此僻幽之地。从此子孙后代繁衍生息开枝散叶，并在此富有灵性的自然景观中孕育出杰出的人文景观。

　　陆家洞陆氏族谱记载，陆宣厚传至十二世，陆老子（人名）官拜尚书，于元顺帝壬午年，因私造钞文，被刑于朝，遭流放。此大喜大悲足以改写柘荣历史之逸事，因无史书佐证，真伪尚待考究。然而宋元以来，尤其是清朝时期，陆家洞人文鼎盛，却是不争的事实。《大岚杂录》曰：陆家村乃风水之地也。清朝时，荐举秀才贡生70余人，福建学政（全称"提督学政"，掌全省学校政令和岁、科两试。洋务派代表张之洞曾任湖北、四川两任学政）特封陆家洞为"柘洋秀才地"。陆家洞二十八世陆学铭，号璿瑚先生。陆学铭兴建教育，创柘洋私塾之滥觞，培养十八秀才名噪乡里，声名传扬至今。其孙陆上琳，15 岁考中秀才，16 岁考廪生，59 岁书信赴考，钦封寿宁知县不仕，悬挂圣旨于门楣之上，文官见之下轿，武将见之下马，可谓牛气冲天。据《柘荣县志》记载，直至清道光元年（1821 年），陆家洞仍延续创办村塾，聘请名师前来任教。光绪二十二年（1896 年），该村塾还培养贡生、庠生 11 人。

二

陆家与游光绎那一段鲜为人知的亲情故事，也侧面反映了陆家洞当年风光一时的熠熠景象。

游光绎（1758—1827 年），清代福建霞浦县城后街人，乾隆五十四年登进士，后授职翰林院编修。他以"博文强识，文学华瞻"闻名，因弹劾权贵被罢京官，回闽后，任鳌峰书院二十三届掌教（院长）。受游光绎教育者多擢取科第，著名的民族英雄林则徐便是其门下得意弟子。游光绎兄弟父子，一门风雅，在清代甲于闽东。

至今陆家洞后人仍然保存着其先人杨老孺人七十寿诞时，时任陕西知道（道台）巡京谏议御史大夫的表侄游光绎用绸布为柘里陆家洞表婶书写的七秩荣寿序。寿序大意是：其籍栖居霞浦，但与柘洋柏峰（黄柏）游族乃同宗共祖也。因公务羁身，不敢擅离京师，足迹未履陆家洞。偶有蒙恩回桑梓省亲时，伯叔谈起柘里陆家洞表叔表婶二老，少时克勤克俭，处世温良，躬耕致富，渐积成家。朝廷广施恩泽钦赐锦旗嘉奖耄耋，谓之曰："闲中逸叟，山中宰相"也。并赞杨孺人名重乡里，四德兼备，鹤发童颜，精神不衰；膝下腾腾，瑞气溢满；含饴之乐无穷，慈爱之怀弗既也……序末表示"未能亲自临筵奉觞以祝"的遗憾，和"惟以令德美行书之"的祝福。从游光绎的身份及寿序字里行间透露出的信息，可感知当年陆家洞耕读传家、生活富足、人丁兴旺、备倍受尊崇的世俗荣光。

三

一方水土养育一方人，古人开基建宅尤重择选风水胜景。据《大岚杂录》，陆家村口有二树，一为枫树，一为樟树。两树高苍挺拔，皆数百年，左右分立于大路之侧，村中人以为风水门。其中樟树需七人连手才能合抱，并伴有树灵传说，犹显神秘。

陆家洞虽然隅居乡村野壑，风景名胜却是不少，特别是"西湖八景"："方桥寿塔""玉印函书""修篁醉日""古刹栖云""奇峰叠石""勒马回坡""鹤顶观潮""罗鬓钥水"。每一景皆有诗句文献描述，族谱记载，千古流传。值得一提的是，兴建于元时的方东石拱桥（方桥寿塔），至今仍保存完好，桥上所镌"方东"笔锋苍劲，沧桑厚重。而创建于明嘉靖八年（1529年）的栖云禅寺，周边一派幽静，置身其中，如行云端，静谧而安然。

最感兴趣的莫过于当年陆家洞一众文人秀才，对家乡"西湖八景"的分别赋诗描绘。仅八景的命名，就让人有妙不可言之感。欣赏领略诗歌内容，或笔法细腻，或新颖传神，或立意高远，也是令人折服。此等诗坛际会的文化盛宴，即便在现今大都市里也不多见，更何况遥远清朝柏里陆家洞这僻野小山村！在众多诗词中摘抄几首以"修篁醉日"为题的诗作与大家共赏：

平林翠竹夺天工，映月扶疏别样红。

一往情酣霜节劲，不同桃李醉春风。

（作者：王标准）

乡关护卫藉修篁，每报平安化日长。

省识此君无俗韵，为传醉态爱当阳。

（作者：陆吉琮）

千亩修篁掩映间，此君不俗醉中攀。

烟情照日浑如画，粉态拖霞尽欲斑。

射彩宜从欢伯影，凝辉远上酒人颜。

猗猗起舞微醇候，鸟鹊趋风振羽还。

（作者：陆上珍）

四

陆家洞的风光，还徜徉于柘洋百姓口口相传的故事里。

据说陆家祖上富甲一方，显赫一时。上至福鼎管阳，下至福安赛岐都有陆家基业，沿途各地均设有用于收租的粮仓银库。各地仓库钥匙都集中悬挂保管于彭家山库房一长杆权衡秤上。那时彭家山一带田园山地都归陆家所有。彭家山先人是帮助陆家看管仓库的。流传故事说，位于彭家山南瓜园中的南瓜（一说葫芦）居然一夜之间，连环长出七个南瓜，且个个圆润饱满，令人称奇。彭家山先人以为此乃上天征兆，此处定是风水宝地，于是便央求陆家洞东家，赐地"结庐"，给自家子孙安身立命之所。陆家应允，所以才有彭家山村后续的发展壮大。此故事还有另一版本：说彭家山先人是陆家洞主人的放牛娃。忽一夜，下起鹅毛大雪，第二天清晨醒来，放牛娃放眼世界，四处白雪皑皑，唯见一方土地热气蒸腾，毫无白雪影踪，以为风水宝地，便求陆家主人应允赐得。故事表述有异，大意却是相同。据说，时至今日，陆家庄人与邻村彭家山人纠纷争嘴时，还有以此为据调侃说事的，彭家山人大都也大度笑而默认。

如今彭家山与陆家庄已是和睦一家的乡里乡亲，野史传说也似乎不足为凭。岁月悠悠，世事轮回，留有感慨的是，现今彭家山的风头，大概确实盖过陆家庄了……

陆家庄的风景仿佛是旖旎在历史上的。如今的陆家村（现在村名）显得式微没落，再也寻不见昔日的辉煌。唏嘘怅惘之余，想到期待中留住乡愁的乡村振兴，不知是否能让类似陆家洞骄人的风景再现？要知道，这才是根植于国人精神世界里永远的桃花源啊！

静谧楮坪梦正酣

◎谢恩宁

暮色从天际处暗暗袭来，如血的斜阳悄悄隐落，山巅吞噬了最后一抹余晖，轻盈的暮霭在空中飘浮，清清浅浅地撒下一川温柔。

黄昏时的楮坪村静谧、怡淡、祥和。炊烟缕缕和乡间菜肴的美味一起飘荡。一只白鹭倚在屋顶上精心梳理自己的羽毛，几抹红霞将其染成金鹭。一对家禽站在县级文物保护单位——通济桥上，依偎呢喃，絮语黄昏后，对我们的到来视若无睹。一位姑娘从水井旁挑起一担摇晃的晚霞，哼着小曲，健步如飞。这时，忽然出现一片银白色，原来是一对老夫妻相互搀扶，蹒跚而来。尽管岁月的风霜染白满头青丝，眼角早已刻下纵横交错的山川，背上也被生活碾磨得有些佝偻，但他们迈出的每一步都那么优雅、从容，脸上洋溢着慈祥的微笑，从内而外吐露着自信的芬芳。这是高山与流水的相依，蝴蝶与花朵的相恋，这是心灵深处的舒适与自在，内心世界的纯粹与宁静，这是心与心的交融，爱与爱的契合。人间挚爱，生命无憾，心存美好，年华便将不老。捡拾这些真情与温暖，绘织成黄昏里最唯美的水墨丹青，我连忙将其定格并感动于此刻的安康与幸福。

楮坪村地处柘荣县楮坪乡政府所在地，距县城仅 10 公里，是一个闪烁着革命荣光的老区基点村。位于村南面龙华山山腰的龙井庵，无声地述说着曾经的壮烈和惊心动魄。

龙井庵，始建于唐代中期，因山谷溪涧下游处有一幽深溪潭，俗名龙井坑，故称龙井庵。该庵地临深山密林幽谷，山势险要，易守难攻。在山头设一岗哨，进出人员便尽收眼底。翻过后山可撤往东源、富溪、黄柏三个方向，易退难围，因此成为革命先驱们开展秘密活动和红军伤病员隐蔽的绝佳场所。最多时，曾有 20 多名红军伤病员在此疗伤、养病，庵里的僧尼碧血丹心、无所畏惧，为闽东革命事业立下不朽功勋。

1935 年 8 月，闽东特委在多数领导成员牺牲的危急关头，决定在龙井庵召开会议，史称"闽东特委楮坪会议"，是闽东特委三大会议之一。这次会议意义重大，不仅充实健全了闽东特委的领导结构，选举叶飞担任书记，而且加强了党对闽东地区游击战争的领导，将闽东独立师改为以纵队为单位、以各块根据地为独立依托的游击战争新格局，对大力恢复革命老区和开辟新苏区产生了积极重大的影响。

在这方沃土上，叶飞、曾志、马立峰等老一辈革命家曾出生入死，浴血奋战，"忠诚印寸心，浩然充两间"。经他们运筹帷幄，中国工农红军闽东独立师成立后的三大战役，其中"反'围剿'第一枪——彭家山战斗""最大阵地战——西竹岔战斗"两大战役均在楮坪打响，楮坪遂成为该师开展艰苦卓绝反封建斗争史上的一块丰碑。

"青山埋忠骨，热血照千秋。"先烈们为新中国铺就的精神底色，谱写的气壮山河、可歌可泣的历史篇章，均已荣载闽东革命斗争史册，成为宝贵的精神财富。

忆往昔峥嵘岁月稠，看今朝大好河山秀。楮坪铭记历史，缅怀先烈，接受精神洗礼，把红色文化作为最有价值的核心基因，让红色基因融入血脉，让红色精神激发力量。因此，该村民风淳朴，钟灵毓秀，人文荟萃，英才辈出，韦步奏就是其中的杰出代表。

韦步奏，男，1945 年 7 月出生在一个贫困的农民家庭。1963 年，他作为全乡新中国成立后第一个考上大学的农家娃，步入南京邮电学院的大门。五年后，他以优异成绩毕业，分配到解放军总参谋部某通信试验基地。数十年的军旅生涯，他深知"人生在勤，不索何获"，故刻苦向学，孜孜不倦，不慕势利，甘守淡泊，硕果累累，殊勋茂绩，是我军通信装备试验战线最具权威的专家。他出色完成了 600 多项通信装配试验任务，其中 8 项获"军队科技进步奖"，1 项获国家"重大技术改进"一等奖，先后荣立一等功 1 次，三等功 2 次，获总参通信部"全军通信系统有突出贡献的先进个人""科技创新先进标兵"等殊荣。

身为总参通信部试验大队的总工程师，韦步奏手中掌握着为产品定型发放"通行证"的权力通信产品经其首肯方可装备部队。权力大、诱惑多，但他将所有的

高歌朝北斗，向日就南辉／缪芝山　撰　范曾　书

诱惑挡在心外，或驱离，或踩踏，并逐一碾入风尘，弃之荒野，如水清澈，若山傲立。

　　韦步奏生前系部队专业技术四级，正军级领导干部，夫妻二人却始终天南地北、劳燕分飞。妻子用瘦弱的肩膀无怨无悔地挑起奉养公婆、抚育子女的重担。有人将韦步奏所有的探亲时间累计，夫妻团聚的时间不足三年。令人意想不到的是，其妻及两个孩子均系农村户口，均在老家务农，一家人甚至借住其妹夫家阁楼的一间房屋，厨房就在楼顶用砖头垒砌，冬不遮风，夏不挡雨。由于经年累月在野外辗转试验，承担着部队一个又一个重大科研任务，以致父亲瘫痪卧床，孩子出生难产，韦步奏都上不能尽孝，下不能尽责。为此，他常叹愧对父母，愧对妻子，愧对子女，但他无愧于党，无愧于部队，无愧于家乡父老。崇高的追求、不竭的动力、光荣的责任是他作为一名共产党人初心和使命的诠释和真实写照，志存高远、矢志不渝、身体力行，是他作为一名革命军人独特精神气质的浓缩与集中展现。磊落平生忠义胆，以身许国志益坚！

　　历史的锋芒早已被拍岸的惊涛湮灭，多少喧嚣的人物已销声匿迹，而韦步奏这个响亮的名字将日月经天，江河行地。在薄如蝉翼的光阴里，让阳光入心，以梦想落笔，用大爱着色，每一个生命都将如韦步奏那般精彩纷呈，熠熠生辉。

"秋空明月悬，光彩露沾湿。"离开楮坪回程时，一轮皓月高悬在深邃的天宇中，月辉暗淡了满天的星光，拂照着我们的身影疏落在林间草地上。皎皎的月色下，蕴蓄着尘世间的情调与浪漫，寄托着对迢迢岁月美好的期待与守候。醉人的夜风中，飘来一阵阵沁人心脾的花香，夜间的清凉里瞬间有了流年的花语、柔和的温暖。一颗颗露珠依偎在草尖上，清清莹莹，折射着日月和岁月的光华，这分明是生命的甘露在浅吟低唱，深情的眼眸在凝神远眺。

万籁此俱寂，月柔梦更香。这深沉与神圣的寂静月夜，尽管楮坪有无尽的故事、无限的温馨，但此刻，我只想与山川大地一起，枕着一缕馨香随她酣然入梦，追逐梦想。为了实现乡村振兴的楮坪梦，党建引领、产业支撑、生态宜居、乡风文明、干部和群众同心同梦，楮坪已凝聚起"九万里风鹏正举"的筑梦力量。楮坪梦，已奏响恢宏乐章；楮坪梦，将梦飞理想蓝天！

南岭古道

◎张山仁

想到英山南岭走走的念头，总被不知趣的秋雨加持，忧郁而感伤，不着边际却又铺天盖地。窗外，千滴万滴的雨，梦瓷一般细腻幽静地醒着，打在婆娑的竹叶上。而我一个人独坐在办公室里，想用柔弱的文字镂空思绪，却始终无力抒写心中的纠结与现实的距离。徘徊在凄风苦雨的走廊，心朝着南岭古道的方向，那缥缈在千山万水之上的迷离梦幻，就像一根刺扎进心肌，已经浑然一体，拔与不拔都痛。

南岭是英山的象征，大凡在英山工作生活过的人，对于南岭或多或少都有些了解，只是有些人却步于"南岭南到天"的险峻。二三十年前，曾经因工作不知走过南岭多少回。至今想起，倒是忘了当初跋涉的艰辛，心里总涌动着某种感动。记得前年初秋，与几位友人到王社玩，大家约好午饭后一起重走南岭，可经不起米酒的诱惑，最后只好不了了之，心中也因此留下些许遗憾。

南岭这一地名接地气，蘸满浓浓的乡土味，虽然不乏媒体关注，只是若非亲自体验，解读的文字和图片总略显骨感，少了血肉丰满的弹性。每次走在南岭，很自然联想到采菊东篱下的南山。我一直十分纳闷，既然岭称南岭，山为何却不叫南山？如果当年将南岭与南山邂逅，间或点缀些许野菊，也许一些隐士也会慕名而来，不知会是一种怎样的情景？站在南岭头，俯视交溪，不知是秋的缘故，抑或是高度与角度的原因，溪水少了原始的激情，倒是两岸翠绿依旧可人。也许时间尚早，刚睡醒的阳光，在薄薄云雾的挑逗下，显得有些害羞，也比往常多了一份柔情。"最是秋风管闲事，红他枫叶白人头。"风还是那样爱管闲事，只是尚未管红枫叶，倒把我这曾经的红衣少年，管成两鬓灰白的中年人。

古道今人鲜复行。古道的谢幕是时间无奈的选择，也是历史发展的必然趋势。通往南岭头的小径，不正经的秋风掀起季节的裙摆，轻盈着四季更替的脚步，也摇摆着岁月深处的冷暖。路上，荒草挥舞着斑斓的牵念，将眼前的一片片茶园哼出秋天的旋律。不远处巍然耸立的仙岩顶，几缕盘旋山巅的云雾，带着裁红点翠的缱绻，幻化出一个如梦如幻的仙境。透过云雾，我仿佛看到衣袂飘飘的缪候姑嫂。当年姑嫂两人在这里搭建草寮，种树、种茶、种生活，以诗意的茶水，不仅延续了过往商旅行人的远方，也留下了一段南岭最温情的诗章。

选择从上往下走，也许能以一种更宽阔的视野，重新审视曾经匆匆的脚步，或许能以一种更轻松的心态，读懂南岭前世今生的故事。走在南岭古道上，残垣断壁的南峰亭，完成守护林场的历史使命，睁着迷离的醉眼，躲进碧连天的荒草里哀叹，拽着一块字迹模糊的碑石，留下最后的残喘。路边陡立的峭岩，依稀爬满20世纪六七十年代的印记，总不由让人回想起那段岁月。古道边的杉树和松树没心没肺地疯长，撑起一把把巨大的绿伞，将古道掩映在不知今夕何夕的荫翳里。几缕阳光艰难穿过树缝，将光线羞涩滴落在南岭古道上，声声鸟鸣在空山回响。此时，我已不再觉得那是简单的古道，南岭古道在这深山谷壑安身立命，它多像一位婀娜的美人，静静地蜿蜒于崇山峻岭间，等待阳光为她化一个美美的妆。

阳光是一位伟大的画家，总是能恰如其分地给深山老林的南岭古道涂染色彩。脚下的石板，虽然历经时间与脚步的洗礼，却依然棱角分明，个性十足。阳光洒在古道上，古道便镀了一层金光，变得灵动起来。光着脚踩在石头上，一股透着岁月的冰凉，从脚底直钻心底，瞬间带走了疲惫。脚下的南岭像一本铺向远方的古籍，上面爬满石头写就的沧海桑田的字眼。在太阳下，那些字眼让南岭有了灵性。

时间是落下来的灰尘，红了樱桃绿了芭蕉，同时也填平南岭古道的坑坑洼洼。曾几何时，那拄杖敲打石板的声音，和着抑扬顿挫的曲调，在晶莹汗水的浇灌下，滋养了一方山水，也热闹了一方人家。如今随着交通格局改变，古道定格成一幅历史的画卷，悬挂在南岭破落的门楣。尾随岁月的更迭，风吹雨打太阳晒，古道上长满绿茸茸的青苔。经年累月，古道终究还是变老了，成了孤零零的荒径。我不知道，古道一生究竟要经历多少次脚板的打磨才算够。就像人，一生究竟要承受多少磨难才算够。时间不会放过任何事物，也包括人。岁月的吻痕总是愿意爬附在古道上，

《清气满乾坤》/林伟 绘

南岭以冷峻沉静的姿态，以春秋代序的胸怀，等候着来往于此久违的脚步声。

　　记得 30 多年前的一个初秋，我和一位同事从龟伏家访回来，途经王社村。吃完晚饭，已是夜里 7 点多钟，学生家长见我们执意要走，便顺手砍了两截竹子给我们当拐杖，并再三嘱咐我们路上小心。当时，我有点纳闷和不解，家长为何要舍近求远砍竹子当拐杖？同事路上告诉我，南岭初秋时节常有老蛇出没，而老蛇又怕竹子。虽然感觉有点玄乎，但一路走回来，倒也没有遇见老蛇，不知是竹子的缘故，还是运气使然。那晚，湛蓝的天空没有一丝云彩，月儿从山巅溢出来的亮光滴落在南岭上，微风轻轻摇曳着古道两边的灌木林，被脚步惊醒的夜鸟发出不满的埋怨声，增添了南岭神秘的色彩。坐在古道的石阶上，四周静得能听到月光落在树上的声音，润生生的。我的呼吸在月光的波纹里，遥遥望见村庄的渡口，渡口仍然沉浸在它的世界里。若干年后，每当月夜想起南岭，总感觉月光洞穿了万水千山，从南岭一直飘上来，飘进我的梦里。

南岭有它的脉络和顺序，不到把自己以最不可思议的方式折叠在交溪的涟漪里，你永远不知道结束的方式。这条5054级台阶的古道，由厚重的石头一块块垒砌而成，里面有凿石抬石砌石人的汗水和心血，带有氤氲不散的地气。这地气穿越千年时光，造就南岭眼里只有重峦叠嶂的绿水青山，还有碧空如洗的苍天。南岭四十二弯，弯出了曲径通幽，弯满了哲理情思。假如时间有重量，那南岭又该重量几何？也许只有遗落半山的那些大大小小深浅不一的矿洞知道。这些矿洞收纳了过往开采银矿的嘈杂声，一条条被荒草淹没的小径，一如根根压弯挑夫的扁担，一头挑起明朝士大夫的清梦，一头落满矿工的辛酸泪。这些记忆被岁月的风声呼啸吹过，在僻静的交溪水面泛起一点涟漪，就消逝了。没有什么可惜，交溪依旧还在那里，只要微风吹过，一样会有前赴后继的褶皱。

"衣化客尘今古道，柳含春意短长亭。"当年的北宋词人晏几道因为思乡，常在酒醉之余想起家乡的古道长亭。如今的南岭古道没了乡愁寄托，自然也就少了余醉未消的迷蒙。时间可以改变流沙的走向，也可以唤醒情怀的悸动，一个村庄的故事轮回又是这么执着，就像一把秧苗，走过唐走过宋，却始终走不出一条岭的守望，它不仅是一段岁月的念想，也是一种骨子里的留恋。为了延续这份念想与留恋，每年王社村民都会自发沿着南岭除草清沟，他们看似在维护古道，其实是在维护魂牵梦绕的心道。"岭外音书断，经冬复历春"已成为过往的记忆，他们深知南岭已写进村庄的历史。古道仅是一些徒步爱好者行走的理由，也许终有一天会逐渐淹没在苍老的岁月中。

走在南岭上，我更希望下些淅淅沥沥的小雨，雨滴打在伞上，很容易撩起人无尽的思绪。南岭的野菊等待深秋的邀约，王社的炊烟忙着与瓦偷情，几位农人在老鹰岩下采茶锄地，一切是那么熟悉自然，恍惚间像是遇到了古代的熟人，看见了陶渊明"晨兴理荒秽，戴月荷锄归"，想到陶公育菊酿酒，补他的破篱笆了。孟浩然的"开轩面场圃，把酒话桑麻。待到重阳日，还来就菊花"也在我的脑海里翻来覆去，我又似乎看到了陆龟蒙托犁担箕，赤脚在稻田里驱鼠……也许南岭古道也适合诗词栖息，也许这片土地更适合恬静的闲气和活法。

南岭曾经的热闹、曾经的沉寂携着历史的风尘，被细细密密的岁月针脚缝合成一件贴身的衣衫。今日的南岭，袭入眼帘的似乎只有荒芜，露水微微打湿的古道，留下道道铿锵的痕迹，蔓延伸向无边的远方。进入南岭，进入古道，始信"南岭古道如涧深"。落差达 650 多米的南岭，沿着南岭岗纵深而下。穿行林间古道，潮湿的轻风抚摸肌肤，阳光跳跃树梢，绿浪起伏翻滚，鸣蝉挽着季节的衣袖，初秋的南岭就这样在诗情画意中徐徐走来，喂饱了我的眼目，放飞了我的身心，熨帖了我的情思。短笛铃声，拄杖俚语，汗水背影，浮世红尘，南岭古道以别样方式给浮嚣以宁静，给躁急以从容，给高蹈以平实，给粗犷以明丽。

经过三个多小时的跋涉，当我迈着颤巍巍的脚步，站在南岭古渡口时，渡口因无人著脚行而显得异常孤单，微风弹唱轻弦的孤影，绝唱着彼岸的离殇。抬头回望南岭，几百年的老时光成了南岭古道上跳动的音符，零零星星的脚步声恍如隔世的余音，南岭进入了一个长长的梦境，梦里青梅花像白雪一般扑簌簌地落，落在王社人的眼里，落在王社人的心上，也落在我这过客的心上。

草场访古

◎吴振苗

满怀着好奇，在去年深冬的一个上午，我们到鸳鸯草场探访了古村萝蛲遗址。起因来自一次偶然，那是东源西宅村的俊杰、福新两位林姓族长慕名来找我商研"林振武文化研究工作"，并向我出示了林姓族谱。我惊奇地发现，这西宅林氏阖族珍藏的族谱记载着，西宅林姓先祖在宋代时曾经定居于现在闻名遐迩的鸳鸯草场，当时名叫萝蛲。两族长还说，柘荣十三境中的西宅境地主林楚一公就出生于这里。鸳鸯草场古代竟然有人定居？我对草场史事的兴致猛然高涨。

我们带上向导坐上汽车，从柘荣城关沿着柘霞公路行驶。看着两旁飞驰而过的树木、村庄，我回想起 2015 年县委宣传部郑峰部长带领我们作家采风团来到鸳鸯草场时见到的迷人景色。那时天气晴朗，我们经鸳鸯湖登上草场坡顶。站在山顶，背对东狮山，东眺太姥山、东海，山水云天，烟波浩渺；南览目海尖峰，戴云披雾，景象万千；西瞰青岚湖，玉鉴山光，淡雾轻移，世界地质公园白云山远峰插汉，隐约天边。极目畅怀，心旷神怡，印象至深。就在这次采风后，县里因为草场附近有一个行政村名鸳鸯头，山上有一对巨石像鸳鸯，民间还有许多关于鸳鸯和鸳鸯石的美好传说，为推动旅游开发，就把萝蛲所在的这片"中国东南第一草场"定名为"鸳鸯草场"了。

汽车开出十来公里，过了鸳鸯头村，往左边一拐，就来到了这个山峦和缓、小草蔓生、迷蒙中透着某种神秘色彩的萝蛲，它处在鸳鸯草场的中央。

刚才柘荣城关还是浮云轻移，阳光普照，可是到了草场，就已经是雾雨蒙蒙，凉意飕飕。一种莫名的遗憾骤然袭上心头，顿感向日采风时，草场那风和日丽、风光旖旎之难得与美好。

一条从鸳鸯头村通往龟洋、后坪的古道从萝蛲贯穿而过。走在道上，想到这里是人们往来柘荣与福鼎磻溪等地的必经之路。20世纪七八十年代的那些年里，我的二哥常到龟洋、后坪一带烧炭、挑担、扛木头，三天两头往来经过这里。有一年的年末，他按记工簿统计，当年来回此地竟有110次之多。我从小外出读书，那时一次也没走过这里，虽然离老家绸岭不过十里的路程，我却不知有萝塅这个"怪"名字。说它怪，是相对于鸳鸯草场这样耳熟能详的名字，它对于我来说实在很是陌生，以至于第一次接触到它，竟诧异于它就在这梦幻般的草场里。

鸳鸯草场海拔约1000米，面积5000亩，四周被阔叶和针叶混交林包围着。山峦低矮，呈现绵延起伏之状；山势优雅，富有轻柔韵律之美。这时正值立春时节，前几天还稀稀落落地降下了一场雪。倘若早几天来，在这儿遇上草场的雪花纷飞，披风戴雪地徜徉在缓坡冻草之间，不用看海天旭日，也不用看云霞烂漫，就只这琼花飞舞，这银装素裹，这冰雕草木，就能给人无限遐想与无穷诗意。

所谓的萝塅古村早已没有一座民居了。微雨中，向导带我们找到了离公路不远的几处当年的民居基址，只见草径荒芜，房基隐约，周边梯田片片，高埂垒石，已然剩下荒凉与萧索了。但在当年，古人栖居此间，垒屋造舍，往来种作，炊烟通达于天宇，鸡犬相闻于昼夜，桑麻薯稻，自给自足，与山外动荡惊心的生活相比，想来也可以称得上怡然自乐了。我们又察看了用乱石堆砌的水尾地主宫遗址。古树掩蔽下几米见方的草坪上，当年的神龛香位早已不见踪迹，几块歪斜不整的污黑毛石和石墙、石坎，依稀辨得这里曾是一处求神烧香的所在。

就在这梦幻般的草场中间，萝塅，就像她名字的谐音——罗缎，轻轻飘动着柔美的线条，幽幽地演绎着千百年来的世道沧桑。

《福宁府志》早有记载，古代萝塅地处古长溪县西侧，为长溪县治所通往柘洋、管阳、泰顺的必经路径，介于福宁古官道龟洋铺与青潭铺之间。当时交通方便，山峦和缓，泉清水澈，风光秀丽，田园开阔，牧场广袤，冬冷夏凉，四季分明。在五代宋初那战乱频仍的年代，萝塅不愧是一个避乱安居、与世无争的桃源胜地。向导介绍说，萝塅及其周边很早就有人居住，长期以来柘荣人祖祖辈辈一直流传着一种说法：五代时柘荣一带就有陶、竹、柳、杨、梅、萧、汤、连、法、雪十个古姓，历经天灾人祸，世道沧桑，现今已很少人知晓，而这些古姓今天也只剩下陶、柳、梅、连四姓，其余姓氏在柘荣已难以见到了。但是和其他许多以居民姓氏冠名的村庄一样，草场附近竹姓人搭寮居住过的"竹家寮"地名还沿用至今。离萝垱不远的碗窑村有规模宏大的宋代碗窑遗址和出土文物，也可以作为这里古代文明繁盛的重要而有力的佐证。

据柘水萝垱《林氏家谱》和柘荣《济南林氏族谱》等有关资料，唐乾符进士林嵩后人林茂松（字德秀）在宋乾德年间"至柘洋，见萝垱山川秀丽"而从霞浦赤岸迁此安居，历经十三世后，再迁今西宅定居。其间，到第四世出了个林菊。族谱赫然显示，林菊是"兵部尚书、文明殿学士，授银青光禄大夫"。对于族谱的记载，史界向来仅作参考，在没有其他史料进一步印证之前，我们不可采信。但林菊确有其人。今柘荣仙屿公园后面的马仙庙所供的起于元代至正二年（1342年）的"柘洋十三境地主"，其中西宅境地主的神主牌，便赫然标注着"西宅林楚一公之神位"。林楚一公即是林菊，行楚一，号秋圃。林菊的出现更加激起了我探本穷源的傻劲。

这林菊到底是怎样的一个人物？柘水萝垱林氏以林茂松为第一世，林菊为第四世，生卒时间均没有注明。但按常理世系推断，林菊出生时间应在北宋咸平三年（1000年）前后。我们且不去说"银青光禄大夫"，就从族谱记载的"文明殿学士"这个名称来看，根据《宋史·职官志》记载：文明殿学士为宋初大学士名称，从宋太平兴国五年（980年）礼部侍郎程羽开始，原端明殿学士易名为文明殿学士。庆历七年（1047年）后，因与二十年前（1022年）去世的宋真宗谥号"文明章圣元孝皇帝"中的"文明"二字讳同，且宋朝京都皇宫中并无文明殿之实，故经当时文学家、宰相宋庠建议，改为紫宸殿学士。可见宋朝文明殿学士这一职，只存在于公元980年到1047年这67年时间里，而以后再也没有文明殿学士这一学衔，林菊的出生时间与之基本相符。但遍查《宋史》见不到有关林菊的记载，州志、府志、县志的《选举志》亦都没有林菊之名。这样，有关林菊做官的佐证史料一时无法找到，林菊从仕之问，一时无解矣。

据两位族长说，在这草场的北部还有一处"林菊墓"遗址，因早年被盗挖，现已毁损不堪。可是碍于越下越大的冬雨和满是阴森透湿的荒野，我们这次没有再去深入探访，但有关"林菊其人"之问，却久久萦绕在我们心间。回来的路上，大家的心情都有些失落。正谈论着，有人打趣说："等天晴了，鸳鸯草场露出清朗的山头时，答案也许就出来了。"

我想，也许吧，被时间湮没的历史也企盼着放晴的答案。

峻峡秀水探官安

◎潘文书

一

乍听"官安",喜感满满,但要到达,却要经历盘山公路十八弯的惊险。好在一路上崖壁峻秀,在观山赏水中,不知不觉消弭了不少心悸。

车走湄洋环岛右斜上行,过王竹坪、美貌岩村,沿四米多宽水泥路蜿蜒而下,有溪峡一路相随,两边崖壁如张屏,摇枝曳绿,招风掣云,别样风景。一条公路硬是在一边崖壁中凿石穿岩,远看如洁白的绸带,在山色翠微中画出一条盘旋的曲线,挥动着水声潺潺,鸟语嘤嘤,把过往的狰狞与巉岩利齿晃到车轮底下,之幽、之静,身心尽净。

沿路的二级站、熊状等村点已据地僻之远,而官安更在地僻尽头。如果盘山公路是一枝藤条,沿着山壑缠缠绕绕,那二级站、熊状等村点便是藤条上的叶子,而官安,才是这枝藤条的花蕊,艳丽夺目。

官安村位于柘荣北部,与浙江泰顺县隔峡相望,平均海拔 670 米。古语有云:"柘洋出西门,官安第一村。"可见古代官安地域广阔,后来被分割成几个区划和村落。官安村全为章姓。资料记载,至元十年(1273 年),章氏正三公自泰顺迁徙到附近的峰其岗自然村,再转居此地繁衍至今。其实,官安立村历史应该比较悠久,在章姓迁居之前早有池姓,但奇怪的是,自从章姓迁入后,池姓逐渐消亡,而且此后其他姓氏迁来均难以繁衍,似乎官安专为章姓而安。据说村里有一个古墓造型奇特,估计可以考证官安的渊源。

据传，取官安者，与闽浙古道必经此地有关。古时此地四周深山老林，人烟稀少，兽患匪祸颇多，而客商官贾赶脚，必借此地留宿歇息，官府派兵守护村庄，村民感恩官护民安，故取村名官安。

二

官安村口，"中国传统村落"的牌匾吸人眼球。一个偏隅深山中的小村落，获此殊荣，自有它的不同凡响。果然，眼前一个开阔纳气的盆地，几栋土石墙与木瓦结构古屋沿山而建，有村民在村边河道疏浚、修整田坯，有家禽飞鸟奔走翻飞，很得陶渊明"狗吠深巷中，鸡鸣桑树颠"意境。对面山，数千米的古道从山梁一泻而下，纵贯村内，眼前一下子浮现旧时客栈林立、酒旗招展的图景。

放眼官安，一座又一座古厝奔眼而来。村干部介绍说，除了章氏古祠和建于清同治六年（1867 年）的玄天真武庙等外，至今有清代古宅五幢、民国大厝四座，均保存完好。不禁为官安群众自觉的文保情怀感动。

探究一个村的历史，必须要看宗祠。事实上古朴斑驳、从容落定的章氏宗祠，是官安村很有代表性的古建筑。它建于清嘉庆十八年（1813 年），祠中完整保存着清同治四年（1865 年）与同治六年（1867 年）福宁府正堂所送牌匾、清光绪年间（1875—1908 年）福宁府正堂所送牌匾、清宣统己酉年（1909 年）拔贡第一名章宝华牌匾以及百岁老人之寿牌匾等。这些牌匾足以说明一个深山姓氏曾经的辉煌。

牌匾上的字许多已经斑驳不清，但是还有不少触动着游者的神经。"安车待聘""拔贡"高悬，透露着章氏先祖报效社稷的理想和对子嗣功名的自豪；"图献九如"与"百岁添龄"更是对官安这一方福寿山水的美好祝愿。突然想到前几年在报道组工作时，跟随县领导慰问过一个 103 岁的老人。深山之远人长寿，这应该是官安村值得炫耀的。

三

到了官安，那一座座高墙灰瓦、四合庭院的古厝，才是最让人心动的。举目所见，古厝依山势而卧，均为典型的闽东传统四合院式大厝。古厝顺地形展开风水格局，主结构为清式混合式斗拱，屋顶采用悬山式，建筑时间基本在300年以上。得益于中国传统古村落项目，多座古厝正在进行仿古修复修缮。

盘垅里古厝，有民工在打地板，所用材料为泥土掺和灰、砂、贝壳，平整铺在地上，用柄板不停地敲打，直到结实为止。这便是古人铺地的方法，敲打出来的地面比水泥地还结实，而且防潮保暖。古厝建筑面积10000平方米左右，从新修缮的痕迹看出，原先已局部坍塌，一落一进七间十三架。古厝大厅高阔，橼梁榫卯相接，大柱石础排立，呈黑灰泛白格调，一种古朴沉静的风貌。细看檐下精雕细刻，麒麟凤凰、蝙蝠貔貅、竹鹿三（羊）阳开泰等吉祥动物栩栩如生，最是那高悬的诸如"椿萱并茂""宜家受福"等牌匾，那是传统文化中最朴素的祝福与期盼。这座古厝还

官安交溪峡谷／南山氏 摄

109

有一个特点，就是屋檐下雕刻了其他古厝很少见的"悬鱼"，也叫"垂鱼"的装饰。鱼为双鱼交尾生籽无数，寓意子孙发达；鱼主水，水克火，大有防火祈愿在内；鱼还有年年有余的意思。鱼实在是好东西，能够给淳朴的群众寄托那么多的愿望。

最具古朴的当属"三堂厝"，应该是官安古厝中最早修建的。粉墙黛瓦，石门牌坊，天井厅廊，木石雕刻，一应俱全。正门口上方"渭绪支流"四字苍劲有力，揭示了章氏源流。厅堂正上方，是清嘉庆十五年（1810 年）悬挂的"德衍兰玉""庚婺双辉"匾额。厅堂两旁悬挂两副长联，上书："海内数十百名家皆由积德，世间第一等好事无过读书""何以偿芳晨，门第高时须为善；还来寻乐事，儿孙好处在读书"，足见房屋主人对"读书好"的崇尚。遗憾的是官安祖辈空有了"读书致仕"的期待，偌大的一个村子走仕途的却很少。

倒是古时候官安村的财发得比较大，这些规模宏伟的古厝便可窥见一斑。地处深山，章氏先祖靠什么发家？这不能不引起游览者的兴趣。据传说，章氏先祖以生产桐油和种植贩卖旱烟发家。当时桐油全部运到赛岐码头炼船，还有农村木棺炼油，均采用桐油。章氏祖先贩卖烟草，有一年因战争爆发而烟草储存浙江一仓库，居然奇货可居，待战争结束，烟草涨价，便大发了一笔，每个兄弟都建了座大宅，便是现在的古厝了。

如今，一些古厝被植入新的元素，如"新时代文明实践站""闽浙边省际党建联盟实践基地""闽浙边法制教育基地""福建工程学院建筑与城乡规划学院校外实践基地"等，依古赋新，也不失为一个创意。

四

风景总在深山处，官安村无疑是有风景的。

走在村里，古朴民风，古道古屋，古意绵绵。坊亭、碾轮、毛石墙，古韵悠悠；文化广场、健身乐园、花草步道，不失现代气息。最是那长长古石墙上，从石头缝隙中顽强生长出一大片古茶树，与古道相互映衬。据说这些古茶树是飞鸟带来的茶籽掉到石缝中长出来的，已经生长了300 多年，有些还开着花骨朵，无疑给了秋冬官安一片生气。

其实，官安村最雄伟的自然景观就是蜿蜒横亘村前的闽浙大峡谷。一峡之隔，却是浙江泰顺龟湖和霞浦、福安交界，也难怪成为当年闽东革命辗转周旋的生命线，叶飞、范式人等老一辈革命家曾在这里开展革命活动。1934年4月，霞鼎泰苏区创始人林爱指挥的"排头战役"即在附近的东坪打响，红军铁索桥至今尚存，已成为乡村红色旅游景点。官安村还保留了红军洞、红军井、红军灶等革命遗址遗迹。

闽浙大峡谷，成就了官安村的峻秀雄美。山溪相依，溪峡若带，树木荫翳，摇翠滴绿，风光旖旎，溪石百态，崖岩千形。有"官帽岩""石猴拜佛""仙人锯板"等奇峰怪石，也有"草寇王与三将军""蝙蝠洞""望夫台"等美丽传说，更有"玉帝之印""云海涌日""龙井飞瀑"和素有"小雅鲁藏布江大拐弯"之称的交溪曲流，这也是"官安十景"了。虽然尚未开发，但看着那些文图介绍，便有迫不及待置身其间的冲动。

英山乡乡长潘石速介绍，官安村的乡村旅游开发已经纳入乡里规划，从乡政府所在地到官安的新路已经在勘测设计中，新路建成后，从城关到官安的路程大大缩短。届时，官安深厚人文、优美景色将展示于世。

不禁感慨，到了官安，就像走过人生的许多弯道曲折，终于找到人生坦途与风景。

小城漫笔

◎游阿满

一

柘荣历史悠久，人杰地灵，新石器时期就有人类活动，宋代设有巡检司。以陈桷、袁天禄、游朴等为核心的福建名人群星璀璨，照亮历史。1945 年，柘荣建县，取县名意即"木石尔雅，欣欣向荣"。

走进柘荣，你会感到这里的天蓝得没有边际，这里的地绿得让人酥软忘情，这里的人"慢"得没有一点脾气。城市生活节奏的舒缓惬意，让你想深呼吸这里涤尘润肺的空气。漫步龙溪柳岸，你会对柘荣第一印象作出怎样的评判和定义？或许，你会从街头百姓热议的"长寿之乡"得到一些启发；又或许，"慢生活"的第一印象会瞬间冲破你的遐想，让你把柘荣的某些特质与"慢城"联系起来。的确，对照全国长寿之乡的参评标准，柘荣的各项指标与之日益吻合，百姓对"中国长寿之乡"的努力与翘盼也在与日俱增。

"太姥之巅，有一座奇山，灵岩洞住马天仙，异骨少女道中贤。雾里的飞亭洞中的境，风中的灵鼋龟背的岩……"这是一首赞美东海之滨太姥主峰东狮山的颂歌。东狮山海拔 1479 米，系马仙文化发祥地。它以山势峻伟、景色雄奇，引得万山来朝，八方朝圣。数百年前，清朝江西省信丰知县徐友梧曾慕名来这里，发出了"太姥在下峰，高标谁与伍"的感叹。每一年每一季的每一个清晨，当海上仙都太姥山还笼罩在云岚雾梦中的时候，和煦的阳光已经照在了东狮山上。东狮山则与勤劳淳朴的柘荣人一起醒来，一道舒展筋骨，吐故纳新。它用神奇的故事解说儒者的礼乐仁义，敲响释者的暮鼓晨钟，宣扬道者的纯真自然；它用博大的胸怀迎接仁者的欢快脚步，接纳智者的矫健身影，见证寿者的飘飘若仙；它用道文化引领居民健身热情与养生情趣，也用慢生活吸引游客莅临胜地吸氧，感受负氧离子濡胸润肺的长寿元素，体会滋补空气维生素的曼妙质感。

这里的生活静悄悄。柘荣，宛如被阑珊都市无意间遗忘的一片净土，它远离喧嚣，远离浮躁，甚至远离光怪陆离的现代快节奏。纵然时光老去，它依然维持固有的宁静致远和淡泊情趣。不紧不慢的时钟摇摆，已然为你自由酣畅的内心呼吸，留下了从容不迫的幸福过道。

二

"柘地既高，盛夏犹挟纩，所产谷麦多溢外县。民俗俭朴。而桥梁道路之荡平，农林畜牧之繁盛，良田美池，所在皆是。游其地者，恍如身入桃源，久而忘返云。"（民国十六年《霞浦县志·城市志》）

"六出飞花入户时，坐看青竹变琼枝。"柘荣的冬雪，每年大致是在春节前后来临的。以一场大雪为邀约，人们在喜气盈门的雪里欢度春节，成为柘荣人民独享的福气。地理学家常以冰川融化、气候变暖作为生态危机的警示，由此看来，史上迄今，柘荣多雪，乃自然生态维护有加使然。

柘洋是柘荣的旧称，古时属长溪县管辖。长溪源出浙江庆元，辗转蜿蜒，柘水汇入后奔向东海。如果把"柘洋"的偏旁部首拆开，并将其中的寓意巧妙地加以解析和联想，我们不得不叹服古人的智慧："柘洋"其实动静两相宜，内涵囊括了"农林牧副渔"：木为林，石为农，水为渔，羊为牧，古代有商品交换，自然就是副业了。其间既内含木石而居的一片绿洲，也拥有逐水而居的蔚蓝色理想。查阅历史文献，有关东狮山的最早记载始于南北朝。而关于柘洋是"世外桃源"的自我认同，我们相信，不仅仅只于民国十六年的《霞浦方志》才开始记述。和许多全国长寿之乡的立地条件相仿，柘荣的阳光、气候宜人，流域水质优良，空气质量优良；城区饮用水系东狮山泉水汇聚而成，能保健强身，延年益寿。夏日柘荣，是东南避暑远近闻名的"清凉世界"，其自然生态、气候条件、生存舒适度，乃至生活幸福感，均与古柘洋如出一辙。

柘荣人不仅尽情享用大自然的恩赐，而且把保护生态环境作为生命线，牢牢树立"生态环境第一"的科学发展观，围绕"天蓝、地绿、山清、水秀、城美"的目标展开城市建设，让这个省级园林县城无处不绿。"绕郭而来，一颗明珠，宛在芙蓉烟雨；穿城而去，半规浮玉，依然杨柳楼台。"龙溪缓缓穿城而过，更增添了绿的色彩与生命的活力。如果你看到恩爱夫妻推着童车在柳荫下漫步，你看到童颜老者围着仙屿古朴的石盘下棋，你会感恩生活为我们选择了恬淡，选择了温馨，选择了静悄悄……

如果您在夏季来到柘荣，你会感觉到这里与其他地方最显著的区别就是：在烈日下行走，不会感到太阳的毒辣，而且晚上睡觉要盖被子。在柘荣你可以尽情享受日光浴，因为阳光中充满着被誉为"生命之光"的远红外线。它会通过激活人体组织细胞，增强新陈代谢，改善微循环，提高人体的免疫力，使人健康长寿。柘荣是中国太子参之乡，农民家家户户种植太子参，太子参富含16种氨基酸，是老寿星养生的传家宝。柘荣民间药膳比较普及，群众有采药滋补养生的传统习惯，鼠曲糍、乌饭都属于柘荣药膳名小吃。药业旅游文化衍生了社会尊重生命、追求长寿的氛围，也丰富了海西药城的人文内涵。城郊仙山村很多人有拔"午时草"的习惯，老人们半农半医，懂得用药膳滋补自己。特别是太子参价格上扬后，很多老年人在地里干活非常起劲，甚至赛过小伙子。"知府故里，长寿之村"正是仙山村的人文品牌。

三

"碧玉妆成一树高，万条垂下绿丝绦。不知细叶谁裁出，二月春风似剪刀。"拥有"中国民间文化艺术之乡"美誉的柳城，柘荣剪纸是中国民间艺术花苑中的一朵奇葩。它的传承上溯唐朝，21世纪重现辉煌，先后被确定为省级非遗和国家级非遗，2010年入选联合国教科文卫组织的人类非物质文化遗产代表作名录。

耄耋老人袁秀莹是国家级剪纸非遗传承人，她童年时向母亲、祖母学剪纸，由她手把手带出来的学生已经传到了第五代。学生们获奖无数，有的已经是省市一级非遗传承人。老人一生并非一帆风顺，剪纸给了她无尽的心灵慰藉。在人生灰暗时，

缪芝山诗《雪中即事》／荷农　绘

她能剪出生活的亮色，剪纸艺术成了她延年益寿的"养生伴侣"。柘荣县的许多长寿老人，大都有一个共同特点，那就是心态平和、开朗乐观、与人为善、热心助人，因而子女孝顺、邻居和睦，自己则颐养天年。

现年88岁的文化馆老馆长叶作楠，以包容的心态对待历史，以积极的心态为人民服务。他70岁开始，十年如一日，完成《柘荣县文化志》初稿，不计报酬、默默奉献。他以87岁高龄加入中国共产党，成为实践福建精神和宁德精神的典范。这是境界崇高、行为低调、另一种静悄悄的高品位生活质态。对世态炎凉的包容，对生活诉求的恬淡，对未来世界的达观，一起为寿者求证了身心健康的真谛，以及他们对社会伦理道德健康的积极营造。

柘荣，这个福建省最小而又最年轻的"慢城"，必将随着高度宜居的"生态养生城"建设，成为名副其实的中国长寿之乡。慈善立名，安国孝亲。这个春潮涌动、笑脸如歌的幸福小城，也将随着高速路的开通，变得日新月异、突飞猛进。有人说，你不要轻易去柘荣，因为你会从此放慢脚步，直到时光终老，一直生活在静悄悄的梦里。有人说，你要快到柘荣来，高速生活即将融入柘荣。于无声处听惊雷，柘荣在静逸里的韬光养晦，已经是黎明前的摄魄宁静，等着你来敲起响鼓，点亮辉光……

龙溪水长流

◎谢　飞

龙溪发源于东狮山山脉东部，由东北流往西南，注入交溪，经赛江千回百转汇入大海。

龙溪穿城而过，似长长的飘带将山城一分为二。记忆中龙溪总是泛着清波，吹拂着沁人心脾的清风，镶嵌着星星点点清澈碧绿的溪潭，宛如翡翠项链上点缀着绿宝石。

龙溪上的溪潭都有着自己独特的名字，比如龙井、长潭、煞拍潭堑、宰白潭、五斗潭、新妇潭、岩潭……还有许许多多已经忘记名字的清潭。每个溪潭的命名或许都有一个传说或典故，日久年湮，记忆星碎，已经没有几个人能完整地叙述这一泓泓清潭背后的故事了。

龙井位于龙溪源头，藏卧于龙井岗下，背靠东狮山山脉。绵绵的云朵缠绕着青翠山峦，山峦中无数条小水流鱼贯而出，汇集成瀑布垂直而下，水声訇然作响气势非凡，白练般直泻龙井潭中。瀑布下的龙井潭潭深水急，清幽深邃，漾洄碧绿，飞溅的水花翻腾起阵阵水雾，迷迷茫茫如一帘流动的幕布，在阳光照射下映出七色彩虹。彩虹由浅入深清晰鲜艳，置身其中却又如梦如幻。传说，这又圆又大幽深的水潭里栖息着青龙，每当干旱时节，百姓上东狮山灵岩宝洞向马仙祈雨时，青龙友情赞助马仙，在龙井中长吸清泉，腾云驾雾飞临山城，遍施甘霖解百姓之忧苦。这深潭便由此得名"龙井"了。

长潭，顾名思义，应该是因溪潭的形状而得名的吧。在龙溪上有几个长潭，基本上都位于地势平坦的地段，水流平缓水面开阔，在阳光照射下波光粼粼，岸边水草萋萋。长潭由于水面开阔是最适合打水漂的。儿时的游戏色彩斑斓，许多已随流年而逝，而打水漂的画面却依然鲜活如故，温情弥漫，拂之不去。那时处处都是瓦房，碎瓦片可随手拈来。小伙伴们用小铁锤或柱状石头敲敲打打，把瓦片修成银圆似的一片片，装满衣裤口袋或书包，三三两两相约到长潭的河滩上比赛打水漂。大家站立一排，用拇指和中指捏紧瓦片，用食指抵住瓦片上端，斜着身子，偏着脑袋，拉开架势，助跑几步使出浑身的劲儿，朝着水面投掷出去。瓦片紧贴水面跳跃疾行，"嗖嗖"作响，宛若飞燕掠过，若隐若现掠起一道道漂亮的水痕，荡出一串串涟漪，一圈一圈散开，传出很远很远。当精心加工的瓦片用尽时，便就地取材，在河滩上寻找溜圆扁平的石块替代。用石块打水漂的难度要大过瓦片，经常一出手便一头栽入水中，发出"噗噗"的闷响。于是长潭河面的"嗖嗖"夹杂着水中的"噗噗"，此起彼伏，不绝于耳。打水漂比的是打得远、漂得多，虽然胜者没有奖励、败者没有惩罚，但小伙伴们总是乐此不疲，数数声伴着欢笑在蔚蓝的天空下久久飘荡……

当悠悠的龙溪水流过上城东安新堡树德亭下的条石桥和青蛮石碇步（琴桥），便进入了下城柘洋堡。龙溪连接上下城的是两块巨石。"激流之下必有深潭"，两巨石间滔滔不绝湍急的溪水便造就了巨石下方一湾深潭——"煞拍潭壑"。山城北街地主宫外城墙垛上有两棵硕大的古松，茂密的树冠朝东狮山方向伸展，如苍天巨伞遮在"煞拍潭壑"上，使"煞拍潭壑"显得有些神秘。虽然潭深水急，也有漩涡，却常有勇敢者夏日在此穿波越浪，显其豪情。

柴岚里城墙下有片开阔的河滩，水流平缓，浅处没过脚踝，最深处也不过一米，河滩边的地里种满玉米、番薯、花生、香瓜等各色蔬菜瓜果。这里是儿时的天堂。在炎热的季节，在玉米地里脱个精光，将衣服藏于玉米丛中，赤脚快步踩在河滩的鹅卵石上，一头扎进河水里，在水里打水仗、学游泳、嬉戏玩耍。我的"狗刨式"就是在这学成的，因为在这游泳戏水的都是全裸的，所以这儿也就成了"宰白潭"。我们在宰白潭的河滩上用细沙和鹅卵石修拦河堤、水渠以及城堡，然后相互攻打城池、冲毁水利设施，攻城略地，演绎运筹帷幄打天下的豪气，天马行空做着英雄梦，而河滩地里的番薯、花生、香瓜也成了大伙的美食。

龙溪水默默地流淌了千百年，不知何年流到溪坪的下街坪时突然折往西北朝仙屿方向流去，抵近河洋的仁全寺时再往东南经根鼓寺到赤岭边的曲柴树，然后再一路向西南。从下溪坪弯曲地流到曲柴树正好形成一个大大的字母"C"。这"C"将前山村环在其中，"C"首是下溪坪的五斗潭，"C"尾便是曲柴树下的新妇潭。

五斗潭，有传说是因潭面般大小的耕地种植粮食，能收获五斗，遂名为五斗潭；也有传说这深潭因沉没有仙人的五个谷斗，所以得名五斗潭。后一个传说是这样的：很久以前，柘洋城蝗灾爆发，蝗虫所经之处，苗稼皆尽，哀鸿遍野，民不聊生。可官府腐败黑暗，罔顾百姓死活，官商趁机勾结，囤粮牟取暴利，导致民怨沸腾。弱势百姓投诉无门，只能烧香祈求上苍救万民于苦难。玉皇念百姓之疾苦，命五谷神放粮赈灾。五谷神用铁链连接五个木谷斗，各装稻、麦、黍、稷、菽五种粮食，施法瞒过官府与盗寇贼人，将一串谷斗放置于龙溪上赈救灾民。沿岸百姓取足口粮，谷斗即顺流而下，斗中谷物源源不断。下街坪湾头深潭有一水渠，宽约五尺，引深潭溪水入前山村，用于村民淘米洗菜浣衣灌溉。五个木谷斗流到此潭时，前山村有财主心生贪念，欲将五个谷斗占为己有，纠集雇工将谷斗拦下，想合力将谷斗从水渠拖入前山村中。谷斗置于潭面，径只三尺模样，怎知渐入渠口瞬间涨到近丈。随着一声巨响，斗裂谷扬，五个谷斗悉数粉碎，虽为木质却沉入潭底，消失得无影无踪。后人于是将此深潭称为五斗潭。

赤岭边曲柴树下的新妇潭，是因一个凄美的爱情悲剧故事而得名的。相传柘洋城有一穷书生名孔昭君，孔家原本也是大户人家，因孔昭君的父亲孔广达行侠仗义，好打抱不平，得罪官府，受恶吏构陷入狱，家产遭查抄充公，从此家道中落。孔昭君虽"弱冠弄柔翰，卓荦观群书"，无奈时运不济，又受其父所累，科举屡试未能及第。一介书生手无缚鸡之力，纵有孔广达故知亲友接济，但孔昭君心气甚高，拒纳施舍，终日食不果腹。有一乡绅念孔广达之义，将孔昭君引荐于柘洋名门袁姓财主济恩。袁济恩见孔昭君容貌俊秀一表人才，饱读诗书谈吐儒雅，又知其为孔广达之子，便延聘为家塾经馆塾师。财主袁济恩有一女名涵双，碧玉年华，温柔和顺，丰姿秀美，待字闺中，与其弟一同师从孔昭君。孔昭君与袁涵双虽为师生，但日久生情彼此心生爱慕，山盟海誓私订终身。其弟觉察告知父母，袁济恩之妻林氏嫌贫爱富，心中早已有意嫁女于东源汤员外之子汤祖贵。袁济恩虽有成全袁涵双与孔昭君之意，但无奈林氏为一悍妇，袁济恩十分惧内，只能遂林氏之意，即命媒婆前往东源汤府撮合婚事。讨八字、合八字、行盘、定亲一气呵成，婚期很快定了下来。林氏给付孔昭君些许银两，软硬兼施将孔昭君打发出门另谋高就，又设计哄骗袁涵双确信孔昭君受"父母之命，媒妁之言"早有婚配，一对恩爱鸳鸯至此拆散。孔昭君离开袁府，在痛苦思念与无法泯灭的爱恋中饱受煎熬，郁郁寡欢，积郁成疾，卧床不起，吐血而亡。袁涵双大婚之日嫁往东源，出了家门随身丫鬟翠儿将实情告诉袁涵双，袁涵双心如刀绞，肝肠寸断。婚轿行至赤岭边曲柴树，袁涵双对扛轿师谎称下轿小解，来到曲柴树下的深潭一跃而下，香消玉殒。从此赤岭边曲柴树下的深潭就成了"新妇潭"，而柘洋城也有了"扛轿就扛轿，莫管新妇有尿无尿"的俗语。

　　在人定胜天、农业学大寨的年代，曾有人想挖条渠道将"C"首尾相连，使"C"成"I"，幻想着让"C"成为良田，这便是山城史上轰轰烈烈的"改溪运动"，但有悖自然、有违天意终究不能成事，留下的只是前山茶场上一条残缺的沟壑和千古笑谈。虽然兴师动众劳民伤财也未能将五斗潭与新妇潭两潭相连，而我却用脚印将龙溪上的几个深潭连在了一起。

　　那时的龙溪水清澈见底，纯净甘甜，沿溪的人们在溪边淘米洗菜。河底漂浮着缕缕绿油油的"虾梳"，随着水流起伏，游鱼细虾在"虾梳"间嬉戏。河道的鹅卵石上零星地趴着一种见不得一丝污染的小鱼儿——"石踏"，是极美味的溪鱼，无骨无刺，鲜香无比。在一碗牛肉丸一毛钱的年代，一斤石踏能卖得三四元。于是在周末的时候，我便和同学带着畚箕鱼篓，买上几个光饼，捞石踏卖钱。光饼是一天的干粮，而畚箕是捞石踏的主要工具。捞石踏时，一人先将畚箕放置于河道上方，然后大家围成扇形，脚与脚相衔接，轻踏着脚步往畚箕围拢，石踏就慢慢地游进畚箕成为我们的猎物。我们在溪里踏着脚步一路驱赶石踏，从际头村到平桥下，用脚印将岩潭、新妇潭、五斗潭、宰白潭、煞拍潭壑、长潭连接在一起。

　　龙溪清清溪水，曾装点着山城秀美景色，带给我绚丽温馨的回忆，如今依然伴我继续人生的旅程。虽然时光荏苒，岁月变迁，龙溪已不再是旧时模样，构筑的橡胶坝、水泥坝拦截了滔滔流水，沉积的淤泥掩埋了一泓泓碧绿清潭，河道里只剩放生的鲤鱼和野生的"土鲫"苟且地生活在泛着油污的溪水里，花岗岩垒砌的护城堤

李永新画作

已将河滩侵蚀殆尽，但我想这只是龙溪偶染微恙，波光潋滟的龙溪永远在我心中荡漾流淌，龙溪那种渗入心灵的晶莹与温润，依然萦绕在梦里潮湿万千思绪……

龙溪水长流，我心依旧，回忆着我的回忆，继续着我的继续。

一个画家，一座城

◎ 郑树明

2021 年 5 月 6 日，缪芝山先生在个人微博展示了著名画家南国藤翁——王卉的题画跋文：

> 余久客西子湖畔，闽东柘荣又名柳城，莫非巧也？与芝山来往有素，故写此示两地之情。缘乎！乙丑之初夏思之亦有趣也，因记之如此。南国藤翁时年八十有七矣，老笔纷披，或见其自然之余情，一笑而已。

此图属纸本材质，规格是四尺整张。作品名称为"柳浪闻莺无限情"。系卉师离休后客杭州忆故人有感而发，故记之。

芝山兄，闽东韩城人。曾供职柘荣县财政、粮食、国土等与民生相系机构。卉师下放闽东期间与其交往甚密，倾囊相授其诗词与书法。面对画作，我臆猜创作那一刻卉师的心绪应是：相见亦无事，忽然忆起君。继而神思相会聚集笔端，柳叶翻浪，黄莺相唤于枝叶丛中，此呼彼答。是探寻诗句珠玑，或是墨线聚拢，开合忘情于色彩斑斓间。

在福建省的县份中，以树命名、与树共荣仅有柘荣一处。县以树名，城亦以树名，足见柘荣人爱树喜绿。

柘荣，福建省面积最小、人口最少、建县最迟的一个县份，城关称柳城。一座海拔 1479 米的东狮山似卧狮昂首朝天。源于深山腹地的龙溪如玉带绕行城区，两岸翠柳如帘，婀娜的倩影几多妩媚隐现其间。忽然，一阵风吹来，柳条款款律动，传递着柘荣的文化意蕴：中国民间文化艺术之乡、福建省首个"长寿之乡""中国老年人宜居城市"……

让我们把时间回拨。那时清新的柘荣有部分区域归属福安管辖，卉师受"文革"冲击，1966年下放到福安师范任美术教师，在校期间曾有去买块面包而被诬为"通敌"遭批斗的闹剧。1969年受排挤，卉师又被委予"毛泽东思想宣传队"宣传员的名义，投送到黄柏公社蒲洋村。

"当时去的时候是胸前戴着红花，敲锣打鼓……"晚年临近90岁的老人讲述此事仍仿佛发生在昨日，语调高亢。也许是我无意间碰触他的记忆闸门，开启一段他年轻时的过往。那一刻卉师眉宇间激情飞扬，胸中一定鼓荡如钱塘潮翻涌拍岸。现场气氛感染着听者，将人们裹进红歌嘹亮的时代。

《柳浪闻莺无限情》／王卉　绘

黄柏公社为明万历朝廉吏游朴的故乡，在青山绿水的环抱下，满天弥漫着花香和果香，人们以不紧不慢的生活节奏，走过带着沧桑的老街。从千百年前先民的歌声开始，一年年绿了茶园、黄了稻田，唱出如春四季和物华天宝，村民们以自己的方式经历着忧郁和幸福。

恬静而单调的生活并没有浇灭卉师的艺术热情。蒲洋村流传着一则逸事：大伙都知道卉师是省里下放到乡间的知识分子，某日在一村民家中，偶饮数杯后酒精便点燃了卉师的创作欲望。如今蒲洋村民家中仍珍藏着卉师随兴在木制菜柜面板上恣意挥毫笔酣情畅的书法珍品。也许是游朴遗风的熏陶，也可能是近年来寻宝或鉴宝节目的普及，该"藏家"一般不轻易将该墨宝示人。

想欣赏卉师墨宝，在柘荣城区并非难事。柘荣县未通高速前，沿104国道从福安往福鼎方向，柘荣城区是必经之路。柘荣车站的前方矗立有一组雕塑，主题为：众孩童欢畅地簇拥着扛仙桃的一位老者。下方嵌有一"寿"字，雄强浑厚，舒卷似藤，一眼就能让你体会到笔画间那种坚忍不拔的精神和倔强旺盛的生命力。2012年9月5日，卉师应柘荣县委宣传部原部长李步舒先生之请，于杭州为"长寿之乡"柘荣欣然题写"寿"字。

还有《柳絮》杂志的刊名也是卉师墨迹。多年来，春柳之絮悄然散发，早已扎在大伙的心田。

在柳城柘荣，卉师也有不少故交，人大陆主任、原粮食局局长芝山兄等皆与卉师从相识到相知，引为一生莫逆之交。

与柘荣相仿，杭州西湖也垂柳依依。"柳浪闻莺"自古就列入"西湖十景"之一，其名气从古至今传扬于世，蜚声中外毫不夸张。

杭州之柳触发文人情怀而吟诵的诗句不可胜数，应如堤岸柳片儿般纷飞。卉师以"双堤柳影梦非梦，十里荷香楼外楼"的诗句描绘西湖"柳浪闻莺"景点之意境，堪是一幅大写意的墨彩之作，情境描摹丝毫不逊古人。

杭城之柳也许早在卉师学生时代已悄然萌芽植在心底，"文革"期间下放柘荣，成排的柳荫无意间撞击他尘封的记忆，让他产生直把柳城当杭州的幻象直觉。

在已出版的《天趣园诗词》自序中，卉师提及："春申浦畔，曾进艺院，西子湖滨，再求真谛……"卉师凭前三名的佳绩考入杭州国立艺专，为第一教室班长，由关良前辈执鞭讲授，林风眠、陈大羽等先生也时常来客串。学生们也可以自由选择在其他教室聆听心仪的老师相授功课。在此之前，卉师已就读于上海美专并参加早期革命地下党活动，由于有上级的同志遭逮捕，组织上考虑到他的安全，安排他撤离上海，转向杭州求学。

1949 年 6 月修完学业后，卉师毅然舍去可能留在美院任教的良机（1949 年 5 月，其以学生代表身份，同教授代表潘天寿、党代表刘苇共同组成杭州国立艺院三人临时领导小组，接管新中国美院），怀揣一腔热血参加了南下服务团。7 月跟随解放福建的队伍从杭州出发，由江西铅山县进入闽地。

1986 年前后，卉师对此经历简略地做了回顾，《40 年前忆豪情》一文中有言：

> 夏日苦热，早行晚宿，严格执行‘三大纪律八项注意’……听指挥、重号令……团结得像一个巨人，像一支锐利无比的利箭，向南射去！不管行军多么艰苦疲倦，每到一个宿营地，总少不了拿出带着的画笔作些速写，新的征途和事物是高等院校难以见到的。我用概括有力的线条，表达一路南征的豪情壮志……

对美好目标的追寻与对未来的憧憬和向往之情洋溢纸上！

1986 年 2 月，卉师离休后选择回杭州，37 年后他仍牵挂那块青年时为他艺术之树培基浇水的学府之地。当然那儿更有他的同窗、挚友与前辈：肖峰、邓白、沙孟海、王伯敏、夏子颐、周沧米、顾生岳、吴山明、王冬龄、叶浅予……近在咫尺的申城还有老师刘海粟及老砚友陆抑非、陆俨少……每个姓名都是一颗闪耀在中国近代画坛上的巨星。是的，在信息闭塞的闽东卉师是"孤独求败"，而离休后少了牵绊的他宛如鱼入大海，鹤翔云天。以杭州为出发点，画展在全国多地一次次铺开。不同如今的画家，开展会其实是推销售卖自己的作品，卉师更多地是宣扬艺术，狭义地也可以看作是介绍自己。但到手的离休费、安置费如水银泻的他回到了赤贫，自费办画展不得不按下停止键。一位领着离休干部退休金的著名诗人、书画家，在同我的聊天中说起，自离休来杭，他在杭州先后搬了十三处住所。这浮萍般的"寄人篱下"在卉师娓娓道来中如风轻淡，仿佛是与我闲扯隔壁家李大爷的生活境遇。

其间，也有成名的某弟子设法劝说他重返闽东，更有孟姓弟子试图让卉师去东北拓展。黑龙江省杨副省长还专程陪同卉师去扎龙丹顶鹤保护区采风，西部王将军亲自相迎卉师视察大西北……但杭州的烙印始终刻在他心间，如风筝之线扯他回归。也许居住在杭州，他方可时时得观美术界的风向，心跳也伴着澎湃的钱塘潮而"无际狂涛翻绿"（卉师诗句），创作灵感奔流——虽一人独处却怀抱一个艺术的天地。

"双堤柳影梦非梦，十里荷香楼外楼""半湖烟水半湖花"等佳句皆是卉师寓居西湖区教工路时所感，迁教工路之前驻"金狮苑"这段时间，应是他老年书画创作的黄金高峰。

他以李太白的浪漫情怀，注视着这座城市在自己心间的印象，然而杭州仅是卉师实现内心目标的阵地或舞台，并非他灵魂之归宿，尤其进入耄耋之年后他众多作品的落款都刺眼地标明：客杭州！对于这座有天堂美誉的旅游打卡城市，卉师太熟悉了，但杭州却无法从内心深处完全俘虏他。

我想卉师曾努力让自己融入这座古城，这儿回响着他学生时代的激情，有触发灵感的创作源泉，有一批志趣相投的砚友、众多唱和的诗朋……国家文物局义卖他出手了，北高峰慈善拍卖他登临了……他试图以画笔为这座城市的美好添砖加瓦。

或许是卉师过于劳累了，也可能与年纪有关，他安静了下来。从南非好望角回来，他少有跋涉，仅余思绪依旧活跃，偶有佳词妙句也是凭借记忆的场景如珠落盘，他曾颇有感触地对我说："现在走不动了，鲜有到外面看，缺乏感受也写不出什么好句子来！"

听卉师那迟缓的语调，望着他那微微昂起的头，他眼睛里流露出一种老骥伏枥的不甘。从他粗重的呼吸、起伏的胸腔，我能察觉到他的心跳，几时还想追回年轻的节律……我依稀地体会到卉师的无奈或伤感，却惆怅无计无力，那是一种困于泥淖间的无助。

蜗缩在文一西路文萃苑21层的商品房内，连聊天也少有伴儿。相较教工路207号三楼，这儿冬日里晒个太阳也成了奢望。

命运把卉师留在了杭州，这座城市绝非他心仪的归属地。我的脑海中时常闪现卉师书画作品结尾落款"客杭州"的表达。

当我将"柳浪闻莺无限情"画作徐徐展开铺于画案或悬于墙壁，努力去还原卉

师创作时的心境，常常会想到：卉师试图通过此幅画来勾连两地，也许这两处看似八竿子打不着的城市之间隐伏着一条灰线，在作者胸间遥相呼应……

我独自思忖：一座微型的小山城与一座举办过 G20 会议、享誉全球的历史文化名城有何相似之处？除了柳色新新，似春风的剪刀也是两地特产：杭州"张小泉"历史悠久家喻户晓，柘荣的刀剪则走出国门名声在外。柘荣有药城之誉，而杭州的胡庆余堂与北京同仁堂齐名天下。另外，柘荣虽小，县治却有两个城，两城均用石砌城墙围起，小的称上城，大的称下城（当年主城），始建于元至正二十一年（1361年），是闽东地区最早的石砌城堡。巧合的是，杭州也有上城区，是杭城中心城区，自隋唐至民国皆为州治所在地。胡庆余堂恰在其所辖区域内，为国家级文保单位。

"两城"分属两个省份，相距千山万壑之遥。古人常说：十里不同风，百里不同俗。一位丹青妙手将其内涵糅合在一个画面里呈现给世人，但在这"合二为一"的笔触间却有"和而不同"的气息悄然地散发着。

刘海钓金蟾／王描眉　剪纸

行吟的溪口

◎袁宗昂

　　像一颗蒲公英的种子，在多情或是无心的风中落根山野一隅，故乡溪口很写意地繁衍在注定属于她的土地。路如飞舞的丝带，蜿蜒在心里，风动则心牵。翻过横亘的东狮山，县城东南四十里，行云青山流水之间，村落自然衍生，浑然天成，在喧嚣纷扰的人世间显得沉静而从容。村的东面和北面有两条溪，顺着悠远的山谷平缓流淌，在村西头交汇，向西跌落，曲折蛇行，隐没于交错的群山。四面青山相望互守，人家依势错落，尽显江南婉约之韵。举目四望，竹摇风影，环山凝碧，山水合欢，空翠湿衣。故乡柔美温婉，总能消释融化岁月的峥嵘和沧桑，粗粝和洪荒。这是一方归真的净土，远离人世的浮华、人心的倾轧，我时时因一则消息、一张图片，邂逅的某个人，或是一缕莫名情绪，不经意间渲染了羁旅愁思。

　　记忆在岁月中不断生成，也无法挽留地遗失。这片土地出土新石器时代古越先人的石刀，并在与福鼎交界的三叫天发现宋窑遗址，但何时何人迁徙于此，已无法考究查实，只在邻村的家谱记载和残存千年的虎头墙，现出一丝端倪。《袁氏宗谱》在1937年的战火中罹难，成为飞灰，族人追溯的历史，便模糊残缺了。大约在明朝天顺年间，柘荣袁氏袁深文第四代子嗣袁荣父子转迁溪口，袁氏族裔便代代繁衍相传，延续香火，已历40多世。500多年间，先祖们在福温古道的驿站，伴随多舛的国运，几番浮沉。清代乾隆嘉庆年间，人旺业兴，狭小村落人口逾千，兴办茶叶、造纸、竹具加工等十多业类；大兴土木，修建祠堂房屋，建桥筑堤铺路，完善生产生活设施；商贾往来不绝，酒肆客栈十多家，道边酒旗临风，呈现农耕小社会的繁荣。1937年农历正月十一的那场战火，成为溪口由盛而衰的拐点。冲天烈火焚毁房屋百余座，生灵涂炭，黎民背井离乡，四处乞讨。在这方舞台，先人有序登场或谢幕，轮番演绎着一幕幕分分合合的人事，一场场似曾相识的哀乐与兴衰，诠释着宿命与抗争。

村之两侧为溪，桥便嵌入灵魂，成为存在的标识和精神的符号。先后修建永安、庆安、平安、长安、知寿五座石桥，碇步四条，现存三座石桥，碇步两条。水与桥互衬，你只一眼，就会感喟水与桥竟如此惊艳相遇。村西北的永安石拱桥建于清同治二年（1863年），全长47.2米，单孔跨径24.2米，宽5.5米，高12.8米，是华东跨度最大的单孔石桥。这是一部关于石头的传奇，一块块沉重的青石在空中整饬拼接，凌空惊险飞架，与水相接，与影相连，勾画出绝伦的弧线。一百多年来，桥在倾听每一步音的欣喜或黯然，阅读家族村落的风雨沧桑，不悲不喜，以永恒的姿势、无限的守望，等着你参透人世，让你在她的等待中透彻接纳。

为了不在漫长无垠的时空中迷失，坚守氏族厚重的根基，追根溯源，承先启后，清道光六年（1826年）族人修建宗祠。宗祠占地面积309平方米，坐西北向东南，为三进式砖木结构，由前厅、中厅、后厅和两个天井组成。前厅设戏台，后厅设神龛，天井左右设廊庑、厢房，四周空斗砖墙，穿斗式单檐硬山顶，斗拱雕刻工艺精美。踱步其间，浏览祠内十八块斑驳匾额楹联，便是欣赏一幅人文历史长卷。后厅龙柱上"先代贻谋由德深，后人继述在书香"对联，"文魁""选魁"牌匾，以及遗存的石锁、武石，彰显乡里崇文尚武之风。明朝清廷的赠匾挂满了四壁，更有刻着道光皇帝"圣旨"的"节孝"牌匾，以及民国前后三任福建省长杨树庄、蒋光鼐、萨镇冰的题字赠匾，足见辉煌光耀。1948年重修《袁氏宗谱》告竣之际，柘荣同族国大代表袁登九进京参加国民大会，拜谒民国代总统李宗仁，喜得李宗仁和时任民国最高法院高级检察官何修敬、国防部史政局局长吴石、上海法院推事何宜武等十余名国民党政要题字。因与蒋介石老家奉化溪口村名相同，坊间演绎了这段颇具喜剧意味的掌故。宗法社会颓废，宗祠承载的功能随之退化，但其依然是崇拜血脉的圣殿。每年农历七月十五和大年除夕，便祭祀先祖。每每族人去世，灵牌便归于祠中神龛。在这里，人们寻求祖先的庇佑，也承受着亲人的殇情。戏台早已曲终人散，人去台空。曾经粉墨登场的生旦净末丑，淋漓演绎的千古爱恨、悲喜人生，寻常人家轮番上演似曾相识的轮回，抄袭肖似的剧情，应验着人生如戏，戏如人生。

祠前的"三条路"，饮马的"四枯井"，相传是为衣锦还乡的文官武将所建。荣归故里的达官贵人骑着高头大马或坐着八抬锦轿，行走中间的大青石官道，两侧便道仆从前呼后拥，众星捧月，排场显赫。祠堂前一人多高的城墙围拢古村，在洪涝肆虐的季节，盗贼蜂起的岁月，形成屏障。祠堂周围老旧瓦房，静寂中显得苍凉，沉睡在慵懒的阳光之下，怀念繁乱的脚步和纯朴的吆喝，追忆灶台前后温馨的灶火、腾起的蒸汽和烟囱缕缕炊烟。村内外，岁月打磨油亮的石路，缝补了时光的边幅，网罗了人家，折射着数不尽的脚步踩踏出的繁华与落寞，曲折隐没于幽深的转角，透着历史的深邃和忧伤。

我家沧桑的老屋，仄立东下之溪的路旁，近百年风雨侵蚀，残破不堪。40年的时光，仿佛只是隔了一道透明的墙。站在屋前，往事从四面八方陆陆续续聚拢。一缕阳光或一蓑烟雨之中，日之晨昏，年之四季，熟悉的生活场景便铺展开来。我听见沉重的木门在静寂中发出呀呀的长调，关闭了漆黑的夜色，开启了昏浊的黎明。祖父在那世事巨变的年代，虽满腹经纶，却无奈殷实富庶之家的没落，愤懑早逝。奶奶出身富家闺秀，总是梳着不苟的发髻，一袭深色长衫，三寸金莲的碎步踱在房前屋后，稔熟轮番搓捻手中的黑檀木佛珠。虽历经家世衰败、生活磨难，奶奶依然从容不迫，沉稳把持着家里的事务。奶奶的怀抱足够温情，夏日的夜里，门前的矮墙旁，我在竹床上，在奶奶的蒲扇下，在浅吟的经文中，仰视纯净夜空中的星星月亮，枕着蛙鸣和水声入睡。入赘的泰顺爷爷承着生活之重，他脊背佝偻，一脸沧桑，不苟言笑，总是从早到晚在厅堂做篾。一根根大碗粗的毛竹架在柴马上，取段锯出，竹末的清香便弥散开来。篾刀从尾端剖开，破竹之声欢快连环响起。若要剖开长竹，我便在厅前踩住竹头。爷爷从竹尾沿着篾刀取好的开口，双手将竹一节节扯开，啪啪啪有节奏地扯到根部，最后在我的脚底炸开。破篾时，口手配合，篾刀剖过竹节，便用嘴咬着刀面上的篾，均匀撕出两片薄薄的竹篾。竹篾按经纬阴阳铺开，在手上欢动，编成竹篮、竹垫等制品。如此日复一日，年复一年，一把刀一双手编织了憧憬，编织了一生时光。

经历1937年的那场浩劫，父亲一生浸透了悲情。蜿蜒天涯的山路啊，蜿蜒在父亲的生命里。父亲年幼时，由奶奶牵着，蹒跚了一山又一山，投亲谋求果腹；少年时，负笈出山，在贫困交加中求学；高中肄业后，从教从政，走出大山旮旯，走

三星添作五，百孝复当初／缪芝山　撰　崔陟　书

出了封闭的农耕。时空薄如蝉翼，记忆无悲无喜，不经意间，仿佛看见父亲招呼肩背麻袋的乡亲入座就餐，我们子女站在满桌的客人身后，从空隙中夹菜，囫囵着吃；仿佛听到他的劝说：不要把客厅搞得太整洁，乡亲们来家不自在……思念总是这样，在熟悉的生活场景中铺展蔓延开来。苦难如蛇，紧紧缠绕父亲孱弱瘦小的身躯。母亲身患帕金森综合征半身麻痹偏瘫 20 年，父亲自己先后三次患癌，如此一生苦行，依然如荒漠中倔强的一树绿意，任凭风沙肆虐，焦金流石。我见过父亲流过两次泪，第一次是奶奶去世奔丧的路上，在阴雨之中的大黑伞下，他唏嘘不止；第二次是母亲病重昏迷，急送闽东医院救治，在与我的通话中，沉淀在内心的情感突然决堤，悲怆痛哭。五年前，那个春寒料峭氤氲阴郁的黄昏，父亲因心梗，生命之门戛然关闭，我们便生死相隔……

人事易分，人生如斯。时间之外，父亲化身为桥，与先贤一道弯腰弓背，膜拜故土，勾画出绝伦的弧线，承受每一串脚步的踩踏，启迪蒙昧的尘世。

溪口，这一方脱俗无尘的桑梓家园，我生命中的精神蒲团，一生吟唱的如歌行板……

慢寻
幽境

小花／南山氏　摄

风撩坡上草

◎缪　华

第一次去鸳鸯草场，就让肆无忌惮、桀骜不驯的大风给掀得踉跄接着踉跄，有人没站稳，直接就被撩了个大跟头。

这个下马威的见面礼，不可谓不轻也。那么，这风究竟有多大？在鸳鸯草场，有人裹紧外套打摆子般地询问。我说："这风不低于七八级。"当然，我说的不作数，得看专业部门给出的答案。于是，用手机搜索风力等级的词条：七级，疾风，全树动摇，迎风步行感觉不便；八级，大风，微枝折毁，人向前行感觉阻力甚大。我的判断基本准确，这风没有八级也有七级，人前行是相当困难了。

草场不但有大风，而且还大冷。下车伊始，就有冷风扑面而来，我抖抖身子深深吸气，觉得自己扛得住，遂跟随大队人马往草场走。见几个和我一样穿T恤的当地作者原地不动，他们说："不去了，草场风太大太冻，没穿长袖没带外套，冻出感冒划不来。"我心里嘀咕：正是秋高气爽的季节，哪有你们说的这般冷？

风像个无证的导游，人走到哪，它陪到哪，絮絮叨叨，自言自语，热情过度，不得不让我们怀疑它的动机。每当我上一层台阶，它的动机就跟着显现一层，直到最终才真相毕露，就是让你一路冷冻。风还是个推销员，哪怕针眼大的孔，也能吹出筷子粗的风，而T恤恰好吹成了一面帆。

我报名参加这组，就为看鸳鸯草场。9月，对柘荣来说，太阳不辣雨水不多，是最为适合采风的气候。市作家协会一声召唤，呼啦啦去了20多位作家。主办方将人马整合，分成两组，走两条线。一组走双城、东源和宅中；一组走富溪、黄柏和乍洋。当作协秘书长征求我意见时，我不假思索地说："去鸳鸯草场那组。"我曾读过一些名家写鸳鸯草场的诗文，他们对这片山水的情怀感染了我，同时也让我有了遗憾。闽东的景点我差不多都走了，也差不多都写了，居然还漏了鸳鸯草场。所以这次柘荣采风，无论如何也得补上。

鸳鸯草场是鸳鸯头村的草场，有村民在游客服务中心卖些食物、土特产、纪念品什么的。花十元钱买三个茶叶蛋，问他们："这里成了旅游点，你们赚钱的渠道多了吧？"他们答非所问："草场过去是放牛放羊的地方，如今成风景区。看来，城里人的日子太好过了，花钱来看草。"调侃的回答，让我们一同大笑。

步履维艰地往上走，四周全是草色。其实在我们眼前延展的，是一座连着一座的山峦，高度不高，坡度不大，确切地说，那是大草坡。

只是没料到会在草场遇上这么大、这么冷的风。既然来了，也就没了退路。后悔没有听当地作者的话，但若到了草场而没有上山，那日后才有的后悔。大风霸道地刮，吹得人东歪西斜。年龄最小、体重最轻的灵子姑娘被风刮得像要飞起的羽毛，紧紧拽住个头最高、体量最大的伟哥的外套。同行的女诗人眼儿和蓝雨问我："冷吗？"瞧她俩抖抖瑟瑟的模样，虽然比我多了一件外套，估计和我有类似的感觉，不但冷而且还冻。我提振精神地回答："不冷！"

吹着吹着，人渐渐吹麻木了。一麻木，什么感觉都迟钝，自然对冷就不敏感了。

草场，说白了，其实就是除了长草啥也长不了的地方。闽东有几处草场，比如福鼎的嵛山草场、古田的白溪草场等，都因为天时不占地利也不占，才任由草族滋长。因为风大，因为地瘠，这样的条件种啥死啥。树木夭折是迟早的事，只是不好确定折于哪场风；庄稼死亡也是必然的结果，贫瘠的土壤就像没有奶水的母亲。好不容易走到半山腰，视野拉宽了，若不是因为一条路从山间穿过，这里的山一定是连片的。路使山峦有了沟壑有了分歧，尤其那一条条一道道的凹坎，是草山褶皱的隐私处。满山遍野的草因了这坎，成就了摄影家镜头里的明暗光影。

在不同的环境下，草们养成了不同的性格。我脚下连绵茂盛的草，顽强、坚韧。这让我想起李世民入选《全唐诗》的《赐萧瑀》："疾风知劲草，板荡识诚臣。勇夫安识义，智者必怀仁。"唐太宗的文学才华被他的治国本事所掩盖，但"疾风知劲草"却成为千古名句。由此，我得尊称鸳鸯草场的草为劲草，因为吹来的正是疾风。

鸳鸯草场的海拔并不低，平均有1000多米，但草却不高，不像敕勒川的草，高过了牛羊。这儿的草长不高的原因有许多，但风绝对是外因之一，草们总被风吹成匍匐的样子，一抬头就被强压，哪还有机会站起呢？既如此，那就往低长，到更远的地方。说笑间，有人发现草里有几颗风干的屎，问是否也有牛羊。导游说："过去这儿养了很多牛羊，但你看见的，是野兔粪便。""风吹草低见野兔"，这草遮不住牛羊。

草是一个庞大的家族，它不挑天时，不看地利，不论贫瘠，也不论高低，活脱脱地自由生长，快速蔓延。在鸳鸯草场，从山底到山顶，全是草。草色成为这片疆

桃花始盛开，我自坐天台。手举杯中月，仙家倒酒来。／缪芝山　诗　陈叶飞　篆刻

域的醒目标识。据说，鸳鸯草场的面积达 10000 多亩，是福建省最大的天然草场。除了漫山遍野的劲草，草场上还有经营者人为设立、迎合大风的玩意，比如风车、气球等。有一部被牢牢锁在水泥地上的三轮车成为拍照的道具；半山腰有一红一蓝两只鸳鸯造型。我们由此以为这就是牵强附会的草场意象，导游笑了，说此山因村子而得名，但村子又因山石而有名。山下的鸳鸯头村名的由来，是因为草场上有一对相看两不厌的石头，像一对含情脉脉的鸳鸯。懂风月的文人触景生情，为村庄起

了个浪漫的名字：鸳鸯头。草场最初就叫鸳鸯头草场，有人嫌"头"字像第三者插足，横竖撇清，改称鸳鸯草场。

我们来时是初秋，草还是青绿的，但已有了枯老的状态。一荣俱荣，一枯俱枯，这是自然的规律，也是草们的命数。但它们的根是相互咬着的，谁也不松口，正因有这密集的纠缠，它们才在大风中不惧怕不退却，在大雨里不胆怯不心慌，也才有"野火烧不尽，春风吹又生"的顽强和乐观，也才会形成这大象无形的好风景。

因时间关系，我们没有登上鸳鸯石的位置。但有这样的传说，有这样的地理，鸳鸯会有的，而且会越来越多。只希望草能长得高一些，掩映其中的各色鸳鸯。乘观光车回到山下，问导游："今天我们是不是中彩般遇见大风？"他说："大风常有。"然后，他模仿当地人上山干活侧身走路的艰难样子，撩得大家忍俊不禁。

笑毕，竟惊觉这看似风光的所在，也有着看不见的艰辛。

蟹虾图／王描眉　剪纸

雪访靴岭尾

◎谢恩宁

期待下雪是我不变的愿望，特殊的情结。近年来，柘荣的雪却越下越少，越下越小，有时竟难觅踪迹。庚子年冬月廿四上午，我们来到靴岭尾村，突然，黛色的苍穹中，一朵朵、一片片，似雾若雨，是花非花，暌违多年的大雪悄然而至。以宁静沉淀喧嚣，以简洁释放丰盈，以热情掩埋萧瑟，这白色的精灵、快乐的天使，在凛凛大地上舞袖翩翩，广舒盈怀。一群白鹭叽叽喳喳掠过头顶，形成生命与自然、生灵与洁白的绝配。静立雪中，我看见它衣袂飘飘，轻轻地凝于凋落的枝丫上凌寒怒放；看见它像曼妙的茶仙子，在新绿的茶山上十指纤纤上下翻飞。静立雪中，我听见它正深情吟诵写给冬天的这一封封情书，听见它扑簌簌时的优美旋律，这一阕阕纯净的天籁，如古典音乐般优雅，若昆曲越调般婉转，似原生态歌曲般悠扬。

靴岭尾村位于柘荣县西北部，距县城仅 5 公里，原称桦树洋，后有人发现村庄岭头上有一块像靴子的巨石，而村庄又位于岭尾，于是易名靴岭尾，并沿用至今。它既是 2020 年度福建乡村振兴实绩突出村、福建省省级乡村治理试点示范单位，也是远近闻名的非遗文化"网红村"，2019 年被授予"柘荣县剪纸特色文化村"称号。

柘荣剪纸源于唐代，盛于清朝和民国时期，兼容北雄南雅之韵味，2008 年被国务院评为国家级非物质文化遗产，2009 年被联合国教科文组织列入非物质文化遗产保护名录，拥有近百位国家级、省级、市级、县级非遗代表性传承人。

非物质文化遗产是历史的积淀，是活跃在现实中的生产和生活方式。靴岭尾村的剪纸艺术已有 400 多年的创作历史，至今家家户户仍保存传统剪纸的习俗，群众基础良好，文化氛围浓厚。结合柘荣剪纸特色资源和品牌优势，该村探索出一条以

"文创＋农创"双重融合的非遗传承发展促进乡村振兴的新路径。村民们忙时劳作，闲时创作，多数作品被抢购一空，一把剪刀促发展，巧手"剪"出致富路。村里现已建成占地1200平方米，由红色革命展、富美城郊展、孝德文化展、剪纸体验展等6个展区组成的"剪纸文化体验中心"及100平方米的油画馆，成立闽东乡村振兴学院非遗技能传习中心及集生产、销售、加工、培训为一体的产学研基地，持续举办剪纸培训班、剪纸艺术作品展、非遗展演等文旅活动，吸引众多游客纷至沓来。2020年夏季以来，日均游客量千人以上，93户村民家庭增收近百万元。

走进村中，剪纸文化气息扑面而来。"文创田园"四个隶体大字镶嵌于鹅卵石砌成的墙面上，一幅红色的牧童骑牛吹箫剪纸图映入眼帘，田园牧歌的景象跃然眼前。漫步洁净的巷子，我们惊奇地发现，无论是古居旧宅，抑或高堂广厦，房屋外立面上均绘就了一幅幅形色各异、风格独特、栩栩如生的剪纸图案，方寸之地见山水，衡宇之间游乾川，雪花映衬下，更显创意无限，精彩绝伦。

一池萍碎，满目残荷。油画馆旁的荷塘曾有"小荷才露尖尖角"的娇羞，"映日荷花别样红"的绚烂，如今"花凋香渺谢红妆"，"荷尽已无擎雨盖"。从葱茏到枯黄，从盛开到凋零，它们来去从心，去留无意，自在淡然。虽红衰翠减，残芰断萍，但

寒光画作

残而不败，枯而不废，从容之态，丝毫未减。在冰天雪地、寒彻清寂中，依然展示孤傲的不羁，绽放别样的风采，彰显不凡的气韵，坚守生命的冀望。

基地步道蜿蜒而上，两旁整齐排列着 13 个草莓大棚，棚中种植熏桃、白雪公主、红颜、天使等多个稀有草莓品种。正是"莓"好时光，只见暖棚绿秧中，果香四溢，人头攒动，采摘游客冒雪而来，果农忙着分拣装篮。绿树掩映之下是 120 亩的林下食用菌基地，主要培植赤芝、黄精等林下植物。在竹荪试验菌种区，第一期种植了 36 亩，有长裙竹荪、短裙竹荪、棘托竹荪和红托竹荪等品种。竹荪被人们誉为"雪裙仙子""菌中皇后""山珍之花"，具有很高的营养价值。

坚韧、执着、豁达、自信，是靴岭尾人的品格，如冬日残荷。他们"守多彩非遗、创时尚生活"，立足村情，沉谋远虑，计出万全，以"文创"为媒，积极打造独具特色的"清新乡野、文创田园"，做到家家有产业，户户能增收，从而实现脱贫攻坚和乡村振兴有效衔接。

沿着步道来到村尾，古色古香的集福宫格外醒目。当年村民们为求四时安康、五谷丰登、六时吉祥，集资建造了"集福宫"。令人啧啧称奇的是，宫里竟有两棵近 300 年高龄的柳杉。宫里缘何有两棵大树？是先有树，还是先有宫？是宫因树而建，还是树以宫得名？是树惊艳了宫的时光，还是宫温暖了树的流年？数百年来，你伴我月朗风清，我共你花晨月夕，它们早已在岁月深处美成花海，暖成朝阳，情深成彼此的唯一。风吹，树挡，雨落，宫接，灵犀共鸣，濡沫相随，它们让每个晨曦与暮色在浅吟低唱中轻舞飞扬，它们用从容不迫的淡定一起迎接惊涛骇浪、狂风暴雨，它们用最深的爱意、最真的长情让枯萎的心灵开满岁月柔媚的花朵。

"皑皑轻趁步，翦翦舞随腰。"走出集福宫，六出飞花依然在万物腾出的空间里，自由而快乐地旋舞。天空只是它途经的驿站，它的初心和使命永远在它热爱的每一寸土地上，宁愿香消玉殒，也无怨无悔地把博爱和希望播撒人间，它以宏大和细致的覆盖，拥有整个世界，滋润孤寂的土地，孕育温暖的春天，点燃生命的烈焰。

落雪为念，瑞雪丰年。雪中的靴岭尾踔厉奋发，圆梦可期！

在西竹岔，在土楼……

◎沙　子

　　岔，是山与山相亲的驿站，绿树盈盈，蓝天悠悠；楼，是土与土涅槃的丰碑，游人景仰，浩气长存。

　　当西竹岔遇见土楼，当我遇见你，从城关沿 104 国道一路向西，一路春意盎然的行旅，就这么悄无声息，这么虔诚向往，被明媚的春风吹散。风到哪儿，哪儿就晕开一片耀眼的红，汇聚成满山的杜鹃，写就这块土地的烽火岁月，演绎成土楼的流光溢彩和生机盎然。

　　西竹岔、土楼、纪念碑，同一坐标系上的三个不同的点，构成那段硝烟四起的峥嵘岁月。一个由土地衍生的创意，一方由鲜血点燃的烽火，一声发自内心的拷问，就这么不经意间和谐聚在一起。在这里，绿草茵茵也好，涓流潺潺也罢，在瓦蓝的天空下，在金色阳光的照耀下，被伸懒腰的星星点点的嫩芽映衬着，飞翔出最为恣意的欢畅与轻灵。我庆幸没有错过春天的邀约，万壑山谷春花烂漫，沿途桃花在黄壤土的衬托下，就这么肆无忌惮地顺着山势起伏跌宕在眼前。

　　四周朦胧的远山，笼罩着一层轻纱，影影绰绰，在缥缈的云烟中忽远忽近，若即若离，就像是几笔淡墨，抹在蓝色的天边。西竹岔虽无言，然非无声。那欢快跳跃的山涧，一如悠扬的琴声在倾诉；那稚嫩的绿草，正张开小手拥抱春的暖阳；那携风穿林的松涛，正忘情挥洒飞扬的写意；还有那婉转清脆的鸟鸣，似乎是对绿水青山的应和。

　　站在土楼前，我莫名地怀疑自己的立场，甚至觉得自己是那么见异思迁。就在来土楼前，自己对黄壤土是那样拒绝，转瞬，所有溢美之词却又给了这块土地。在这里，黄色是纯真的诱惑，微风是动听的歌谣，偶尔扬起的尘土是羞涩的柔情。一把黄土，一群生灵。芸芸众生，与黄土相依为命。这些或站或立，造型各异的土楼，安静地安详地无声地舒展着自己的身躯，不言也不语，任凭游人啧啧惊叹，任凭游人拍照留影。

漫步展示馆，耳边解说员娓娓道来的生动讲解，眼前一幅幅复原西竹岔战争场面的油画，一个个陌生而又滚烫的名字，一组组无声但又透着温热的数字，一件件锈迹斑斑摆放齐整的物件，在不断交换刺激着我的灵魂。其实，我对西竹岔战斗和这块土地一点都不陌生，以至于有意无意间将它忽略淡忘了。曾经在书本垒砌的阶梯上爬行，渴望每一道黄土山冈的花儿站成精神的守望者，让自己的目光有了阳光和绿色可以停留。蓦然回首，脚下这块土地的一花一草，早已有了自由呼吸的纯净空气。

虽然远离了乡村，远离了泥土，远离了性灵，但梦中还时常闻到泥土的清香，时常出现泥巴裹满裤腿、春花夏雨热闹着乡野的情景。夜深人静时分，方格里还爬满秋收冬残，犁铧翻开新土，温暖着宁静乡村的记忆。每每在晨曦里，听露珠与泥土呢喃；夕阳下，看荷锄和晚霞辉映，都会唤醒久违的冲动。每一次面对熟悉的土地，都是自己内心的一次修行。

告别土楼，车艰难爬行在蜿蜒的小道。沿途不甘寂寞的春意，轻轻敲打摇晃的车身。当车辆喘着粗气，颠簸过最后一段黄土路，我就这样与站立山脊的西竹岔战斗纪念碑相遇。时间是落下来的灰尘，红了樱桃绿了芭蕉，同时也填平战场上的弹

土楼雪景 / 谢飞　摄

坑。此刻，山风有些刚烈，春阳有些悲伤。我似乎看见一道滑过头顶的光，在山间明灭闪动，在眼底揉碎成零星点点，那星点之光照亮前方的路。一阵风沉坠呼啸擦身而过，在耳畔碰撞出喑哑的悲鸣，犹如寄给逝去英魂的祭文。走在这块土地上会发出开裂的声响，那是西竹岔在崛起，那是洪坑溪在奔腾，那是任何盛大都不能达到的地方，却经不住我最细微的撬动，因为这里充满情感。

　　也许在每个人的心中，都停留有一些值得怀念的事。这些事捞起了思念，灿烂了我们的生活，它不该被遗忘，我们也没有遗忘的权利，一如西竹岔战斗。徜徉纪念碑周围，不远处被青草掩埋的战壕，在后来人反反复复的找寻中，依旧沉浸在陌路荒草丛里。手抚温热的石碑，撒去一抔热切向往的追忆，在渺渺远去的悲郁挽歌的尾音上，给这一尊尊沉默的青碑下的魂灵叩首。用庄穆的眼神，致敬脚下这片浸染鲜血的土地，还有那遁入时间空寂的枪声，用青碧碧的守护，告慰这片生机盎然的热土。

夕阳柔和地穿过红豆杉林，拉出一条条金黄的光柱，映在西竹岔的山脊上，山脊被染得一片金黄，抖着亮光的微微颤动。远处天际一丝丝淡红的云彩，恰似一条绛红的薄纱，悠悠飘动着，一寸一寸地融进天幕。一弯新月从山巅升起，清冷的光辉与那即将消失的绚烂落霞，构成了令人神往的西竹岔美景。土楼便在这柔和的背景中，无声无息地化成一块长长的深褐色的绸缎。楼边，闪烁的霓虹灯渐次亮来，一点又一点，点点汇成一片，像是镶在山峰的一串晶莹的珍珠。此时的西竹岔是寂静的，没有鸟的呼吸。突然感觉春日的西竹岔也是一个天堂，一个心灵可以抵达的天堂，它静静地沉睡在大山的怀抱，山上碧绿的树木和风就是天堂的舞者，风中穿行的是先烈激情飞扬的旋律。也许，我的梦就在不经意间落在了西竹岔。

坐在返程的车里，我一直在思考一个问题：什么是幸福？也许每个人对幸福都有各自的看法，而我以为幸福就是在晚餐的灯光下，一样的人坐在一样的位子上，讲一样的话题。年少的仍旧叽叽喳喳谈自己的学校，年老的仍旧唠唠叨叨谈自己的假牙。厨房里一样传来煎鱼的香味，客厅里一样响着聒噪的电视新闻，窗外一样回荡着俚语笑声……在看似平常的日子里，一样弥漫着温馨的芳香，这芳香来自鲜血的滋养，来自土地的馈赠，来自无数前仆后继者的开拓与奉献；这芳香总能给予生命无尽的营养，给予你感恩奋进的启迪。

窗外，乡村的点点灯火，裹挟着山外青山的袅袅炊烟，淹没了思想的低语。我想，很多时候，不折腾就是一种沉默的进取，以四平八稳的圆融，完成伤口的弥合，种下盛世的因果，就如今时今日的西竹岔。走在这块鲜血浸染的土地，眼前挥舞着风雨过后的从容，弥漫着忙忙碌碌后的淡定。不问季节更替，划动时光的期盼，手持春风，心向远方，静静享受这活色生香的气息，把自己站成一座土楼，站成西竹岔烽火的姿势。

听风，在鸳鸯草场的月夜

◎林光谊

一

关于柘荣的景，我以为最美当数鸳鸯草场。因为九龙井显得过于袖珍，而东狮山又多了些人工痕迹。

美景犹如美女，大气端庄、自然去雕饰比起小家子气、涂脂抹粉，哪一种更讨喜？答案不言而喻。鸳鸯草场，绵延起伏一望无际，浑然天成造化神功，美，那是明摆着的。

一年四季春夏秋冬，景象各异的鸳鸯草场总是美得大气磅礴，无与伦比：层峦起伏，浓绿蔓延；蓝天白云，羊儿静默；微风漾浪，衰草含霜；素妆洁净，四野皑白……面对鸳鸯草场释放出来的美意，文字的描述总是显得无力，无法精准。一些耍弄文字的闲人偏还喜欢穿凿附会些有关鸳鸯草场的故事，用以增趣，其实是大可不必的。感受鸳鸯草场，最好的方式是用眼观赏，用心领会。

二

听风，想来是一桩美事。这么美的事，是一定要选择佳处美景的。鸳鸯草场，便是个绝好的地方。

一个风和日丽的日子，突然心血来潮上路。沿柘霞省道从人迹罕至的草场背面上行。嫩草如毡，杜鹃盛开，音乐飘洒；微风送清香，绿海且徜徉。谈笑间登上手

147

可触天摘云的草场之巅——鸳鸯石。卷起裤管，临景而坐，此刻可以闲适随性，无所拘束。暖暖的阳光下，清新山风扑面惬意，美色招摇尽收眼底。放飞思绪，让心灵自由游弋，随景而动，随风飘远。顷刻间没了惆怅与忧伤，添了恬淡与悠然。肆意绵延的草场就这样让平凡的生命充盈着快乐与希望，使久浸尘嚣的内心找回纯真与烂漫。不觉已过午饭时光，原来真是秀色可餐。

三

三伏的酷暑，让人备感鸳鸯草场夏夜的妙处，存谢上天之厚爱。若是月上山冈，那更是添了景致与情趣。"食色性也"的色，想来也是含有景色之意。土家菜味道虽纯正鲜美，但草场月夜轻风，又岂能辜负？

趁友人杯盏交错间，一个人借着月色向草场深处走去。抬眼月朗星稀，近闻流水蛙吟。如泻的月光直铺天地之间，世界多了份平静与安详。夜色下，连绵起伏的群山轮廓牵引着内心神秘的向往。远处小木屋的灯笼，在夜风中摇曳，散发出诱人的红光。在如梦般朦胧的月色里，沐浴着清爽的夏风，臆想着燃放孔明灯时那不可为外人道也的心愿，悸动的心不由得打了个激灵。草场轻风月夜这般迷醉，仿佛是我甜蜜梦里的光辉。填一首《蝶恋花·月下听风》，权当今夜的放歌：

月上山冈纱弥漫，
疑是梦乡。
虫语蛙鸣唱，
几时轻风拂人爽，
夜色犹在诉衷肠。

感念故知心怅然，
望眼成霜。
凡事莫谓难，
忍把热情化沧桑，
算不负华美韶光？

草场月夜／南山氏　摄

石山龙在桥探幽

◎潘文书

一

应约文友，再走石山洋。这个海拔 420 米的柘荣"第二大洋"，它的初冬尤其显瘦，依然绿色扶苏，温暖如春。

因为石山位于九龙井景区内的缘故，我曾经无数次地陪同记者造访过，自认为对其自然风光是了然于胸。得知要去石山采风，我有点兴趣索然，但转而想到作为 3000 年前就有人类活动的"洋"，也为了了却由来已久的探究其历史人文的心愿，还是欣然成行。

本来是想好好触摸石山历史人文，但采风的第一站却又是九龙井，我有点失望。当年在报道组时，用不计其数的文字来宣传过它，用难以量计的图片展示过它，甚至可以说，没有这些文字图片，九龙井的"待闺"面纱就不会这么快被揭开。九龙井的典雅、秀丽、天然，吸引了不少远近游客，确实"火"了一把，为此乡里编制了规划，引进了开发商，但遗憾的是，十几年过去了，九龙井不但没有继续"火"下去，却转而冷清，甚至有点萧条。

失望之余，有人提到龙在桥漂亮，就像黑幕沉沉的夜空突然划过一颗流星，一下子激起了我的欲望。当年就有人对我提起过龙在桥的美，也想做个专题采访，后因为工作变动而作罢。再说，九龙井文友们基本上都来过，而龙在桥大家还是第一次听到。在我的强烈要求下，大家被我的欲望感染，于是便有了龙在桥之行。

其实，我当年与龙在桥已经擦肩而过了。记得有一次，我专门陪同新华社的彭张青同志，在村民束应磊的向导下，扛着大大的相机，沿着溪峡走九龙井，从下到上攀缘，然后拐到莲花寺，转到右边披荆斩棘直下，便是另一条峡谷。谷势雄浑，崖壁险峻，与九龙井峡谷的秀媚典雅完全不同的风格，特别是重叠而上的千层岩（也叫桥头堡），磊石高耸，高百余仞，十分震撼。彭张青同志还以我和千层岩为背景拍了一张照片，新华社通稿刊发后，被20多家主流媒体转载。作为见多识广的新华社主任记者的彭张青同志说，"这个峡谷的开发价值绝不逊于九龙井"，我也一直念念不忘，却没想到它与现在探幽的龙在桥近在咫尺。

二

这次龙在桥之行，车从陶氏庭院后面的小路进去，沿着溪峡蜿蜒而上，溪峡风光一路相随。车窗外的溪峡中，块石磊磊错杂，交积溪涧，大小千形；溪壁上，夹岸崇深，倾崖返捍，块石临危，若坠复倚，让人耳目一新。

五分钟左右，到了一个发电站，便是机耕路的尽头，接下来就要徒步上山了。路边有一块"龙在桥摩崖石刻"的碑记。略看摩崖石刻，了解到石刻时间是宋宝庆元年（1225年），还有石刻所在位置、内容、现状等，一下子增加了大家不少爬山探幽的兴致。

盘旋而上，石磴萦行。虽然是山路，但路况尚好，绝无枝柯阻挡。从苔生面滑的阶石可知，这条山路早已有之。这么个荒野深山，有这么一条好路实在难得！文友介绍说它也是一条古道，是古时候进抵福鼎牛埕经磻溪到福鼎城关的必经之路。听后，不禁对这条山路油然而生一种敬意。

越往上走，古道悠悠的气息越浓。踩着路面覆盖着的干草枯枝碎末，腐质的呛味沁入心脾，这就是从小熟悉的大自然该有的味道。踩着它，仿佛能听到上百年中南来北往的脚步声。路两边，古树名木夹杂着竹枝，或密或疏，透过疏密相间的枝干，隐隐约约可见溪峡岩壁上全被绿树密盖着，偶见突兀裸岩，风姿绰约，风情万种。山风吹送着鸟声，顿有"鸟鸣山更幽"之境。

规整的石阶，苔藓丛生，履痕隐隐。有的石阶直接从岩壁边上生出，有的是在石壁上凿出，土石衔接得那么天衣无缝。古道边上有各种石头的景观，有蟾蜍突兀、一线天、石迷宫、石鼠、石门、石壁等。走着怎么一条古道，不时会惊异于大自然的鬼斧神工，徒步的疲累也便销遁无形。

三

路随深山尽，瀑从高峡悬。

走在最前面的队友发现了细流瀑布，那种喜悦呼叫早感染了大家。只见千尺光滑的峡床上，一条细小的瀑布冲天而下，灌进下面的壶穴，积旋后溢出穴口，又贴着100多米的平滑峡床，径直而下千丈深岩，形成二级细瀑。如果不是上面水库拦截，这"水流交冲，悬流千丈"的场景，该会是多么壮观啊！

就在这细流瀑布边上的溪床上，叠石多姿，或卧或仰，或贴或堆，或圆或方，那褶皱的纹理，像一位泥塑家用手捏出来似的，透露着岁月的沧桑。

细瀑布之上，溪峡一下子平坦开阔起来。原本满是叠石阻塞的河道，好像那些个体的石头被熔化粘合成了一大块，向整个溪峡铺去。大石头面上壶穴摊列，或圆或椭，或深或浅。有的像脚印，有的像葫芦，有的像马蹄，有的像石臼，有的像龟头探水，有的像蛇头吐芯，还有的像蛤蟆啜饮。有的蓄着清泓泓的水，水不断地溢出了石头表面，冒出晶莹剔透的小水珠，然后沿大石头表面氲开，那么温柔，那么知性，那么贴心，再烦躁的心也会沉静下来。放眼两岸，茂树连山，联峰接势，边上的石头，或凹或凸，或叠或探，层叠幽深，就像是溪峡的卫士。

这段溪床连接着小水库，绿水清涟，堪比九寨。而龙在桥就是在这水库的边上，虽然桥已不在，但遗址尚存。碑记中，这也是摩崖石刻的位置，但我们没有发现石刻。

正举目寻找间，远远的一块几十米宽、上千米高的石壁，一下子映入眼帘。那或白或灰的竖皴直纹，本身就像"飞流直下三千尺"的瀑布，我戏称为"岩瀑"。而真正的瀑布，其实就是一条整齐划一的皮带子，似乎从上千米高空一甩而下，没有犹豫，波澜不惊，其恢宏气势与前面的婉约细瀑构成鲜明的对比。可惜，因为源头建坝的缘故，偌大的瀑布岩只剩这么一条皮带子。如果有充足的水从这岩石直冲而下，那一定是壮观无限的瀑布，它一定不输于周宁九龙漈瀑布，甚至可以与黄果树瀑布相媲美。

近得"岩瀑",几十米宽的岩壁撑开溪峡,左右山峰壁立,杂树繁茂,若带细瀑乘岩而下,悬岩注壑,举重若轻扎入清涟涟的溪潭,荡开清清凌凌的水面。郦道元《三峡》中"素湍绿潭,回清倒影,绝巘多生怪柏,悬泉瀑布,飞漱其间,清荣峻茂,良多趣味"的意境无非也就是这样子了。

而岩瀑之上,就是我曾经到访过的千层岩的位置,只是峡壁所挡,徒生羡望之情。

四

古道、怪石、古树、壶穴、岩壁、瀑布(有大小三级)、千层岩、水库、摩崖石刻等等,像一颗颗璀璨夺目的明珠,集中点缀在深山峡谷中,蕴藏着旅游禀赋,而"石",是主要因素。

乍看石山,是一块旷野平畴、绿树扶苏的"洋"。因此俗话说石山无石,殊不知,石山的石都集中隐藏在这溪峡谷壑之中。不仅有九龙井峡谷石的婉约惊艳,还有龙在桥峡谷石的峻峭含蓄,两条峡谷都以中华民族之图腾"龙"来命名,难道只是巧合吗?

因石而有峡谷,而有壶穴,而有瀑布,才有龙隐之潭,构成了石山自然风光的基调。仅凭这个,石山就已经够美了。

石山的石美得脱俗,是巧夺天工的美,没有一点人工的痕迹。有这些石子的石山是幸运的,更何况,石山还有玉山溪环绕,有古碇步、古茶园、古树名木、古寺庙、古房子等历史人文景观,足可以媲美世外桃源,更是"望得见山,看得见水,记得住乡愁"的原乡。

如何展示石山石的风景、水的柔情、树的妩媚,确实是我们应该认真思考的课题。

我想,如果能把九龙井、龙在桥、玉山溪,加上石山周边的溪口古村落、凤岐古厝等景观整合起来,兼之以历史人文的挖掘,打造环石山旅游品牌,不辜负上天赐给柘荣人民的这块风水宝地,也是乡村振兴的应有之义。

旅游开发不但看实力,还要看专业团队,看开发者的情怀。优质的自然景观资源是有限的,开发一处就少了一处,开发好了确实能带动一个地方的发展,带动人民生活的提升,但如果开发不好,就会破坏资源,浪费资源。九龙井的开发,过于

白石青藤/缪怡端　书

西施效颦，陷于急功近利，没有充分把秀美典雅的个性特点展示出来，这也许是它热不起来的原因。但愿龙在桥不要再步入九龙井的后尘，也希望环石山洋旅游早日"火"起来。

寻访龙在桥

◎吴振苗

早在十多年前，我就听说，在乍洋石山有处年代久远的"龙在桥"摩崖石刻。也许是所学专业的缘故，那时我就心生向往，想看看这带着神秘色彩的历史遗迹，却一直无缘目睹真容，即便是这些年来多次到过石山村，也无由如愿。

今天乘着周末初冬暖阳，约上十来位文友来石山采风，大家都满心期待着与素昧平生的龙在桥有个美丽的相遇。

下车处是个小水电站，道旁有碑刻曰："龙在桥摩崖石刻"七个大字，是2011年柘荣县人民政府公布的第八批文物保护单位标志。

沿着溪边山道，拾级而上，一路林掩树蔽，鸟径通幽，干黄的落叶铺满崎岖山道，斑驳的苔藓点画在兀立奇绝的巉岩巨壁上。到处是古树古藤，青苔翠竹，奇岩幽洞。林间巨石构架出峰谷崖壑，缠天葛藤勾连着虬枝卧木，还有鸣鸟扑棱其间，松鼠跃于树上。人在密林中走，路在溪畔延伸。

这是一条完全原生态的山间溪流，两山耸翠，中间峡谷，随意散落着各种形态的原生巨石。现在干旱季节里看不到一滴水，溪谷不宽，窄处十来米，宽处四五十米。我们就在溪边的古山道徐行而上，悠游自在地向着传说中的龙在桥进发。

愈往上走，山愈幽，谷愈奇，路愈窄。走了约半个小时，额头出汗了。

"快看，这里有个龙井瀑布！"前头的几个小女生指着前面一个瀑布忽然欢呼起来。一直落在后头的我赶前几步，顺着所指的方向看去，一个龙井瀑布映入眼帘。

瀑布十多米高，水量很少，而龙井水却很深很绿。在这干旱严重的枯水季节，还有如此深绿的潭水和流美的瀑布，着实难得。若是在丰水的雨季，该有多壮观呀！

生怕错过如此惬意的美妙时刻，大家便不失时机地在龙潭边合了影，心里有一种收获的满足。"有水在，则龙在。"有人借龙在桥之名抒发着信心满满而又极富想象力的幽默与感慨。

再往上走，经过一条五六十米长的崖下小路，便进入了一处地势开阔的溪滩。前面的文友又激动得叫起来了，我走近才发现，这龙井高崖之上，豁然开朗的山谷，竟斜躺着一处开阔壮美的河滩。河滩上巨大无比的岩石洁净如新，随着山势水流大胆错落地舒展在山谷间，像一个少女亮丽细嫩光滑的胴体。石上散布着无数个大大小小形态各异的冰臼，像被随意镶嵌在山谷中的巨龙的眼睛。哦，我看到了，那溪边连绵的山峦和夹岸翠绿的草树，是少女随风跳动着的裙裾，碧绿的龙潭是她深情的眼眸，随崖流淌的瀑布是她披肩飘动的秀发，那层层叠叠的巨石、陡峻绝险的峭壁……无不令人浮想联翩，流连忘返。

我真有些陶醉于这里的美了。友人们也不停地拍照合影，留下来之不易的一瞬。在溪滩高处的石头上，有几个像人工开凿的方形浅槽，不知何用，来去匆匆，也没人多想。

我们再往上走，一会儿，过了一个碧波荡漾的小水库，沿着岸边再前行百来米，又一道高崖拦住去路，没有可走的路了。这时一幅高近百米的细长瀑布高悬，崖面很宽，但瀑水很窄，像从天上斜挂了一道闪亮的银帘，把崖面一分为二。瀑流下端静静地淌进潭里，没有一丝声响。潭水清澈见底，游鱼细石，直视无碍。几块可供多人并立的硕大岩石露出水面，形成岩屿，随意散布潭间，流水绕之，树荫庇之。嘉树拥翠旄，崖壁画沧桑，流水侍清影，万象竞清新，周遭一片幽静，除了我们外来人的赞叹与欢笑声，没有一点声响。此实乃深山佳处，似陶令笔下的桃源胜境，又如吴均篇中桐庐丽景，仿佛一个世外天地。真想多待一会儿呀！

时已中午，还是没有看到龙在桥，崖间也找不到所谓的石刻。

桥在哪里？石刻在哪里？我用电话向山外友人询问，才发现此偏僻山中根本没有网络信号。

稍息片刻后，我们只好带着问题一路回到石山村。午饭时有人告诉我，"龙在桥"就在我们刚去过的分布众多冰臼的溪滩处，那几个方形石槽就是当年的桥墩卡槽。桥早已被洪水冲垮，今天只能看到对岸残存的一小部分石垒基座，还有岸边十

龙在桥摩崖石刻，小字为"宋宝庆乙酉年，景山寺募缘建"

多米远的大石壁上龙在桥字样的石刻，现在可能已被长高的树木遮挡，不好辨认了。我从照片看，龙在桥就在刚才那个令人流连的美丽溪滩处。

身到不一定看到，看到不一定知道。据介绍，龙在桥位于乍洋乡石山村西南侧，原是一座宋代石板桥，估计长约 18 米，宽 1 米多，建于南宋宝庆元年（1225 年），不知毁于何时。摩崖石刻则在龙在桥溪北侧岩壁，高近 1 米，宽约半米，外边用线条勾勒出双坡顶桥廊截面形状，中有阴刻繁体楷书三列，左为小字"宝庆乙酉年"，中为大字"龙在桥"，右边的字已模糊不清，好像是"景山众募缘建"，又似乎是"景山寺募缘建"。也许建造龙在桥的当年，周边还有个叫景山寺的寺院，是寺僧动员信众募建了龙在桥。

从年代上看，这龙在桥摩崖石刻遗址还是宋代文物——柘荣县现今发现的具有确切文字记载的、年代最久远的石刻，比楮坪陆家庄方东桥石刻（元延祐戊午，1318 年）还早 93 年。也许是这里的风景太美了，我们只顾徜徉在风光旖旎的溪滩上，度过了快乐的时光，却没有看到原先想看的。虽然我们注意到那几个浅浅的石槽，却没有想到那是桥墩基槽，更没有发现对岸这不起眼的石刻。也许是我们用固有的桥的概念去对照，寻找想象中横跨两岸的桥，不论石板桥、拱桥、廊桥，还是别的什么跨在水面上的桥，但没有料到这想象中的桥已经不复存在，而所谓摩崖石刻也隐藏在众多的石壁和树木之中。

在如此人迹罕至的深山中，龙在桥的存在，说明这崇山野谷中早在宋代就有通往州县府衙的古道，周边不仅有人居住，而且社会经济得到一定发展。众所周知，宋代福建文物之盛不亚于两浙、江南，闽东山区也得到开发。宋朝李纲在《桃源行诗序》中谈到当时福建山区的经济状况："闽中深山穷谷，人迹所不到，往往有民居，田园水竹、鸡犬之音相闻，礼俗淳古。"南宋名臣朱继芳《静佳龙寻稿·负薪》就讲到当时福建地方"近市山山皆有主""腰镰上到白云边"。人口增加了，山地得到开发，农业生产得到发展。这样，龙在桥的建造才有了基础条件。

据绘制于1945年的《柘荣县全图》，石山一带自古就有多条向外的道路。通过龙在桥，往西可到龙井岗、岭头、东源、柘洋，往南到牛埕、龟湖、霞浦。那时龙在桥上过往行人肩挑背扛，运送着柴米油盐，维系着千家万户，输送着茶叶瓷器，连通着长溪古道、古埠，近到白琳、三沙，远及泉州古港，甚至更远的海丝各国。《宋史·阇婆传》及成书时间与龙在桥建造同年的《诸蕃志》都有当时与印尼等东南亚国家贸易往来的许多记载，表明当时中国正在输出丝织品、茶叶、瓷器等到东南亚国家，想必其中部分茶叶、瓷器来自闽东，来自柘洋、石山一带。

最近的有清康熙四十六年（1707年）福鼎桐山人高重光《自述遭遇状》中"至泰顺、柘洋买茶""从瑞安至余家，同至石山"之语，说明柘洋、石山一带古代茶叶丰盛，茶市繁荣。在龙在桥生命的存续期里，它是连接柘洋、石山这崇山峻岭之间茶叶、瓷器、铁器等货物交流的纽带，也是连接海丝交通的众多毛细血管之一。

虽然今天龙在桥的"桥"已经不在，但是正如文友所说的，"有水在，则龙在"，龙在桥像这里其他古代桥梁道路一样，连接了陆路的山山水水，也通过古港古渡通向世界各地。正是有了千千万万这样的龙在桥，才汇聚起磅礴的发展之势，构筑起中国古代的"一路一带"。

龙是中华民族的图腾，是中华文化的象征。龙在桥，这富含中华民族传统文化精神的名称，因为"龙在桥"摩崖石刻而永远流传。

龙在桥桥墩遗址／南山氏 摄

绿色的慰藉（外一篇）

◎魏忠义

一棵棵参天大树，是先祖留下的一片片绿荫。一个村落如果没有大树环绕，她的风景该多么不协调，她的历史底蕴该多么肤浅。我们爱护的大地之母，她郁郁葱葱，被树木拥抱，她清新年轻，富有活力，拥有包容的慈爱。我们心中埋藏着那个绿色的慰藉，就是那抹永恒不变的绿。

我们的绿色慰藉，就是我们的大山依然保持着青绿，她的主人终日守护着她。有了绿的呵护，我们可以过着安逸的生活，我们可以找到大自然的山水亲和和农耕的乐趣。有了绿色的呵护，我们是多么安定和幸福。春种秋收，夏管冬藏，过着"采菊东篱下，悠然见南山"的田园生活。

秋冬和春初的时候，崇尚自然的林人，他们趁着大地冰雪还未浸染山冈，树木还未发梢之时，在山上植下一棵棵小苗。为了让小树苗茁壮成长，他们呵护有加，防火防虫防破坏，呕尽心血。为了秉承绿荫，他们与树为伴。尽管他们与城市有着千丝万缕的关系，但他们的志趣，没有被喧嚣的城市所吞没。

萌春的时候，新枝吐绿，春来发几枝，如杨柳随风摇摆，如新茶采摘品味。在萌发中，他们享受着人生的舒展。我们可以勾勒出一幅充满生机的画面：一位采茶女，头戴盘帽，腰间挎着一个箩筐，在棵棵冒着芽尖的茶树上，轻巧的双手有序地来回交替采摘。远处山峰在云雾中若隐若现，茶树叶芽的油亮和露水的透亮交相映衬，棵棵冒出的叶芽带着生长的气息。

我们也可以在黄昏的时候，勾画出一幅安详的画面：夕阳下，护林老人与狗在屋檐下相伴而坐，远处的山峦和婆娑的树影相映成趣。不管是繁春的喧嚣，还是实秋的落寂，人们都能在忙碌中找到生活的惬意。那种天地相协、生活原始的静怡，让我们回到心旷神怡的净土。

我们的绿色慰藉，就是心中有韵的那棵树。绿色的生命，她坚韧地占据着每一个山头。一棵棵树，都有着顽强的生命力，不管是贫瘠还是肥沃的土地，都能茁壮成长。我们何尝不想像那一棵树，像它适应环境随遇而安，像它大雪压顶腰不弯。

行走在山野中，每一棵树，都是一道生命的风景。虽然林人清苦，但他们以树为业，每一棵树都可以唤起他们坚强的力量。不管是巡山旅途的劳累，还是独守大山的辛苦，有了参天大树的陪伴，他们的内心不再苦闷和孤独。他们甘心奉献，默默忍受，换来独享大自然馈赠的清静和内心的平静，他们热爱这样的生活。

一棵棵树，默默静立在山冈上，那是大自然安排的一个个岗位。虽然林人的奉献是平凡的，但建设和保护的美好家园是伟大的。有了参天大树的呵护，山是那么清秀，水是那么清澈，风景是那么美，鸟兽虫鱼是那么安静地繁衍生息。大自然生生不息，永续长存，林人就有了慰藉，就有了希望。他们收获着大自然馈赠的充实，享受着清净富足的惬意人生。

那一抹绿

生活在小县城，你不知道，那满眼的绿色是一种回归大自然的享受。那一抹绿，来自天边彩霞的眷恋。清晨，一道阳光洒到仙峤公园。我沿着仙峤路，漫步来到仙峤公园，晨练的人们活动着筋骨，阳光把他们的身影拉得很长。寻向石阶，向仙庙上进，阶边的参天大树投影深深，空气尤为清新，令人顿感神清气爽。回到广场，香樟树前，广场舞摇起的扇子，为仙峤的鳌岛增添活力。

我的思绪要飞，可能是我厌倦了城市生活，想要钻入大山，回归自然，感受原始的绿意。那一抹绿，来自水泊岩。水泊岩是绿树的天堂，有了大树的庇护，鸟兽们得以繁衍生息。鸟的悠扬叫声和兽的攒动痕迹，触动了自然空间的活跃。有了绿色的眷恋，大地凸显活力。母亲河龙溪和景色怡人的西溪，是生命的源泉。水也参与进来，把树作为陪伴，溪涧的缠绵，潺潺的流水，滴水入潭，声响叮咚，峰流急下，引发瀑布下泻沸腾的喧嚣。我感受到，没有绿树，就没有绿水青山。

《林泉之心》／李永新 绘

我不由想起，那守护绿意的林人。那满眼的翠绿，是林人安心的寄托。春天，我看到一片嫩芽发在树梢，心中不由窃喜，希望的萌动是那么不经意。荒秃的山冈种下棵棵幼苗，都是一个个希望的延续。秋天，我不忍心将飘荡在眼前的一片叶子，化作一声叹息。所有的感悟，都替代不了林人的默默耕耘。

我的感叹和发散思维，就要爆发。那一抹绿，如人生太多的际遇，是那过往的云烟，于春夏秋冬间变换着人生的色彩。那一抹绿，可以在浩瀚的无际的太空，寻找生命的痕迹。那一抹绿，独自寻幽，来自缘定三生的际遇。那一棵棵挺拔的大树，和粗大的树干，以及浓密的树荫，都在做着前人种树后人乘凉的比照。没有理由，你会想起先人的伟大，其实那都是他们平凡的所为，我们也会和他们一样，一代传承一代。那一抹绿，留下的意境，是人，是树，是一种精神。

不过，那一抹绿也有遗憾。古城墙上情侣松，如今已是形单影只。人们的贪婪破坏了家园，一棵棵大树都倒下了。当我们走过没有古树的村庄，心情是怎样的？你会发现，那个村庄是没有历史的惦念，是没有故事的记忆。

我收起跳跃的思绪，从仙峤公园往回走，看着一棵棵高大挺拔的树木是多么枝繁叶茂，走路的心情一下变得轻盈。清晨的时光一会儿就过去了，我活动着舒坦的筋骨，被这绿意盎然的氧吧给融化了，我那不羁的心情与那绿树都化作了天边永不褪色的一抹绿。

摩崖隽永忆游朴

◎ 张锦兴

　　故乡的山水滋养了一个人，一个人让故乡的山水焕发贤哲光芒和文化异彩。他从故乡出发，又回归故乡。他从大山深处走出时，正值青春年华，意气风发，历经负箧曳履的求师之苦，俯身倾耳的读书辛劳。他回到故乡大山深处，已是霜染双鬓的花甲老人，虽然步履蹒跚，却淡定从容。那是回到母亲的怀抱洗却风尘后的一身轻松。寻找儿时无忧的微笑，雀跃于田沿的足迹……孩提时期，一片枫叶，就是一道风景；一只蚂蚁，就是一个故事。那么，历经岁月磨砺宦海风潮后呢？那就让我们慢品韵味隽永的摩崖石刻，走进记忆深处怀想先贤吧！

　　先贤一定深谙宋代黄庭坚诗句的真谛："夕阳尽处望清闲，想见千岩细菊斑。人得交游是风月，天开图画即江山。"不然，他对故乡山水的定位怎能如此准确？这除了对故乡山山水水的挚爱以外，还需相当的文化底蕴。他沉浸于宋人诗句的美好意境和超然韵味时，他一定想起什么。

　　回味，是对过去酸甜苦辣的重新体验，是对当下的知足与理性，也是对未来美好的期冀。这是需要耐心的悠闲过程，因悠远而悠闲，那就慢慢来。就地取材，以故乡石垒砌，以故乡木构架，取名——木石居。不住祖传老屋，也不住御赐豪宅，就住这吧，这身心融入故乡的山水，托体同山阿似的零距离接触，静听天籁之声，静读两本书——无字人生、有形卷性——他都烂熟于心，只是夕阳下的阅读别有滋味在心头。

　　"水光潋滟晴方好，山色空蒙雨亦奇。"烟雨江波，一叶扁舟缓缓浮行于清河的幽雅恬静之中，夹岸梅花艺术成一条诗意绵绵的山水长廊。梅托兰舟，舟行梅廊；

此情此景，亦真亦幻，如梦如醉。先贤伫立船头，听桨声欸乃，眼观落英缤纷，薄雾淡雅，思绪纷飞：是前程似锦的心花怒放，还是前途渺茫的心路迷离？这些都不重要，可以肯定的是：梅船的记忆在先贤心中定如火烙般深刻与刺痛。先贤回到故乡，他眼里看见的不一定是真实的梅花，也许是烂漫的杜鹃，艳丽的桃花，凄艳的山茶，这些都是故乡常见的，都曾滋润过先贤童年幼小的心灵。看见这一片饱含故乡情的红，先贤不由自主地回放船在梅中行的那一幕。那就借故乡的山崖让这一幕永恒吧。

读书洞的琅琅书声犹萦绕耳边，但岁月的刀锋已削去当初的凌云壮志。幼年时，虽有将军拔剑南天起的豪迈，但也一定有光宗耀祖的寄托。不斩楼兰终不还，这里可曾就是少年梦里的洗剑泉？确切在今天，这个读书洞仍旧是一种象征，象征崛起奋斗和积极向上。贤哲就是从这里走出去的，越过双城，抵达桐城，饱尝人间冷暖、世态炎凉，学有所成，进京都，下湖广，平冤狱，治水患，一路政绩显赫，政声斐然。

万历二年（1574年）游朴考中进士离开故乡黄柏，万历二十一年（1593年）辞官回到故乡。这期间经历山之坎坷，水之曲折。这期间的心路历程，我们不得而知，但回乡时的心境一定是平和的，平和得有点超凡脱俗，故乡的山水就是白云深处梵音绕缭的小普陀。从他在岩石上题刻于万历二十二年的"静里层匕石"，可以看出他当时的心境。

此时，故乡的双翠峰优美的景色可以当作一杯美酒长斟细酌，不知不觉中，亭醉了。亭且醉了，人何以堪？故乡的溪水汩汩流淌，飞珠溅玉般发出旷古绝响。闭上眼睛，放飞想象，慢解个中味，不要急着回去，因为有贤哲与你同在。

人生长恨水长东，从水帘洞流出的水永不停息，从贤哲那个时代一直流到现在，流向东边，流向大海。我们和贤哲都知道，人生最后，一切都要归于虚无，但不因虚无而放弃，居庙堂之高而忧其民，处江湖之远而忧其君。掬一把故乡清凌凌的水，洗濯一把，体悟两境界：沧海一声笑，去留两相宜。

也许是天缘的巧合，游朴摩崖石刻佳处也唤作南阳，与诸葛南阳虽然没有物事上的内在联系，但我们愿意让二者貌合神通。所不同的是，诸葛先生从南阳走出去以后再也没有回来，一生鞍马劳顿，鞠躬尽瘁，过劳病逝于苍莽五丈原，让后世惋惜不已——出师未捷身先死，长使英雄泪满襟；而先贤则不同，他急流勇退，辞官归隐，与故乡零距离接触，融入故乡的怀抱，得以在落日余晖中细细观赏故乡山水峰峦，美美品尝桑梓花开花落、草长草枯。流连忘返中，不时运足笔力，挥毫泼墨，而后或亲自操刀，或借助能工巧匠，将心路历程刻进故乡伟岸的身躯。

先贤留给故乡的摩崖石刻就这寥寥几处，点点几笔：天开图画、木石居、剑泉、静里层匕石、双翠亭、梅船、白云深处、小普陀、当前一钵、竹裹奇石、水帘洞，但已经足够了，辞不在多，达则可以。此中有真意，欲辩已忘言。忘言，是最高的境界，因为给观赏者留足无限想象的空间。很担心这样泼墨如水般的文字倾泻，颇像画蛇添足，胡乱解读又妄加推测，会不会不小心辱没了先贤？

我们真诚地告慰先贤，今天所做出的一切，包括解与读、找与寻、修与葺、建与缮、回忆与追思，都源于发自内心的尊敬与景仰。

凭栏静听潇潇雨／南山氏　摄

一钵狗肉

◎陆　平

　　老话说："闻到狗肉香，神仙也跳墙。"南方多湿气，乡俗里常将狗肉当作劳碌者冬补的上品之一。闽东多山且峰壑纵横，因此水资源也特别丰富。20世纪80年代后期，应了"楼上楼下、电灯电话"的朴素追求，有限财政的贴补撬动效应，使广大农村以工代赈模式的小水电建设方兴未艾。彼时，我在乡镇工作，使命使然常年行走于"农林水"一线，也见证了百姓的苦乐与至性至仁。虽已时过境迁，但每每追忆，莫不对当年那钵本不该唅唦朵颐的狗肉难以释怀。

　　我最早工作的乡里有个村叫龙坑，山清水秀，按现在的看法该叫世外桃源，但那时却偏远闭塞，200余口人家祈盼用上照明电的日子都等待多年了。恰是秋收冬闲季节里终于有了政策机遇，全村人铆足了劲儿决心户户通电过亮年。心愿虽好，实现起来却不易，峰峭坡陡岩石多，破渠引水施工十分困难，光石方炸药成本恐财力不支。如果降低标准，投入自然少些，但一到枯水期就干瞪眼，成了人们常调侃的有一阵没一阵的"拉尿电"了！对此，县上工程技术领导和干部们正踌躇难决。

　　现场勘测那天，我们是在村支书老许家吃的午饭。大半天的绕峰越崖大家多已精疲力尽，可老许却毫无疲态，打水去汗冲茶敬烟努力周全着呢！村头、田头、灶头，这是农村工作必须留意的场所，目的是从中获取更多的实情、听到心声。我走进老许家灶间，只见长年烟熏的瓦梁间悬丝如绳，从强光地方陡然进到"暗室"，一时还真难辨是啥劳什物。其中有根松紧带样的绳上，绑着一块两个火柴盒大小的连皮猪肥膘，正被灶头热气冲得轻轻晃荡着。大锅在风箱"必朴——必朴——"的鼓吹下正红烫时，许家嫂子熟练地将梁上悬膘扯向锅沿，由上而下摁紧绕壁环转，顿时滋滋声和油脂的焦香弥漫灶间。随即，满满一砧板的萝卜砸向锅底，猛火中翻炒的爆裂声随着锅盖的扣定安静了下来。这时，瓦顶玻璃块透入的微光显得那样朦胧微弱，肥膘的保护方式分明是防止猫鼠等"梁上君子"使坏。一种无奈与辛酸涌上我心头。人们常说："冇灯冇世界"，可他们是祖祖辈辈生活在这样的世界里，多么需要用盏明灯照亮前行的路，让日子过得亮敞多些盼头！

饭后，我把刚才所见和感慨与水利局领导悄悄作了沟通，听得他心里头也沉甸甸的。在决定是否开工建造的会上，他动情地对县上干部说道："在座从农门里走出来的举个手。"齐刷刷地都举起了手……这时，桌下的许家大黄狗似乎也明白这一重大决定，欢快地又摇尾巴又舔我的手。我顺手捋了捋狗脑勺以作安抚回应，它却不依不饶就地趴下亮出肚白，不停地用头蹭我的裤腿示好邀宠。

此后的那段日子里我常驻该村，为了保障工程有序推进，走家串户动员宣传用电安全知识，招呼大家抽空砍树风干用以架设电线等。不论我和支书到哪，狗儿都跟着，或打前站，或殿后，像个称职的"大内护卫"。特别是去工地，狗儿就更加兴奋了，仿佛调动所有的警惕，走走嗅嗅，跑跑停停。它忽而冲出视线不知所踪，当大家正忙着现场勘误时，又会突然冒出来站在突兀处，那气势如同狮子王在环视领地。尤其让我惊讶的是，它偶尔会叼只还在挣扎中的野兔，每回都是昂着头作孤傲状，似乎在说："给个赞吧！"于是那顿夜饭便多了话题与趣事，也令我对山里狗儿的能耐有了更人性的认知。

山里的秋冬不仅是渐多渐显的叶黄与萧索，更有党员村干带头出工和安排各方任务的辛劳。支书老许就是这样的人，为了一盏灯的愿景，连同家人也不得消停，每天鸡叫三通就忙着灶膛蒸笼。喷着稻花香的蒸饭不停地搅扰我的清梦，也如鼓舞我起床上工的号令。狗儿似乎慵懒地趴窝，一旦听到脚步声马上精灵起来，朝着电站方向呜呜轻哼。有时我就嘀咕：莫非它也在催促我履职吗？

霜天一日浓似一日，但狗儿不畏，老许也习以为常，唯独我的脚拇指常被山石磕碰疼痛不已，徒增对自己笨拙的不屑，更希望早点竣工。有付出必有收获，沟渠、管道、水泥墩、机房等等，看着一天比一天有形的电站，办成大事的信心就更足了。

值得村中人记住的日子终于盼来啦！那天村里村外喜气洋洋，老人、孩子乃至狗儿们像过节一样，把村野带动得热热腾腾。横贯村口的就是一条流向邻县的大溪，

缪芝山诗《夜话》/ 荷农 绘

溪门宽阔水声哗哗，五十来齿的碇步石牢牢地扎在水底，摆渡的竹排因冬日少雨已不再受宠。村里还专门请来唢呐鼓点，在岸边欢迎县上乡里领导来村剪彩。狗儿也像老许那样活跃，哪儿人扎堆哪儿就有它的影子。

晌午时分，领导们沿着新开的机耕路到了电站。小水电毕竟小，也才每小时200来度的发电量，但对当时的龙坑村来说已是天堂般的美事了。斜阳下学校兼村部的小操场上用作升旗仪式的竿上，临时悬挂着一颗大灯泡，特别抢眼，仿佛是一轮即将冉冉升起的皎月。人们的心情一样地不同往日，都恨不得老天快快黑下来，好让那盏明灯发出幸福温暖的光芒。6时整，早已绑妥红绸带的电闸门把儿，在县乡领导的共同推送下，一片光明世界伴着"噢——噢——噢"的欢呼声降临。刚放下紧张的我忽然发现形影不离的狗儿并没有跟来，猜想它可是个不甘寂寞的主儿呀，也就没去细究。操场上的大灯就像航标灯指引着我们回家，快到学校时天已大暗，乐于赶鲜添乱的孩子们也已各归各家，去在乎各自屋堂周遭的别样美好了。缕缕肉香和美味山珍混合着不断飘近，行走中的大家心知肚明，不由得加快了脚步。

三张八仙桌刚好摆满一个教室，冒着热气的菜肴逗得人直咽口水。一大脸盆的煮粉干被猪油捂得严严实实，看似上桌多时，触碰盆壁方知是"开水瓶"模式——外冷内热。

大家济济一堂，一边好奇地相几眼头顶的电灯，一边劝吃劝喝，一碗碗家酿米酒像喝凉水一样倒下喉。不知是卸下担子的原因，还是人逢喜事，大家都特别放开，热烈的氛围不亚于打了一场大胜仗。

这时，又有一股特别醒鼻的暖香直奔教室。但见老许支书手拎蒙着脸巾的铝桶进门，亲手掌勺先县乡后村干老党员依次舀上，独独不给自己盛一碗，而且一脸的戚然和不舍，这与他平时的开朗豪放形成明显的反差。大约消受了大半碗，终于有村干用筷子敲着碗沿，在我耳边悄悄地说："这好东西是狗儿身上的肉哎！"声音虽小却如雷轰顶，感觉身子掉入了冰窟窿，揪心的负罪感如弦拔弹隐隐颤开，作呕的冲动一忍再忍，终于抑制不住了，匆匆出门把已经填满胃的五味杂陈一股脑儿还给大地……

直到临睡前，许家嫂子捞了碗素面给我吃下才黯然入梦，迷糊里满脑子是狗儿的身影。挨到天蒙蒙亮，我索性开灯起床朝狗窝走去，想作个凭吊式的告别，可是细心而重情义的老许支书仿佛知我，早将其处理得无影无踪了。虚无中我茫然地看向水电站方向，两盏灯正亮闪着，像狗儿的眼珠子，半似招摇半似宽恕迎面照来。然而，我始终无法原谅自己，曾经念叨过"狗肉大补狗肉香"的那句无厘头的话，也成了一块我至今不能落地的心病。

天大亮，村里人自发地送我们还家。老许支书已经没了昨日的寡欢，春风笑枝头般依依作别，可怎么看都不如往日有神。回头挥手时我忽然发现，他是痛失了支撑行远和负重爬坡的拐杖——狗儿的原因呵！不久，我也离开了乡里。一晃几十年就过去了，老支书还好吗？

"流星"雪（外一篇）

◎艾 草

　　曾经想象中的雪，梦中的雪，已然转化成现实中的雪：远处东狮山麓的雪，房前屋后的雪，上城桥头的雪，伸手可以触摸的雪，跳舞的雪，指尖上的雪，可以亲吻的雪……

　　有人喊："雪米、雪米，柘荣下雪米了！"

　　一个叫"绣鱼"的微信朋友说："趴在阳台栏杆上，死死盯着空中，就为不错过那偶尔一片小小的雪花，好像在等流星……"

　　是的，雪就这么不经意间来了！

　　于是我写下这一刻：2021年1月7日，周四，上午10时许，看得见，摸得着，柘荣县迎来今年以来真正意义上的第一场雪。

　　美目盼兮。柘荣的雪，你盼着她来的，她偏偏不来，但是当你不寄希望时，她却悄然而至，飘然而落。

　　巧笑倩兮。静静守候的你，与蠢蠢欲动的雪互相映衬，画出天空中的一道梨花白。

　　外地的游子听说家乡下雪了，二话不说，就转发了朋友圈，仿佛他也在家乡看雪。不过也有人误发了视频，错把往年当今昔。

　　雪是有温度的，触于形，融于心，你错发了也会感受到她的冷暖。雪是有思维的，多彩惊艳化于白，就这一刻，一种单色盖过了人世间赤橙黄绿青蓝紫的所有颜色。

　　雪还会不停地旋转，巧手轻舞，不同形状的雪，在你手指的牵引下变幻无穷。雪又是多彩的，随心情荡漾，静谧无华的雪在摄影师的镜头和作家的笔下栩栩如生。

柘荣的雪期很短，最长的不超过三天，短的下几分钟就停了，因此就有了"柘荣的雪是称斤论两卖的"一说。天气不是大寒时，雪又不全是雪，有雪粒，也有雪花，其中夹杂着雨，而且说来就来，说走就走。也许不会留痕，也许没有积雪。

今天上午断断续续的雪，在某种意义上，我们是否可以称之为"流星"雪？一闪而过，让我们误以为有挽留的怜悯，也有壮士断腕的决然。

面对突如其来的雪，我说，打开窗户看见你，走出屋外靠近你，一边欣赏一边感悟，还在想我要如何抓住你，可是刚一恍惚你又不见了。

"雪不留处愁相伴，柘城摆柳盼归来。"准备封笔时，转身又看见窗外下雪了……

这一点雪也仿佛通了人性，给欣赏的人一丝暖意，也给不经意错过的你留下念想。

"慢"水青岚

好好坐下来，感受时间之"慢"，学会从容；体悟生活之"慢"，在忙碌的工作之余接收烟火气息。与你萍水相逢，却互相传递着温暖。感知天地辽远，开启情愫之"慢"，减缓了氤氲气息。

在一个周末的早晨，行走于青岚湖畔。我是如此关注这一片水域，波光潋滟，也许这里曾是一座村庄、一个早耕的农场，抑或是一片平淡无奇的洇润沼泽。一网光景，打发着消逝远去的青春记忆。

秋天的水域因为阳光低浅，已经淡化了水墨气质，仿佛一个剪纸艺人忽略中规中矩的传统构思，转承后现代艺术手法，隐藏先辈遗留下来的路线秘籍，舒缓着"过尽千帆皆不是，斜晖脉脉水悠悠"的镇定心理。

如今我是盛满了对你的思念，如同放开水库支流中的一道闸口，蜉蝣带羽般缓缓移动，去除澎湃升腾的欲念。无需大海的理想，只留下一片属于自己的湖泊，感知千米海拔之上万物浩森映衬下鸳鸯草场的四季变更，折射出苍茫岁月的一股张力。

与"慢"相拥，相传于"道"。找一块净土静坐，回味马仙道教关于生命哲学那些质朴的话语，愈发圆润的青岚湖倒像是古法太极的轮廓。回溯过往，远村古族因为战乱、打拼，或者成就一番伟业成为旅人，百十米高坝围湖三十载，耸立群峰唯有一山成为湖心岛。青岚湖是来自瓦窑旧址培育迁徙文化形成的独立向心场。但是在我眼中，这一片湖如此单纯，除却盛名下的烦恼，无需更多的浩瀚履历和逸事俚语让人们提起、熟知。

再次观湖，微澜起伏，贴近万物之音。徜徉于世外桃源般的稠岭，不忍惊动村边田间一隅高冷的荷花。古厝、廊亭、庙宇不仅点缀了这片山水，同时也装饰着乡村振兴的情怀。

生活无需搭景，投奔于湖光山色，感受春华秋实时，回首又如何看待我们立足的小城？青岚湖似一尘不染的眼睛，碧空万顷下愣愣地看着试图从杂念中拔出来的灵魂。在慌乱中寻一处幽静，努力展一方芳华，却发现内心的荒芜。它拯救世人于庸碌无常，卸下隐形负重，让一切都慢下来，静下来，腾出一点时间舒展被岁月催赶着的人生羁绊，等待头顶的天空展现另一抹亮色。

青岚湖，我的家乡湖，它烟波浩渺时淘洗着我们平凡的渴望。无意间看见一群孩子从村子里蹦跳出来，在源头戏水，跟湖讲话，像是在天堂集合，与仙灵亲密接触，而稍显笨拙可爱的青岚湖不断用"哗哗"的流水声予以回应。此时摄影师镜头下的青岚湖更加智慧通理，如生命中的一道罅隙，将我们心中的那片湖照耀得无比澄净透亮，收容着我们未曾投递出去的私信。

薄之雾铺撒湖面，时光让崭新的世界涵养人文的温度。虫声和着鸟鸣唤醒青山，青岚湖及周边森林这叶肺，温润着大地的子宫，等待它诞生出如歌向往和清香文字，像海德格尔所说的那样"诗意的栖居"。

与"慢"为伍，拉开了生命的长度。也许是沾染了仙气，柘荣之"慢"，在"慢"中积蓄力量，升腾为品格，在偏安一隅养育一方水土，浸润着美丽家园，一而再再而三地散发出浓郁乡愁。

穿越迷雾

——柘荣采风小记

◎谢新苗

　　8月底，我随福州烟山画院书画家访问团前往柘荣采风。这个位于高海拔山区的闽东小县目前交通尚不便利，但对艺术家依然有极大的吸引力。我们早已厌倦熙熙攘攘的旅游胜地，向往原生态的山乡风物，此行的目的地定于柘荣当然在情理之中。在我印象里，偏僻地区的人们往往朴实可爱，因此内心就更多了几分期待。

　　我们于傍晚时分在福鼎市下了动车，转乘旧中巴开始翻山越岭。细雨迷蒙，小路弯弯，但驾驶员似乎对自己的技术极为自信，不断安慰我们："不远了，再过半小时就到。"在深沉暮色里待上半小时，显得很漫长。一想到远离平原区，脚下就好像悬了空。途中几次熄火，司机陆续幽默地告知：路况不好，车子没有离合器，大灯坏了，刹车油门还能用，有些烧焦味是正常的。这些原应留在20世纪的遭遇，我们今天全面地体验了。在迎面车灯的照射下，我看到司机的笑容憨憨的，乘客的笑容僵僵的。

　　大约美妙的事物都有一个类似浓茶的苦涩开端，伴之而来的是甘甜悠长的回味。不出所料，刚到柘荣，一行人就得到县文体新局、文联领导们的款待。我们当晚领受了太子参酒的醇香和东道主的热情。此行吃住及活动项目都已获得妥帖细心的安排。此前我查阅过资料，柘荣是太子参之乡、长寿之乡、孝德之乡、剪纸之乡，当地信奉的马仙马元君与妈祖林默娘、临水夫人陈靖姑并称福建三大女神。传说马仙来自浙江，因孝善之德被玉帝度化成仙，以造福黎民教化百姓涤漱风俗。可见"孝德之乡"的美誉不是没有来由的。我们可以相信，文化环境孕生特定的信仰。在朋友们的谈话中，我清晰感受到马仙信众的虔诚。每到接仙的日子，虽万人空巷、盛况无前，也必然处处整洁有序。神位过处，无论绅贾布衣都倒身膜拜，极为谦恭。我以前见过的人多有倨傲者，少有敬畏之心。细究其原因，或是有钱，或是有权，或是有才，或是自幼娇惯，无非是有所凭恃而已，然而这些凭恃似乎又显得过于单薄。

翌日清晨，我们动身寻访马仙的重要道场——东狮山。出发时天气还算好，微寒，尚未下雨，只是有些迷雾，但不多时我们的行踪就被云雾重重包裹。在盘山小路上行驶不得不小心翼翼。看不清前路的人怎能不心怀敬畏？子贡说，孔子的博学大智基于温良恭俭让。其实不恭就谈不上温良俭让。想到这里，眼前仿佛明朗了一些。两只小鸟不知何时翩然出现在车前，飞飞停停，像是给我们引路，一直将我们带到清云宫下。仰头望去，一尊石雕马仙巨像俨然呈现于前，神貌端庄慈祥。先前所见的鸟儿纷纷飞集于像顶，众人不禁啧啧称奇。环顾四周，云蒸雾绕，瞬息万变，恍如仙境。云雾是中国诗画中常见的意象，但自古以来无论是诗笔还是画笔，都描摹不尽其中的妙处。偶尔能触及一二，便可称为名篇佳作，譬如王维的山色有无、坐看云起。对此，张旭、王铎之类的书家圣手也难以企及，比不得造化神功的变幻自然而合乎天道。也许你在赞叹云气是自由精灵的同时，可能忽视了它本是自然天地的一部分。道即本性，所以自由。它随缘而来，随缘而去，摒弃凡人的妄为、做作与勉强。或许这就是老子所谓的"无为"吧。顺着马仙的目光俯瞰，柘荣城的闾阎街巷尽收眼底。不必豪情万丈地高呼"一览众山小"，因为人原本渺小。

下午，众人来到鸳鸯草场。听说这山上有一对大石，形似鸳鸯，故而得名。可惜我们来时正逢大雾，难睹真容。既来之，则行之。缓步而上，除了能看见脚下湿漉漉的青黄杂草，周围是白茫茫一片。同行诸人，只闻其声，不见其影。我心有不甘，登上一座山头，照旧什么也望不见。莫非因为我们是画家，所以天地间特意展开一张巨大的宣纸？好吧，容我构思。这种情景不宜精细的工笔，倒很适合氤氲的笔墨、简率的写意。不事其形，愿得其神。写意中国画的独到之处曾令凡·高、毕加索等西方大匠称羡而不可为。想来那是中国文化孕生的珍葩，没有长期浸润其中怎可为之？祈请天公借我如椽巨笔，待我写下一幅《大同盛世图》。正想着，雨水淅沥而下，于是我随朋友趋至馆舍中小坐。主人送上热气腾腾的高山云雾银针，说是自己珍藏的。嗅之，如兰，清香；品之，如蜜，清甜。看着袅袅的茶烟与杯中根根直立的茶芽，朋友笑着说："从前只有高级官员才喝得上这样的好茶哦。"在我看来，老百姓都能喝上好茶才是最可喜的，这样才彰显出盛世的福祉。

　　次日，东道主继续冒着小雨带领我们探寻九龙井景区和古村落，不辞辛劳。画家们也收集到满满的素材。无论张牙舞爪的虬松，激漱飞湍的溪瀑，险峻峭直的岩崖，质朴古拙的民居，葱翠挺拔的竹林，韵律分明的梯田，苔草遍布的拱桥，都如细雨润物般地沁入眼帘和心扉。面对众多的美景，再缓慢的步伐都显得匆促，来不及细细品味。这时的画家是最贪婪的，犹如饕餮一般囫囵吞咽，恨不得将未见的一切都搜罗殆尽。然而这绝非可能，柘荣的美不是匆匆过客能够深入体会的。住上几载吧，荷锄种植，汲井炊洗，在廊桥里倾听风雨，让自己的影子映入悠游的鱼群，或许能渐渐融入其中。绘画本是生活的再现，当然须用心体验，才能胸有成竹地画出活生生的传神之作。

　　当行程结束，我们不得不挥手作别，心里仍流连于这片偶然结缘的净土。好吧，待他日雨雾散去，再来一睹别样明丽的柘荣！

王卉画作

慢城琴趣

◎王玉宁

老同学多次催我，帮他找到一位在柘荣深山抚琴修道的隐者，这当然不是对隐者本人有何兴趣，而是觉得方外之士抚琴更比凡人多了一种超然物外的神秘罢了。今天的高雅艺术已不再是曲高和寡，凡人也好，隐者也罢，皆可登堂入室。2008年奥运会，就是用一声古琴拉开序幕的，手指上流淌的天籁向世界传递了中华民族轻微淡远、中和平正的审美取向和处世哲学。

每个人都是一张结构精巧而复杂的琴。如果一个人缺心眼办事差劲，我们会说此人脑袋缺根弦；如果神经高度紧张不堪重负，我们会劝说别把弦绷得太紧了。生命乐章本该跌宕如瑶琴泛流水，即便是到了十指如雨、动人心魄如《广陵散》"纷披灿烂，戈矛纵横"的一页，也要配合调息，力求气定神闲、张弛有度。

慢城柘荣，从容而闲适。常年在职场摸爬滚打的精英在此康养疗伤，宣导郁闷滞著之戾气，疏通瑟缩不达之筋骨，然后重新披挂上阵；追求生活品质的隐逸高才，邀二三好友，捡一个僻静处，对"一张琴、一壶酒、一溪云"，滤净尘世的轰响喧嚣，蒸馏俗务的烦冗艰涩，共论风雅，抒写河山。叩问官安古村落、凤岐古民居、前山华卿厝、东源心远堂、石山陶家大院、上黄柏游朴故里……对喜欢发思古之幽情的文人词客来说，简直是无法抗拒的诱惑。感触曲曲窄巷，低低瓦屋，炊烟袅袅，这里也曾纷扰熙攘，当下却阒寂无声，似乎从未有故事发生，好比赏五柳先生抚一张无弦之琴，"但识琴中趣，何劳弦上音"，人家说了，这是大音希声、得意而忘言的高级审美。

世人都知高蹈尘外，方是洒脱，却又多执着于功名，以光宗耀祖为圭臬，即便豪放不羁如苏东坡也难免感叹"长恨此身非我有，何时忘却营营"。当东方圣人勉励"天行健，君子以自强不息"时，在地球的另一头，有个叫亚里士多德的却说"闲暇出智慧"，结果英国剑桥大学喝下午茶喝出了 60 多位诺贝尔奖获得者。没有闲暇就没有思想的自由，不附加任何功利的精神漫游，去除压力的苦思冥想，最有可能创生一瞬间的灵感。人长期处在应急亢奋状态中，不仅仅是失去创造力，还必然导致心律失常、琴毁弦断。世人啊，能不能慢一点、闲一点，没有了灵魂，生命安能诗意栖居？

终于在东狮山白马宫遇见隐者师徒俩。师傅是制琴师，每年斫琴一把，决不滥造，抚琴之前必沐浴、焚香、洗手、净心。然世人太心急，不问过程，只求结果，丢了琴趣。苏东坡大学士，最是天真可爱，屈指低昂，抚琴遣兴，还饶有情趣地与人探究声音从何而来，并留禅诗一首："若言琴上有琴声，放在匣中何不鸣？若言声在指头上，何不于君指上听。"是呀，倘能幽心寄于物外，物皆著我颜色，则看山不是山，看水不是水，这才叫情调。

在慢城悠游，溪坪古街的情调绝不会是碗里的美食，而是小巷那头传来热气腾腾的一声吆喝；下村百亩芙蕖的诗意必定是秋雨轻打残荷，留下能让诗人怦然心动的声声清脆；古民居前厅后院的趣味，就在紧闭的门窗锁着半世的秘密还能勾起你探索的欲望。享用这里的高山云雾白茶，请一定选红炉烹泉，然后细品慢啜，倘若牛饮海喝，加上言语粗鄙，其乖如斯就可惜了好茶。道合者不以山川为远，走亲慢城琴社，这里雅集一如既往，二十多人，择一隅清静之所，泠泠七弦上、千古松风中，把薪火从容传递，慢城名片岂能少了这一抹"水边林下养疏慵"的沉醉？

慢城就是一张琴，唯有知音，方识其趣。

慢城·慢人·慢生活

◎王泉力

　　这里的时光很慢，年华的足迹凝固在阿公阿婆的皱纹里，生命就变得更长更有质感；这里的岁月很慢，历史的更迭沉淀在马仙娘娘的衣袂间，文化就变得更深厚更有内涵；这里的日子很慢，浮躁的心灵润泽在苦涩甘甜的茶香中，生活就变得更从容更有滋味。这里，就是柘荣，一座隐藏在闽东大山深处的小小山城。

　　与她的初识是细雨蒙蒙的冬日，来自北方的我很快就被她特有的南国风韵迷住了。那时候，我喜欢一个人游荡在悠长洁净的小巷，看看老人家们坐在小竹椅上操着听不懂的本地话聊家长里短，摸摸老宅子粗糙朴拙的石头墙，偶尔在挑担子老伯的竹筐里选一根甘蔗举在手上不顾形象地啃着。或者走去龙溪边，呼吸着湿漉漉带着草木芬芳的空气，看看高大粗壮枝繁叶茂的古树，摸摸年代久远的石头城墙。在这座小小的城里，初来乍到方向感也并不好的我居然完全不用担心迷路，好像每一条街巷都亲切得如同旧识般让我安心和放松。

　　后来，我完成学业，千里远嫁，正式成了南方媳妇，与柘荣有了更多更亲密的接触。东源是我与我的竹子先生相聚的第一站。在那里，他牵着我的手，慢慢地走、慢慢地看：供着神龛的老樟树，水浒廊桥中望出去草木掩映的金沙溪，村落中宗祠斑驳的拱门上"出则悌，入则孝"的题词，星空下山间小路边闪烁飞舞的萤火虫……这一切，都因有他相伴，在我的记忆中格外清新而美好。

　　一年后，我的竹子先生调任黄柏，于是周末夫妻的相聚地随之转移。几乎每个周末，我都要几经辗转坐上福安到黄柏的乡村小巴，再颠簸近两个小时奔赴他的身边。虽然路途遥远曲折，车况路况都颇为沧桑，但这慢悠悠的行进中也不乏风景：

苍茫的群山，挺拔的杉树，各种知名不知名的野花，从破旧车窗吹进来充满山野气息的风……都让被摇晃得有些昏沉的头脑重新清醒。这班车沿途经过很多村庄，经常会有村民等在路边，从车上取走亲朋好友捎来的物品，或者寄上一点东西给下一站的人，有时候司机师傅还会亲自下车把东西送到路边不远的人家去。他们捎寄的东西五花八门：城里工作的孩子寄给家中老人的小家电，村里的长辈捎给子侄的自种新鲜水果蔬菜，盖新房的小夫妻托朋友买的装修材料，甚至被束缚了翅膀的活鸡活鸭……虽然这些东西让本来就局促的车厢中更加拥挤，频繁的停车让本来就慢吞吞的车速更加缓慢，但这班乡村巴士的往来无疑给这些没有快递、交通不便的山村提供了很多方便，这破旧的客车也因为添了这许多人情味儿，而让人生出一些亲近和喜欢来。

在黄柏，中华游氏文化园是每天饭后散步的必选。这个偏远闭塞的小村庄，文化底蕴和尚学之风却极深厚。游氏先祖早在唐末就携祖神游氏仙姑香火迁祀黄柏，历经如此悠长的岁月，香火不绝。据说如今游家的姑娘出嫁前一天还要去拜仙姑，再从香炉中取些香灰，装入红布袋里带回家中。次日新娘出门，男方代表会上前接过香袋，安置在大厅正堂的神龛中。听过这个习俗后，每次漫步到文化园的游氏仙姑宫时我都会想：游家的姑娘出嫁也有娘家仙姑荫庇，想必会得到幸福吧？文化园深处有一处据说是明代廉臣游朴读书的山洞，在这个小小的山洞里，曾经有这么一位布衣束发的书生埋头苦读，累了抬眼便是青山绿水、苍松翠竹，他的一身清骨就是那时铸就的吧？

再后来，我来到柘荣工作，真正开始了在柘荣的生活。于是，我可以用所有的时间，慢慢地接近她、感受她，了解她和她的人民。我发现，她虽然总是一派悠闲从容，却生机勃勃、欣欣向荣，她的人民也一样。

由于工作性质，我有幸认识了一群可爱的老人家。岁月的脚步在这些耄耋老人身上被放慢、再放慢，我在他们身上所能看到的只有岁月积淀下来的人生智慧和依然旺盛的生命之光。他们学政治，学电脑，学着玩智能手机、数码相机，有QQ有微信，紧跟时代潮流；他们写诗、出书、剪纸、摄影、唱歌、打乒乓球，能书善画多才多艺……他们由内而外的活力和充实的生活状态，让我看到了什么叫最美不过夕阳红，什么叫晚霞的灿烂光华。也许，这才是长寿之乡的秘密所在吧！

上班的时光因为这些可爱的老人家而变得更加愉快，下班后的生活也悠然而美好。或泡上一杯茶，拿上一本书，浅酌慢品、静静翻读；或翻出无用的旧物，剪剪贴贴、拼拼凑凑，让原本应该被丢弃的它们在手中慢慢地华丽转身，把小小的屋子装饰得温馨舒适；或一根针、一团线，银针翻飞中，细细的毛线在指间慢慢流淌，变成精致的织物……一个个宁静的夜晚就这样在心爱的书本、手工和毛茸茸打着呼噜撒娇的猫咪陪伴下慢慢度过。周末，竹子先生从乡下回来，我们喜欢一起煮几道爱吃的菜，坐下来慢慢品尝幸福的味道；喜欢一起骑着自行车去逛街，我坐在他并不宽厚的背后，看着法国梧桐斑驳的树影在裙摆上慢慢滑过，心中一片安然。慢慢地，二人世界变成了三人行，自行车变成了婴儿车，婆娑的法国梧桐依然为我们遮去夏日午后稍显炽热的阳光，一家三口的影子与树影交织，投下一片清凉。每当此时，我的心底总会浮出四个字——岁月静好。

自从来到柘荣，才知道"一场说走就走的旅行"真的可以抬脚就走，才知道人与自然原来可以如此亲近，东狮山、九龙井、小东山、鸳鸯草场……都在近乎触手可及的地方，只要你愿意，随便一个周末甚至一个早起的清晨，就可以去爬山、听水、赏花、野炊。然后，我爱上了拍照，柘荣的春夏秋冬、一草一木，甚至让人感动欣喜的每一瞬、每一秒，都被我摄入相片，凝结成时光静止的美好，与朋友们共同分享。

某日，我又在键盘上对姐妹们十指翻飞地大谈柘荣的生态环境有多么怡人、慢生活的状态有多么悠然舒适，简直就是一座国际上流行的慢城……引得一干姐妹羡慕不已之时，快人快语的大姐突然冒出一句："慢城？你就是个慢人！"我顿时哑然，随即失笑：可不是吗，我骨子里就是个闲适懒散的慢人啊！难怪我与柘荣一见如故、再见倾心，从此甘愿将一生交付。

楮坪性格

◎ 张坤铃

  曾经楮坪经历的那些流年，犹如一笺蓄满禅意的梵音。循音而忆，总像邂逅一场不期而至的缘，轻轻落在清浅的文字里。在雨从翻山越岭而来的 3 月，蓦然发现，不曾刻意的回眸，竟然让缘分开出莲荷的芬芳。打开折叠的慢时光，在寂静里读书喝茶，且让我携着笔墨的清香陪伴楮坪倾听雨落。

一

  每个村庄的成长，都会形成自己特有的性格，或多或少都留下自己的生长轨迹。在楮坪，500 多个四季的轮回，或繁华或孤寂，或宁静或潮涌，或悲伤或欣喜，历尽沧桑，在虚实之间，在生存与逃避中，应和着时代嬗变的节奏。

  村庄的开始，源于一个家族的迁徙，也源于这个家族先人的勤劳诚信。据言，明朝天顺年间，蛰居仙峰（今仙岭）的韦氏先人，用一把铁耙在一天之内，从仙峰锄到楮坪，从此韦氏有了安家落户的基本，有了繁衍生息的栖息地，从而也拉开了村庄形成的序幕。

  楮坪韦氏的迁徙一路向南，从钱塘的繁华都市到浙赣通衢的义乌，再到孤冷偏僻的丽水道化，直至群山连绵的荒野小村，一路东躲西藏，只为延续韦氏血脉，也为心中不灭的信念。这其中一定会有韦氏先人繁华落尽的沧桑之感，也一定感受到人情冷暖的跌宕起伏，还隐藏一份权势更迭的无奈和不舍。虽然楮坪这块土壤谈不上肥沃，物产也并不丰饶，但它隐藏在大山深处，对于身处政治危机中的韦氏而言，能在这兵荒马乱的明末清初寻到这一处所，无疑算得上老天垂怜了，这里宜耕宜居，也可远离是是非非的政治漩涡，还可疗养心灵。

只是一开始，他们的基因里就烙上了诗书雪月的浪漫和不屈服命运的抗争精神。这种因子，写就了一个村庄奔放无羁的性格，也隐隐预示了在某个特定的历史时期突然爆发，牵动着村庄的每一根神经。

20世纪30年代，楮坪进入了闽东革命的特定历史时期。故事开端于彭路岔和西竹岔战斗，故事的高潮可以追溯至1935年8月，在楮坪龙井庵中共闽东特委召开的会议。这次会议不仅确定了闽东特委领导组织架构，也奠定了闽东三年游击战争的基调。虽然我们无法真切感受当时召开会议的惊险场面，但我们可以从只言片语的记述里，想象当年楮坪儿女高涨的革命热情。

那个时候的楮坪应该是热闹的，福宁古道穿村而过。时不时来返的闽东游击队员，加上南北往来的商贾，据说，村水尾的客栈，常常是客满为患。村中的韦氏人家，似乎又回到了烟雨迷蒙的钱塘都市。只是楮坪的繁华，犹如过眼云烟。在三年的游击战争里，楮坪一样无法幸免战火的洗礼，敌人一次次来，又一次次走了，他们四处抢东西、烧房子，把所有的不甘与怒火，撒在了这片土地上，上演了一场又一场人间悲剧。

野火虽然暂时可以烧尽，但一遇春风依旧漫山遍野。他们坚信，不管天崩了，还是地裂了，这些都只是黎明前的黑暗。因此，战火远离后，村民回来了，村庄又升起袅袅的炊烟……打开这些折叠的旧时光，你会发现，不论是来与去、盛与衰，还是苦与乐、生与死，在楮坪这块方寸之地，镌刻下了时代与个人、前途与命运的哲思，也打上村庄鲜明的性格烙印。

二

虽然过往也给楮坪带来了创伤，但楮坪是幸运的，新中国成立后，温福公路的开通，为楮坪打开了解外界的一扇门窗，也开启了楮坪发展新的篇章。

那时温福公路，作为连接闽浙两省的交通大动脉，每天车来人往，又再次勾起落在记忆尘埃里的繁华。村庄沿着公路两旁依次延伸，各式店铺从公路旁长出，小吃店、理发店、汽车修理店、歌厅等林林总总，夜里飘来的歌声，在神螺溪的倒影中，仿佛散发出钱塘的气息。供销社、卫生院、粮站、银行、茶叶站等一应俱全，南来北往的人群汇聚于此，楮坪俨然又滋长出小家碧玉的气韵。

改革开放后，楮坪村民因地制宜，从种植无核柿、板栗，到茶叶、太子参、蜜橙，走出了一条适合当地发展的致富之路。但随着交通格局改变，楮坪也呈现美人迟暮的沧桑。

村庄的性格，决定楮坪一些后人不甘蜗居一隅，他们深知，生活还在继续，拼搏不能停歇。有人选择北上，也有人选择南下，当车轮踩着岁月的碎屑，在亲人的眼光中，收获一片亲情与不舍，踏上前往另一个城市的路。但在楮坪的哲学里，暂时的离开是为了将来更好地回来。当初背井离乡的楮坪儿女，他们心系桑梓故土，捐资修建村庄基础设施，用楮坪人特有的传承，续写着村庄的生长逻辑。

村庄的性格，也决定了一部分人割舍不下土地，他们还是选择留下来，因为他们的身体里维系着先人对土地渴望的血脉。他们明白，一个人的最初来自土地，住的是泥屋，走的是泥土路，吃的是泥土里长出的五谷杂粮，穿的是泥土里生长的棉花，玩的是泥沟、泥泡、泥人、泥房子；一个人最后的归宿也是土地，当人的生命走到尽头，又是一把泥土掩埋了你，接纳了你，溶解了你的岁月沧桑。

土地可以塑造村庄的性格，一如漫山遍野的春草，从不因岁月更迭而中断，它是时间的延伸。时间仿若楮坪神螺溪的长度，总是奔腾向前走，没有什么力量可以阻止它前行的脚步。

土地也可以锻造人的性格，一如脚下朴实的庄稼，从不因岁月困顿而贫瘠，它是村庄生命的延续。袅袅炊烟是生命的律动，它的根长在地里，写在错落有致的房子里，爬满劳作者深深的褶皱间。

土地还可以涵养村庄的精神，一如绵延不绝的山脉，从不因环境改变而颓靡，它是一种文化的传承。在这里，这种文化无处不在，如门前涓涓流淌的溪水，是诚信勤劳品质的秉承，是对美好家园一如既往的追求。

三

一个村庄的性格，常常植根于土地，也彰显于一桩桩可感的事件，有时还蕴含于民间信仰，一如楮坪的金山宫。在楮坪村对面岭，一条古道像是把村庄的过往切割成两段，一座狭小而又略显逼仄的金山宫，没来由地立在古道上方，一头将村庄引向莽莽苍苍的未知远山，一头连接村庄触手可及的已知文明。

在楮坪曾经工作过 8 年，竟然不知道金山宫，也许是它过于淡泊，或许是我终究无意。站在金山宫前，简陋粗俗的宫墙，有不少细长的裂口，爬满许多苔藓，离文学非常遥远地粗糙着，看着让人心酸，但奇怪地，也让我心下莫名踏实。太平盛世村村时兴建宗祠宫庙，这既有从众的心态，也有显摆的意味，更多的应该还是文化品位上的差异。在这点上，楮坪对金山宫倒有些例外。我一直固执认为，菩萨神明就该远离尘嚣，否则，久浸人间烟火，难免摆脱不了俗世的纠缠，自然就少了灵性和境界。

金山宫的位置恰到好处，既能冷眼看村庄，又能独善其身，这应该归功于始建者的慧根。信步走进宫中，四周的烟火气息总让我产生些许迷惘。随行的老韦告诉

长江无意分南北 / 缪芝山　诗　林伟　篆刻

我，金山宫也叫"舍投君宫"，始建于清康熙年间，后因"文革"破"四旧"被毁。20世纪九90年代，村民在原址上重建，宫内供奉舍投君，由于舍投君读来比较拗口，好事者便更名为金山宫，每月初一、十五前来烧香求财者络绎不绝，香火长盛不衰。据传，当年有一名外地客商途经此地，因旅途疲倦便在此歇息，不知不觉间入梦了，梦中遇见一位自称"舍投君"的仙人，指点他寻找商机方向，说完不见了踪影，客商梦中惊醒，将信将疑往其指点方向前行。若干年后，客商果真发家，为感谢当年舍投君指点，于是在此兴建一宫，便命名为"舍投君宫"。

听完老韦介绍，突然联想到民间信仰。中国地广人多，一个土地公分管不过来，于是新设机构创造新神，城市划归城隍爷分管，河流划归河伯分管，山岩划归石伯公分管。从人类文化学的角度看，西方神话与东方神话截然不同。西方神灵人性十足，东方神灵则不食人间烟火，一个个令人敬畏。在众多神灵中，财神是最受民间老百姓爱戴，也是村村普遍供奉的神明，它寄托了万千大众对美好生活的向往，以及安居乐业、财源广进的美好心愿。在民间习俗中，祭祀的财神分文财神和武财神，武财神以赵公明、关公等为代表；文财神以比干、范蠡等为典型。除此以外，人们信仰的财神还有五圣、柴荣、财公财母、和合二仙、利市仙官、文昌帝君、活财神沈万三等，其中文武财神、五圣的信仰最具广泛性。

而楮坪唯独供奉舍投君为财神，看似有点小家子气，却多了点世人皆醉我独醒的韵味。不知"舍投君"一名是仙人托梦自称，还是商人后来感悟所撰，但深究名字由来，倒显得后人不够豁达大度了。我想，"舍投"一词应该是一种寄托，其中颇有深意，蕴含舍与得、投与入的人生哲理。楮坪后人深谙此理，从他们为农经商、读书做人中，倒也能窥见一二。这不仅关乎村庄的性格，应该还是楮坪人心中的文化坐标。

慢忆

传承

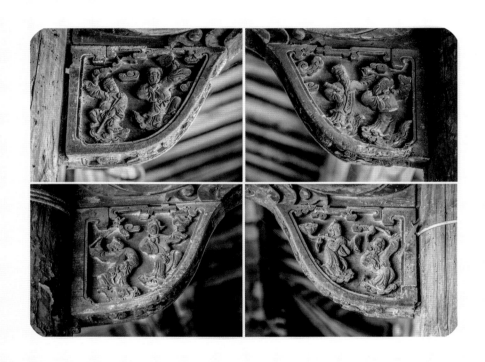

八仙过海 / 魏高鹏　摄

清风入怀般的舒畅

——《适庐吟稿》跋

◎崔　陟

　　十几年前，我和福建柘荣的缪芝山相识，至今联系不断。我有一种感觉，纵使今生不再见面，情谊也是有增无减，我们是天生的好友。究其原因，大约便是惺惺相惜之说。我从事书法和杂文的写作，芝山是诗人，虽然多少有些隔行，但是并不影响彼此间的赏识。我常常书写芝山的诗作，以示喜爱。

　　记得爱迪生说过，成功是百分之九十九的血汗加百分之一的灵感。他是在强调勤奋的重要性，理论上无可挑剔。但是，我相信灵感，一个成功人士的天资不会只占百分之一。我读芝山的诗，认为其天资至少在成果诸因素中占两成以上，甚至更多。

　　我对今人写古诗，特别是格律诗一向不看好。尽管现在写古诗的人很多，组织也不在少数。读将起来，觉得大多为平平之作，有的为了平仄，读起来更是钩章棘句，聱牙诘屈，欠通者甚。我以为古诗的创作时期已过，今人不会有佳作。

　　后来随着结交面的广泛，发现今人写古诗亦有佳者。虽如寥寥晨星，依然点缀着诗坛乃至文坛的晴空。我一读芝山的诗，便有一种亲切之感，不期柘荣有此高人，不由得肃然起敬。

　　芝山的诗，于韵律方面，无需可咎，于诗情方面更有惊人之处。在世人眼里平平常常的事，在诗人眼里便是另一番世界。有感必发，就是我们所说的来了灵感。仅凭勤奋，亦可有诗，这时灵感或云天分，就起到极为重要的作用。

　　比如看到瑞雪，芝山有"多情灵物多情境，你是梨花我是仙"之咏，并不言一个雪字，而把自己的身心完全融化在雪花之中。在喝酒微醺之后发出"虚心同北斗，入梦上瑶台"的轻吟，绝无做作，多么自然，多么飘逸，似乎看到诗人对自己生活和事业上的满足。"仰天练就梅花骨，不改初心慎始终"，诗人兴趣来时，有时是激情满怀，甚至热血沸腾，直至发了癫狂，但是一个"慎"字告知诗人的清醒和自持的能力，这就使得诗作在具有艺术性的同时，也体现了高度的思想性。诗人的内心世界昭然若揭，让人信服。

以上是客寓海南之际，蒙芝山将出版诗集，嘱余作跋，此命受之有愧，却之不恭，于是，再读芝山的诗歌，越读越觉有滋有味。几乎每首必有佳句，且尽在情理之中。读后心旷神怡，真有"快哉千里风"的感觉。于是连夜动笔，虽是浅显认识，也得一吐方快。

《秋林曲》／王卉　绘

柘荣的小吃符号

◎李步舒

柘荣小吃有名气的不少，让人难忘的也多。泥鳅面是柘荣民间大众化的美食，是乡人待客的不二之选，也最能体现乡人待客的热情和周到。邻里好友"伴伙链"或"拔老鼠尾"，都会把这道美味当作头盘先端上来镇桌，尔后才是其他拿手小炒徐徐献上，开怀畅饮不亦乐乎。泥鳅面，顾名思义泥鳅是主角儿，尽管面的比例很大。大家却习惯于在大钵里翻找着泥鳅，那副神情既有不达目的不罢休的执着，又有顾及旁人观之失仪的踌躇。柘荣山高水冷，瘦田里产出的泥鳅绝无"三高"之虞，精瘦而色淡，最稀奇的当数泥鳅似乎没有骨刺，如同海里的龙须鱼，可以毫无顾忌地咀嚼。东道主在得到客人赞美后，往往颇为得意地强调一句："柘荣的泥鳅没有骨头的，放心吃！"无骨不尽然，但经过大灶烹煮，文火慢煨，泥鳅应是散了架，本就细软的刺儿也化为汤汁了。

富溪的扁肉很有名气，过去客人光临，端上一碗，上面再放个蛋包就显盛情了。不过，随着生活日渐趋好，人的嘴巴变得越来越刁钻难侍候。小吃店为了留住顾客，顺时应势在皮与馅上下功夫，做出来的扁肉馅大皮薄，美味可口。所以，吃了富溪扁肉都会记得一句顺口溜："富溪扁肉真正好，皮不厚，肉不少，吃来吃去，吃不饱。"可见，这点心美味到好食者的心里去了。下扁肉比起下饺子，难在掌控火候。早年我在富溪工作，有时上方来客，饭前订盆扁肉，从街上端到食堂，短短数十步之遥，扁肉已不复在店中即吃的美味。后来发现距离真的并非都能产生美，这美食现捞现吃，加些蒜碎才恰到好处。据说，柘荣城关的扁肉出自溪坪街，而追根到底都来自富溪，因为福温古道经过富溪，宋时设有巡检司。黄柏的蒲洋过去以制作豆腐出名，豆腐脑更是一绝，油而不腻，细而爽滑，一小撮紫菜丝，三五尾虾米扣，几滴香油或葱头油，再撒些胡椒粉，几叶香菜，如此美的铺陈，直叫人咽口水。前几年我与方外老友去了趟蒲洋，特地到那条老街走走，可惜早年的风光荡然无存，店门紧闭着，石垒的柜台已见青苔。去年又听说那条老街因火灾彻底消失了，在惋惜的同时，庆幸自己早访几日，毕竟有印象留存脑海。富溪与黄柏山水相连，因此，人们常用乡俚土语打趣："富溪扁食（肉），世界第一；蒲洋豆腐，全国第五。"牛皮吹得比天还大。

在柘荣生活了30多年，柘荣的小吃中，最让我动情的还是牛肉丸。柘荣牛肉丸劲道爽口，只要你吃上一碗就想来第二碗，想学武松三碗过冈。牛肉丸声名远播的原因绝非几句话能说得清，最重要的是取料地道。肉取自牛身上健壮使力的部位，这样的肉弹性大、韧性足，禁得起手工敲打搓揉。所用的地瓜粉也是精细的那种，拌和时从不图省事，视情添加。如此耐心精制的肉丸子，一定经泡经煮易收藏，嚼起来"Q"且滋味绵远。

一个好汉三个帮。肉丸子好还不够，米醋、辣椒汤等也得地道。当地出产的米醋独具风味，哪怕嘬一小口也会抓你的后脑勺，让你毛发立起，汗珠子直冒，最是咽下喉那一声"啊"的感叹，伴之以甩头缩脖子，令人永生难忘。在外的柘荣人对米醋情有独钟，千里迢迢托人捎带；在柘荣工作生活过的外地人对米醋念念不忘，打电话索要是常有的事儿。我曾经问一位当过酒厂（也酿醋）厂长的朋友，据他说，醋好与不好关键在醋根（醋虫）养得好不好。醋根活络了，即使瓶罐是密封的仍叫活醋，这种醋的酸劲透彻沁人。至于有何秘方，再问就顾左右而言他了。几年前，我为此专门戏作一首《醋诗》：徒增醋意欲师谁？更有曹公说望梅。识得醋根生死线，随风点滴化神奇。

柘荣的辣椒是很有特色的农副产品，在太子参未成为主导产业之前，漫山遍野地种植。东源乡的铁场村有个辣椒食品加工厂，近几年经营红火，因与厂主是老友，我时常能分享他的成果。不过作为牛肉丸的调味品，柘荣人喜欢吃自制的辣椒汤。辣椒汤的制作方法很简单，一把朝天椒用凉水浸泡在碗里，调味时先用勺子碾压辣椒，使辣味溶入水中，再按需舀出即可。

醋和辣椒是柘荣的两件宝，两者均劲道、刚健、热烈，如同柘荣人的性格，真应了那句"一方水土养一方人"的老话。牛肉丸名声在外，假如缺了这两味，恐怕

你是梨花我是仙/缪芝山　诗　陈叶飞　篆刻

就要逊色三分。

凡事皆有因果。对柘荣这碗牛肉丸留有深刻印象，原因自然是多方面的。柘荣山高地偏，本可关起山门自我陶醉，自从 20 世纪 60 年代 104 国道经过后，商事渐隆，这里的人文风物慢慢见之于人。匆匆行旅，不论南来还是北往，到此停歇后，都得一路攀高，越高越冷。特别是早年，柘荣的寒冷是出了名的，冬季必下几场大雪。试想：当你一路盘旋，昏头昏脑地在车站待上那么几十分钟，会有什么感觉呢？此时吃上一碗美味的牛肉丸羹，又该怎样呢？定是通体和暖，一扫萎靡与困顿。食色，性也。因这碗美味，你我在今后的相逢中，或许能追忆起柘荣的好，使原本淡远的美变得具体清晰起来。而对于在那里生活过的人来说，则因美食可口而多了份留恋与津津乐道，多了回归与追寻的梦怀。

20 世纪 80 年代初，我一边在乡下教书，一边就读于首届柘荣电大班，因为是业余学习，几乎每周天（过去无双休日）必在城里我舅舅家投宿。那时的柳城很小，一条不宽的街道自车站直通溪坪街，入暮黄昏也仅有几盏路灯摇曳人影。记得在老电影院对面的饮服公司店门口，就有个牛肉丸的摊点。电大学习，主要是广播录音收听、远程教学和老师辅导面授相结合，因此，课程紧张，往往是满堂灌，搞得头昏脑涨，手酸背疼。每次放学从实验小学边上的小巷子走出，摊点方向总有盏马灯亮着，旁边围站群人，均一手捧碗，一手持匙，低头猛吃。每见此况我就来神，尽管囊中羞涩，也会不管不顾买上一碗加入"站团"，很快就放松了紧张了一整天的身心。

小吃虽小，却可以折射出一个地方的人文历史。小吃虽小，也可做大，成为大雅之堂的珍馐佳肴。如今的生活有了更加多元的选择，西方文化早已夹杂在让人生火发胖的炸鸡腿、炸薯条和汉堡里，渗入古老的文明当中。然而，地道的小吃就像那盏温暖的马灯，有了它，无论如何峰回路转，你我都能找到回家的路。因为我们热爱生活，珍惜生命里的每一道光。

触摸古城墙

◎黄静芬

一

深冬。夜 12 时。微风。薄雨。

龙溪水流潺潺，清而澈，冷而冽。溪旁垂柳依依，投下条条轻盈黑影于水面，使幽暗水面愈加幽暗。

这个周遭无人时刻，是一个轻易就能唤醒悠远记忆的时刻。这个四围静谧时刻，是一个轻易就能触摸到内心柔软之处的时刻。我们一行 6 人，撑着伞，伫立于一段古老城墙之下，没有一人发出一语，似乎平心静气、无言站立，就能够真切触摸到几百年前的一段沧桑历史。

然后，我缓缓伸出一只手，用微热手掌，轻轻贴向古老城墙的一块石头。石头布满雨水，光滑圆润，青苔敷生。

立刻，一股清凉意，由我的掌心，传递到我的内心。

向来，我喜欢山城。昔日山城，有青山，有秀水，有绵延城墙，有雄峻城堞，有威严城门。居于山城中，在城墙围拢里，日出而作，日入而息，那是多么令我想往的避世日子。

可是，这样的避世日子，如今再也没有。就如同，完整的古老城墙，如今再也没有。

闽东柘荣，又被唤为"柳城"。"柳城"这称呼，带来的鲜活视觉画面，自然是青山簇拥碧水环绕的一座美丽山城。据闻，这山城，昔日以龙溪相隔，分为上城、下城，合称"双城"。

"城"，旧指"都邑四周用作防御的墙垣"。我用指尖轻轻触摸着几百年前"用作防御的墙垣"的一块古老石头，轻轻闭上眼。我的脑海里，对于元朝末年的想象，如画卷展开。我想象这古老城墙，在元朝末年蜿蜒而去，该是怎样的壮观之景！

元朝末年，天下大乱。彼时，柘荣出了个威风凛凛的名人，叫"袁天禄"，元至顺二年（1331年）出生，自幼读书习武，成年后，以文武双全知名。他曾训练"义兵"保境安民，为其时的福宁州境主要军事力量。他曾于元至正十二年（1352年），率"义兵"击败红巾军，攻占福安县城。此后十几年间，其势力遍及闽东及连江、罗源、古田等县，成为闽东地区最大的地方势力集团。因平定红巾军之"乱"有"功"，元政府封他为中奉大夫、福建行省参政；后又升授中顺大夫、福建义兵征行元帅、行省左丞。后人习惯地称他为"袁左丞"。元至正二十一年（1361年），袁左丞在他的诞生地兴师动众砌造石头城，造城的土石方取材自溪畔鹅卵石，不足时，"遇桥亭、道路不毁，若古庙、冢茔皆拆毁搬运"充用。

如今，几百年时光辗转流逝，战争硝烟早已散尽，留下陈旧典籍发黄记录，让人笑谈袁左丞的功与过。如今，几百年岁月湮灭无踪，那世的那人早已灰飞烟灭，留下袁左丞倡筑的古城墙，让人探寻久远的斑驳故事。

深冬。夜12时。无星。无月。

龙溪河边，棵棵垂柳似乎在低语。城墙之上，株株小草似乎在交谈。它们说些什么？它们会记得，这古老城墙的纷乱前世吗？

我轻轻触摸着古老城墙的一块古老石头，久久地。

二

深冬。清晨6点半。微风。薄雨。

渐次明亮起来的光线里，我一个人，将双手插在羽绒服温暖衣兜里，在古老城墙的墙根下，沿鹅卵石小径，慢慢踱步。我的极目处，城墙笔直几十米尽头，是柳东桥。柳东桥连接起的街，是人来人往的熙攘早市，呈现现世市井生活的活色生香。

我曾仔细阅读过有关柘荣古老城墙的史料。据史料记载：那时的下城，位于龙溪西南侧，旧称"柘洋堡"，又称"柘洋巡检司城""柳城"。那时的下城城墙，据民国时期的《霞浦县志》记载："周长840丈，高1.5丈，厚1.7丈。"城墙上有巡行道、女儿墙，设有宣寅门、纳福门、拱仙门、迎龙门、小北门5个城门，其中纳福门外加筑瓮城。那时的上城，位于龙溪东北侧，旧称"东安新堡"，又称"龙城"。那时上城的城墙，是明代为抵抗倭寇而建的，周长910米，高4.1米，基厚4.5米，上筑女儿墙，东西南北分设迎龙门、仁寿门、登龙门、衣锦门。

那时的城墙，是何等巍峨壮观的城墙呀！

安静地，我独自一人踱步在古老城墙之下。我张开想象翅膀，不需费太多力气，我的思维就抵达了旧日的城墙之上。我想象着由毛石和鹅卵石砌造的城墙，围成下城城堡和上城城堡，两座城堡隔一条龙溪相望，相距最近处约百米，城堡里，人们安居乐业……那是怎样的静好岁月！

昨日中午，我去柘荣溪坪老街闲逛。溪坪老街由上街、中街、下街连接而成，全长400多米，宽4米至8米，两侧古民居群，多为双层，按"一"字形排列，既无山墙，又无门楼，街道店面，依次相连。陪同的柘荣人告诉我说，昔日老街，内有粮店、油店、猪肉店、布庄、京果店、食杂店、豆腐店、点心店、客栈、茶庄、药铺、制衣制鞋店、印染店、弹棉店、打金打银打铁店、香烛元宝店、照相馆、择日馆、算命卜卦馆、鸦片馆、武馆、花会馆、赌场等150多间，有客栈10多间，当年往来商旅络绎不绝，家家客栈常常爆满……

我缓步走在微雨老街上，老街胜景不再，遗迹犹存。我看到的溪坪老街，"明朝厝""元朝厝"仍在，其门楼、拱斗、柱梁雕梁画栋。我看到的最传统的理发店、最传统的中药铺、最传统的麦芽糖作坊仍在，淳朴老板在店里埋头忙碌。我走进一家名唤"阿木头"的老店，买一包手工制作的麦芽糖，然后迫不及待剥开包装纸，塞一块糖在嘴里咀嚼，立刻，一股甜香弥漫整个口腔……

老街的老，让我轻易就触摸到了柘荣的繁华历史。

城墙的老，让我轻易就触摸到了柘荣的沧海桑田。

三

深冬。下午5点。微风。薄雨。

我站在古老城墙边立着的一块青石碑前，逐字逐句抄录《下城城墙护碑记》：

> 下城，原名柘洋城堡，又称柳城。始建于元至正二十一年（1361年），系明开国功臣袁天禄为保境安民率众创筑。城墙高一丈五尺，厚一丈七尺，上有跑马道和女儿墙。周长八百六十一丈，设东西南北和小北门五个城门，分别为宣寅门、纳福门、拱仙门、迎龙门和小北门，是闽东最早的一座古城堡。明正统六年定为柘洋巡检司城，明嘉靖十二年（1532年）柘洋巡检司何钿率众重修。嘉靖三十八年（1559年），倭寇攻城多日不克，柘洋民众凭藉城堡固守，免遭祸害。此后又多次防御了匪患侵袭。1955年后，因城建多次拆除，现仅存东门往北沿溪至防疫站173米和柳东大桥西端沿溪往南53米城墙。1989年，本府确定溪两段城墙为县级文物保护单位。根据国家文物保护法规精神，今后任何单位和个人进行建设，应距城墙10米以外，不得逾越，仰各遵照。

> 柘荣县人民政府
> 1998年5月

这篇碑记，完整记录了柘荣古老城墙的前世今生和残存规模。读着这些文字，我不能不感叹：古老城墙，曾经是家园的坚固屏障，存留至今，为我们研究筑城时的历史、军事和建筑提供了不可多得的实物资料；古老城墙，见证了历史的变迁，见证了家园的生机勃勃与颓然破败；而如今的我们，只有在冷静里，对历史不断回味与追思，在理性中，对现状不断体察与审视，才能恍悟：大张旗鼓建设下的盲目破坏，摧毁文化传统和建筑遗存，是多么野蛮和愚昧的行为。

我走到城墙边，仰看城墙上的古松郁郁，平视石头缝里的青苔苍苍，低察墙根处的小草绿绿。我的身边，走过一位撑伞的红衣女子，又走过一位背书包的小男生，又走过一位提菜篮的老妇人。我的目光远处，天阴沉，黛色群山在薄雾中若隐若现。

清寒里，我不由想起昨夜酒宴上，有个美丽的柘荣女人眉飞色舞对我说，她年幼时，与青梅竹马的邻居小男孩，背着小书包，小手牵小手，在城墙下走过，在城墙下玩耍过，在城墙下休憩过。那时的城墙，是完整的、坚固的、辉煌的，墙面长满摇曳芦苇，攀缘爬山虎、美丽紫藤、各种中草药……

哦，时移世变，百年风雨打湿静默时光，千载旧事唤醒浅淡忧伤，让人泪光盈盈的古老故乡，在哪里？只有静默的残存城墙，如一部展开的史书，写满过往。

我怅然迷失于现实与历史的重叠交汇处，久久地。

然后，黄昏的光线渐渐暗下来，暗下来；黄昏的细雨渐渐飘下来，飘下来。

然后，我缓缓伸出一只手，用微热手掌，轻轻贴向古老城墙的一块石头。石头布满雨水，光滑圆润，青苔敷生。

立刻，一股清凉意，由我的掌心，传递到我的内心。

永结无情游，相期邈云汉 / 林伟　作

与半岭共良宵

◎谢恩宁

半岭，顾名思义，即岭的一半，俗称半山腰。《黄帝宅经》言："宅者，人之本，人以宅为家，居若安，即家代昌吉。"古人向来注重住宅风水，如繁华之地旺财运，背山住宅人脉广，视野宽阔福气多等。那柘荣县英山乡半岭村的林氏先祖缘何选择半山腰肇基兴村呢？

行至半岭村口，文化墙上看到一首诗："半是人间半是仙，向阳新风抱云天。青牛不语三山笑，且引乡愁入玉田。"这首七绝系宁德市行政服务中心原主任、现半岭村乡村振兴指导员李步舒先生所撰，可为人们释疑解惑。原来1515年的冬天，大雪纷飞，生活在英山利家山（今称李家山）的林煜耕牛走失，遍寻不见。数天后，他发现这头失踪多时的耕牛半卧在今半岭村中心众厅处，正悠悠吃草，不停反刍。林煜举目四望，到处白雪皑皑，唯独此地草木丰茂，实乃藏风聚气的风水宝地，便举家迁来，取名半岭，筑舍定居，繁衍生息。从此半岭村就永远镶嵌在大地的脉动上，有了最为生动的人间烟火气，犹如花语风梦，悠然绽放在岁月的长河。

我国传统的农耕经济最大的特点是自给自足的封建自然小农经济，农民都束缚在土地上，生产力水平低下，特别像半岭这样地处深山幽谷、重峦叠嶂的村落，具有更大的封闭性和狭隘的地方性。为此，不知让多少邻村姑娘望而却步，又不知让多少山里汉子仰屋窃叹。

似旖旎的绿意在阳光下一缕缕萌发，像绮丽的彩虹展现天地之间最美的色彩。近年来，半岭村全面发力，后发突破，粲然可观，先后荣获"省级生态村""省级乡村振兴试点村""省级新农村建设示范村""宁德市先进基层党组织""宁德市金牌旅游村"等称号，村党支部书记林自发获"福建省脱贫攻坚先进个人"及七次县"优秀共产党员""十佳村干"等荣誉。

火车跑得快，全凭车头带。半岭的巨变是以林自发同志为代表的半岭人不懈努力、执着追求的结果。他们用清风皓月般的情愫，以光阴为桨，日复一日，年复一年，坚定地在时光的河流上踏浪而歌。虽然抵不过扬手是春落手是秋的时光匆匆，却让思想的翅膀、智慧的羽翼，随着阳光和泥土的芬芳不断延展，描摹了多少宏伟的蓝图，创造了多少梦幻的奇迹，温润了多少流芳的岁月。如今，多少邻村姑娘心之所向，多少山里汉子意气风发。

仰之星辰寰宇，俯之万物盈怀。徜徉在半岭，每一个不经意的细节，都散发着光阴细微的美好；每一抹流动的光景，都镌刻着岁月扉页上的深情缱绻；每一声轻轻的问候，都传递着半岭人灵魂深处溢出的温度和温暖。宽阔的进山公路沿着英山马洋坑溪缓缓深入村里，偏僻、封闭终成历史的记忆，1200亩茶园似星星般缀在村子四周，因茶叶品质极佳，吸引众多茶商纷至沓来，仅此一项，户均增收6万元。占地500百余亩的白色金属大棚架，从山脚沿山势蜿蜒而上，直至山顶，铺满奇岚山一面又一面的山坡，这便是返乡创业的乡贤、荣获市劳动模范、市拔尖人才称号的林凤兰女士倾力打造的迦百农种植专业合作社，配套建设了猕猴桃采摘园、观赏性乡村游网红景点"萌兔园"、林下经济种植园、特色房车露营区、民宿体验区等，形成观光体验农业与乡村旅游为一体的农旅发展新格局。村边300多亩的风水林里林立着一排排整齐的仿野生黑木耳菌袋，灵芝、黄精等名贵中药材茁壮生长，刚刚落地的"宁德市原乡半岭白茶业有限公司"正如火如荼……

暮色四合，彤云向晚。我们寻访村中的农家乐，去品尝半岭人自酿的久负盛名的"半岭白"，去欣赏半岭人独有的妙趣横生的行酒令。每逢贵宾莅临、节日庆典、婚嫁礼仪，半岭人都用"半岭白"营造喜庆的氛围，抒发愉悦的心情，表达对美好生活的期冀。"半岭白"记录了半岭人所有的红白喜事，将半岭历史浇灌得跌宕起伏，成为半岭的社会文化符号。半岭的《酒令歌》多用六个字组成一句，四句一组，采用脚韵、腰韵、首尾接韵等多种手法，音律温柔富有节奏感，佐以丰富的肢体语言，勾勒出快意江湖的场景，带来视觉与听觉的极致享受。

夜初静，人将寐。迢迢的苍穹中月光如水，洒下一练银白，一盏盏路灯不断向前延伸，汇聚成一条流光溢彩的河流。岭下或福安市或柘荣县管辖的十多个村落万家灯火，虚幻浮华，像一只只萤火虫翩翩起舞，赤橙黄绿青蓝紫，构成一幅精美绝伦的画卷。

在这静美之夜，花在织就它的盛装，鸟在经营它的爱巢，我呢，正在倾听芸芸众生曼妙氤氲的声音。我听到花儿们脉络生长的声音，我听到鸟儿们浓浓爱意的呢喃，我听到用乡愁深远的幽香谱写的故园牧歌，我听到岭上岭下正一起奏响启航新征程的铿锵旋律……

《将进酒·为英山半岭作》／缪芝山　诗　郑伟　书

小巷慢时光

◎沙 子

如果说历史是时间的孩子，那么小巷就是小城的孩子。小城被那些小巷簇拥着，这些横的竖的探出不算高光脑袋的巷口，装点小城的模样，丰盈小城的时光。小城在视野范围内，也在脚程范围内，两条慢悠悠的街连着，连出个幽静之地，虽然它也避免不了时代嬗变快节奏的冲击，也离不开形形色色的诱惑，但细细找寻，你会发现这份静里幽居着的慢时光。

这份慢是从容自然的，源自这方山水的秉性。蜿蜒旖旎的龙溪，伟岸雄奇的东狮山，悠长幽深的小巷，冷不丁从院里探出的花草树木，那些沿街笔直挺立的金黄银杏，虬枝交错的梧桐，间或点缀几株婀娜窈窕的依依杨柳，还有一群眯着眼挤在仙屿数阳光的老人……这份无处不在的从容，弥漫着生活闲适的气息；这份修篱种菊的自然，散发出宁静和谐的风情。

这份慢又是温情人文的，来自这座小城的态度。市井商贩，古树城墙，刀剪僧服，剪纸布袋戏，各色小吃，平常人家……这人文里有着厚重的文化积淀，一砖一石都藏着小城的历史与沧桑，一纸一戏都飘荡着小城故事的温情。它是一个传说，也是小城人的精神纽带。

每天上班，习惯沿着龙溪栈道缓缓而行，一边静静欣赏沿途的风景，一边与东狮山无言对望，那丝滑的云雾一如经年的袈裟，若隐若现的寺庙，恍若入定的老僧，连阳光都禅意十足。县委桥头的百年香樟，被早起的鸟鸣拽进了慢时光里。街上人影稀疏，行人步履从容，岸边杨柳飘飞，杜鹃含笑……每一处都如此安静，安静的是小城人内心有了停歇之处。走在栈道上什么也不用想，只是走，只是看，或者发呆。龙溪两岸的每一个门面、每一家小店，门或敞开着，或虚掩着，早起的店主人依旧一副散淡模样，与其说是在经营，倒不如说是在享受自己经营的商品，享受这市井里的时光。

傍晚，踩着夕阳的步点，跟随夕阳的背影，在溪坪老街穿堂过巷，夕阳的余晖踩过前面几个人的头顶，跌落在地后又旋即攀上后面几个人的肩膀，几个男女老少的身影一齐被拉长，像几条瘦瘦的长袖。麦芽糖、折扇、斗笠、火笼，还有扁肉、油卷面、棉花糖，看似偶然的相遇却仿佛是前世的因缘，似乎生活的脚步在这里缓慢了下来，时光失去记忆，在这里停驻了。家家户户的门墩一样光滑圆润，古厝黑楞楞的砖瓦，爬满青碧碧的苔藓，剥落的墙体依着岁月的门楣，颤巍巍伛偻的身影，不急不缓拖着烟火气息，这些清清静静的时光，一点一滴刻入古街的骨子里。

袁家巷、荣新巷、下书堂、鸭母弄、东门陶……这些曲曲折折，或深或浅，或宽或窄的小巷，通往小城的两条主街道。这些小巷藏在时光里，活在"性好写松竹，而词赋尤工焉"的袁左丞的《东山集》里，依稀飘荡在布政司右参政游朴的《藏山集》中。它们谦逊低调，对身边是非过往从来轻描淡写，即使曾经的文臣武将和商贾旅人，也是从这些小巷里进进出出，交错的小巷纵横着小城几百年的经纬和风雨。

你随意走，每一条小巷里的每一扇窗棂都有着故事，每一个故事的背后还隐藏着多少秘密，这些故事被小巷居民嚼碎在嘴角的一片油腻里，掉落在收拾起的碗筷里。即使你不停地翻阅地方志等资料，也许你能了解个大概，但已找不回那些往事。在日新月异的发展大潮中，小巷里的人走了一拨又来了一拨，就像东狮山巅飞渡的白云，没有人管，也没有人问，每个人在过着自己的日子，风光也罢，冷清也好，都已随风而去。

我向往小巷的安静，独喜它的孤傲与清冷，它总以冷峻拒绝灯火阑珊的邀请，像不修边幅的隐者，与蜷缩的烟雨相伴，又似一排衣扣，等着你来解开白晃晃的慢时光。走进每一条或深或浅的小巷，那些斑驳的墙体见证过什么？它们从不言语，对每一位造访者守口如瓶，它们从不预测未来，静静幽居小城慢时光深处。我常常无缘由穿行一条条与小城一同成长的小巷，一遍遍安静地走，走在只有自己的小巷，走在自己的时光里，让自己的岁月在这里有了更多的沉淀。

有时，在小巷与雨不期而遇，那雨从青黑的房瓦上滴沥着，滴成小巷幽梦一帘。

《暮秋》／丁丹 绘

透过虚掩的木门，看到抽烟的爷爷，做针线活的奶奶，整理物件的父亲，奶孩子的母亲，自然也看到摇篮里的孙女，趴在爷爷脊背上的孙子，一切是那样静谧，仿佛不会激起哪怕一丝尘屑的飞扬。靠在门边，听雨滴落在凹陷的石板上，落在世代相继的苔藓上，落在破旧的木椅上竹凳上，落在横七竖八的晾衣架上，这些老物件都有各自的位置，没有人理会，却每个人都牵念它。汲着小巷忧伤的雨水，鞋子里发出啧啧的叹息声，我似乎听到了一阵一阵的风涌潮起，小城一代代人齐整的创业声，震醒了多少朝夕的艰难困苦，激励了多少扬鞭奋蹄的小城明媚……小城的雨巷，雨水留住时光的抚慰，滋润着岁月的眼眸，把日子渲染得丰丰满满。

　　小巷里没有酒吧，自然少了转角相遇的期待，但有小吃店、小卖部，自然也就多了熟悉的场景。它们看似不起眼，但都有自己的前世今生，它们守着小巷，却都活在自己的故事里。不必追问过往，不论快乐惊喜，抑或痛苦失望，就让这一切藏在它们的心里，不要试图拂去历史的尘埃，探究什么真实，所有的真实终有一天也会成为后人的传说。

在这里，不要惊动了那些石缝里叫得正欢的蛐蛐，不要惊扰了窗棂里透出的微弱灯光，不要轻易相信小巷里风起云涌的传说，不要以为在古城墙边见到的龙溪就是从前的龙溪，那些先人在这里曾经写下的历史，又被敢为人先的后人书写。一条小巷，无法将与日俱增的喜悦包裹；半分月色，也无法将岁月的烟火策划点燃；几笔素墨，更难以把小城的发展变化分解剥落。一条小巷，有着多少尘世浮华，就有着多少温情牵挂。

悄悄踱进小酒馆，叫上一碟花生米、一碗牛肉丸，再要上一瓶啤酒或一杯黄金糯，依窗而坐，看走过小巷的一个个背影，那脚步轻柔温婉，仿佛慢时光停留在剪纸的作品里，那一声声清婉舒心的语调，似乎慢时光又飘进了布袋戏的故事里。此刻，你也会感觉看到行走在小巷的自己，你也会是小巷的过客，在摄影家的镜头里出现，又被掩盖在另一个镜头里……一切是那么安详、平和、自然。

我轻轻推开办公室的门窗，让自己的呼吸在东狮山冬日暖阳的波纹里，突然想到歌德的一句话："美呵，请为我停留！"对于此时此刻的我，一种加以改动的表述也许更加贴切恰当：美呵，请让我为你停留！当忙忙碌碌的脚步停歇时，留一份雅兴欣赏小巷的美，你会发现每一条小巷都有一个魂，这些魂孕育了小城这山这水、这土这地，是生于斯、长于斯的子民代代锻铸、代代传承的精神气韵。

冬日围炉闲说墙

◎王玉宁

眼前是绵亘的废墟。夕阳余晖中，颓墙如铁，残垛似旗，在惨淡夕阳的透视中，颤影冷峻而幽寂。它们相携而立，躬身在飒飒朔风中。古老的城墙经历千百年岁月的碾压，已没有了腾空千里的豪迈，没有了扼守关隘的雄强，只剩下"荒营野草秋"的凄清，和"水咽云寒一夜风"的悲壮。大凡对人生具悲剧意识与悲悯情怀的人，对眼前的惨烈绝不会有一丝轻蔑。这里每一块残砖、每一堵颓墙纷呈出抗争的生命，表现出对穷途的不甘与生命的渴望，仍然保存着苍凉之美伴随下的生命温度。

城墙之用，在于御敌，天下皆然。只是江南的城墙多了一份温婉，少了大漠的豪情与壮美。坐落于柘荣的"闽东第一座石头城堡"，明开国功臣袁天禄所建。也许不堪岁月的重负，墙体略显佝偻；藤本络石，冬夏不凋，严实地包裹着墙头。史载：明嘉靖年间，倭寇为患，宁德、福安、寿宁等县，先后沦陷，独柘荣"借城墙之利"击退倭寇 11 个日夜的进攻，闽东沿海相继效仿，筑 57 座御倭城堡。城里乡下，这样的断墙颓垣，高低曲直皆有故事，只是过往风霜、所历之劫，早已了去无痕。好比书画的留白，给人无尽的想象空间。然而世人"皆知有用之用，却不知无用之用"。这种带有岁月包浆的老物件，给人带来审美疲劳，属"无用"一类，被任意拆毁。今天，逐渐富起来的乡村，当学会在"有用"与"无用"之间提高文化品位。倚南墙，沐清风，掬露观花，听雨闻香，携一缕悠然，思先祖之遗训，续淳朴之家风，此皆"无用之大用"。无论形而上之道，抑或形而下之器，皆有引导，方成文化。常见乡村做旧的"文化墙"把古人扫盲教材《三字经》《弟子规》当国学；

水阔龙能隐，山深梦叠加／缪芝山 撰　陈胜凯 书

不辨《二十四孝图》之糟粕"尝粪忧心""恣蚊饱血""郭巨埋儿""卧冰求鲤"……或喷绘或浮雕，把文化的贫瘠藏在矫情的华饰里，让人联想到双臂纹满赤龙的金链汉子，观后如苍蝇卡喉，浑身不适。

古代文人到底风雅，喜欢在墙上题诗。山川之美、品类之盛只绘到七分，留三分给后人吟诵品鉴。苏东坡对景得句，书遍山水，知名度最高者当属《题西林壁》；陆游与唐琬用情至深，沈园泪题《钗头凤》，让人一见落泪，再见断肠，扼腕痛惜至今；李太白游黄鹤楼见崔颢题诗壁上，输得心甘情愿，留下"眼前有景道不得，崔颢题诗在上头"翩然而去；最悲催的题诗人，宋江可算一个，浔阳酒楼粉壁题诗言志，被诬造反谋逆，终落草水泊梁山。在文化传媒不发达的时代，文人借驿墙、寺壁、宫墙、屋壁、亭壁……哪怕是一掌天地，非常潇洒地表达了心情，同时也惊艳了历史，丰润了时光。

白话文运动以后，格律诗

式微；再加"文革"十年，古风难存，碎了一地芳华。武汉疫情乍起，日本发来防疫物资，每个箱子皆有诗句："山川异域，风月同天。"国人突然被异邦民众的诗意表达打动，恍然想起，老祖宗传下来的风雅，我们怎么就给忘了，徒见墙上标语"湖北加油"和"武汉加油"。

学校的每一面墙可以没有格律，但必须会说话。巴甫雷什中学大门墙上是教育家苏霍姆林斯基题写的校训"要爱你的妈妈"。为什么不是爱人民、爱祖国？教育家说，自己的妈妈都不爱，还能爱他人吗？黄埔军校墙上的校训是一副对联："升官发财请往他处，贪生怕死勿入此门。"这种叙事语言的表情比"勇敢""搏击""奉献""报国"等抽象语汇更有温度。中小学教室前后墙上的格言警句，多有创意，但最辣人眼睛的还是高三年级励志标语"多考一分，干掉千人""生前何必久睡？死后自会长眠""不苦不累，高三无味；不拼不搏，高三白活"……语法没毛病，但煞气太重，有欠得体。还是百年老校福安一中的老师知道风雅。一栋专为高三学生留的砖木结构老房子，风格素朴，大门简净，悬林毓秀老师题写的对联一副："此楼虽陋堪雕玉，斯地有灵可锻金。"正合孔子他老人家"尽美矣，亦尽善也"的审美标准。柘荣职业技术学校科学楼大墙上的文字是："学好本领报国家，挣钱孝敬咱爹妈。"文字似俗却雅，合国策，接地气，胜却"鸡汤"无数。

建筑是凝固的音乐，墙是会说话的风景。寻根传统，问道国学，当把功课做足。时人恨不能追古人风雅，学东篱逸客，做对韵笠翁；无奈历史再三误会，文化断裂，少有唐风宋韵滋养，又岂能文如堆玉，似谪仙"绣口一吐，就是半个盛唐"？只会墙上挥洒标语，或涂抹"×××到此一游"，一副对联上墙，本以为风雅，偏又弄反了上下联……俗眼枯肠如斯，尴尬的不仅仅是一面墙。

我的太极缘

◎ 陈起兴

人这一生，会有不同际遇，遇到形形色色的人和事，多数人事只是擦肩而过，短暂聚散，过眼云烟，对自己的思想行为不造成影响，而有些人事则一生相系，可谓奇缘。记不清太极拳是如何吸引我的眼球并成为我的生活的重要成分。

大约 2000 年前，在仙屿公园看到有人在练太极拳，是柘荣县工商局干部陈洪在教 24 式简化太极拳，我不知不觉就加入其中。过了数月，他说开始自学新的太极拳，即陈式太极拳。经他介绍，我也十分感兴趣，立即设法购买了陈正雷《太极拳刀剑枪》一书，及配套的陈式太极拳老架一路光碟。

那时，我在县委老干部局上班，利用空余时间琢磨拳书，晚上回家看光碟视频，每天 4 点多起床晨练，周末还独自关在老干部活动中心练习。2002 年遇到后来成为我师兄的吴伏华，他说有个太极拳冠军大学生准备教 42 式竞赛套路，问我是否有兴趣。我想，虽然开始自学陈式太极拳，但杨氏太极拳作为入门拳种不可放弃，同时也想见识一下太极拳冠军陆迎新的风采，由此结识了均为机关领导干部的六位太极拳好友（其中李步舒后来成为我拜师的见证人）。我执迷于陈式太极拳，其间又自学了马洪陈式太极拳 83 式。

当时柘荣县太极拳练习者大约有 50 人，多是 50 岁至 60 岁年龄，集中在仙屿公园晨练，都是打杨氏太极拳，是一位接近退休的机关干部蔡美娟在教学。蔡美娟每天 4 点多就到公园，丈夫去世后，她皈依佛门，自此不再教太极拳。此后，队员中优秀者如袁济筹、郭兰英等继续自学并接过教学的接力棒。公园太极拳晨练队伍，20 多年虽没有多少发展，但至今依然保持 20 至 30 人的晨练常数，已相当不易。

有两位太极拳爱好者80岁高龄，依然风雨无阻，还参加各种太极拳展演活动。县人大副主任薛世武退休后，自学各种杨氏太极拳（后来也学了陈式太极拳老架一路），他常在县政府大楼前的空地练习，独自坚持十几年，身体状况越来越好，后因家属生病而中断。

我十分佩服他们早起并持之以恒的坚守精神，只因志趣不同，平时很少参与其中。2007年，认识了福安市太极拳协会原会长阮豪，我从他身上感受到太极拳"中定"功夫，心生向往。经他介绍，在当年的国庆节期间，独自前往浙江台州，参加陈正雷举办的华南地区首届陈式太极拳老架一路高级培训班，遇到寿宁县老乡缪道斌（后来成为同门师兄）。2008年春季，在原柘荣县体育场（现为东华酒店和东方家园）开始义务传授陈式太极拳老架一路，并成立"狮山太极"组织，近30位机关干部参加，包括李步舒、林武两位县处级领导。2009年4月初，经陈小旺弟子杨旺华（现为国家武术七段）介绍，独自前往河南温县陈家沟，参加陈家沟陈式太极拳十九世掌门人陈小旺大师回国举办的首期陈式太极拳老架一路培训班（他亲自授课），并参加其组织的清明祭祖仪式。2009年中秋期间，陈正雷弟子柳剑光鉴于柘荣县陈式太极拳的发展现状，在柘荣县举办"陈家沟太极拳宁德推广中心柘荣县首期研习班"。2010年，柳剑光师父在福鼎市举行首批弟子拜师仪式，我有幸成为首批弟子。

此后，我曾先后在县机关、二中、城关小学、实验幼儿园、机关幼儿园、实验小学、老年大学、仙屿公园等地义务传授陈式太极拳精要18式，受益人数大约600人。但遗憾的是，至今坚持练习陈式太极拳的没有几个人，也无人愿意外出参加培训以提高拳技，外加柘荣县冬季气候阴冷、无室内锻炼场所等原因，无法形成一支表演队伍。我自己也变得慵懒，虽成为陈家沟陈式太极拳第十三代弟子，怎奈天资愚钝，功夫无长进，徒有虚名，也就慢慢失去曾经拥有的那种热情。

2018年12月25日，弟子陆幼斌在民政部门成功注册"柘荣县太极拳协会"，柘荣县终于有了依法登记的太极拳社团组织，为此动员并支持爱人林娇担任县太极拳协会副会长，协助搞好太极拳协会的日常培训和组织活动。得到县政府、县政协三位处级领导和文化体育和新闻局局长的支持，在县体育中心馆内拥有了一个室内练功场地。此后举办了四期陈式太极拳精要18式公益培训班，参训80多人次，为首次县太极拳协会会员登记创造条件（会员80多人）。县太极拳协会获批复后数日，县武术协会也获批复成立，会长乃由柘荣县著名企业人士陶华生担任，在体育中心内拥有一个400平方米左右的固定场馆，开办陈式太极拳公益培训班，有数十人参加，并与教育局签订武术太极进校园战略合作。

鉴于武术协会主推项目也是太极拳，与太极拳协会的发展方向一致，2020年2月，两个协会达成合作意向。两个协会合作之后，聘请洪氏太极拳（陈中华将其定为陈式太极拳实用拳法）第三代传人田西朝为主教练，举办陈式太极拳实用拳法和太极剑培训班，有数十人参加。与此同时，崇阳书院发挥道家资源优势，2020年7月，举办为期半个月的武当太极拳培训班，有30人参加，还举行了考试颁证仪式，我有幸成为三个"考官"之一。柘荣太极拳出现新的发展气象。

或许庚子年乃多事之秋，两个协会共同商定2020年10月承办第六届闽浙太极拳交流活动暨第二届宁德市武术展演活动，但最终又回到了"桥归桥，路归路"。武术协会如期独自举办了第二届宁德市武术展演活动，那第六届闽浙太极拳交流活动怎么办？这是一个未免令人难堪而纠结的事情！曾因就如何举办此次活动，特邀闽浙太极拳联谊会成员负责人及宁德市太极拳协会领导到柘荣县共商。如果不办，何以交代？若以太极拳协会独自承办，人员与经费咋办？这对年轻的会长，无疑是巨大考验。

初生牛犊不怕虎，她居然把这个硬骨头接过来。个中滋味，唯有主要参与者清楚，好在事情最终顺利完成。11月29日在柘荣县体育中心举行"中国梦、太极情、长寿行·第六届闽浙太极拳交流会"取得圆满成功。县委常委、政法委书记郑圭东，县人大副主任章承，县政府副县长郭萌和林昌旺，县老体协主席林建峰，文化体育和旅游旅局局长林发余，省太极拳协会副会长陆荣光、秘书长林华，宁德市太极拳协会会长李仰礼等领导嘉宾莅临。

本届交流展演活动最出彩的是开幕式，以集体演练24式太极拳在足球场拉开序幕，8个县（市）15支队伍近300人融为一体，按照"外方内圆"的太极图标，闪亮演绎着太极整体动态的首尾呼应之形，波澜起伏之势，行云流水之韵，观众感受到绵延柔曼之美，天人合一之情，健身长寿之梦，震撼人心之效果！开幕图式，第一时间在"今日福建"刊登，又被《中国武术大事记》收入。然此完美太极图示

《一树春风作主人》/ 周明光　绘

的成功演绎，诚非易事，于是写了《百人太极图诞生记》以记之。

回顾 20 来年的坚持，似乎自己于太极拳的功能开发上，没有收获相应的回报，但在人际交往上，却有殊胜因缘，所遇太极同道，皆为一生的良师益友。除上所举诸君，还得到许多太极同道的指点，他们都把嘉勉与激励送给我，又寄予美好的期待，让我获益良多。苍南县机关太极拳协会原会长许文青（陈家沟陈式太极拳第十二代传人陈炳的弟子），十余年来一直关注柘荣县陈式太极拳的发展，常自驾到柘荣县给我指导、纠正拳架；苍南县吴式太极拳高手吴贤勇，到柘荣县必定联系我一起晨练交流推手；福鼎市太极拳协会的几任会长及其他拳友，多年来保持友好情谊；宁德市太极拳协会会长李仰礼、秘书长卢小丽、高级教练（国家武术七段）陆荣光，虽仅几次会议接触，却对本人厚爱有加，卢秘书长还特邀陆教练给我夫妇正架子。

省太极拳协会会长陈金夏、秘书长林华、推手高级教练林永霖先后到柘荣县调研，结下了难得友情，尤其与林永霖教练在定步推手交流中，他一句"你的起势动作是空的"，让我重新检视自己的太极拳动作，并找到问题所在。与田西朝老师的交往学习过程，让我了解了太极拳的实用原理，明白如何处理动与不动、旋腰与转胯等对应关系，找到伸拉关节的方法。与吴阿宝师弟的交流过程，让我悟出一个新的拳理，如何把"中庸"思想运用于太极拳的开胯实践中，即"寻中、守中、破中、用中"思想在练拳中的次第运用。还有桂英师妹，给我纠正了膝盖晃动毛病。还有如在广东惠州罗浮山遇到白照杰博士，在四川鹤鸣山遇到武当方圆养生太极拳邱添老师。诸多同道，都是太极路上给予帮助的好友，遂铭记于心。

太极拳作为我一直坚持并将长期坚持的一项运动，一种业余爱好，尽管没有达到拳技上的期望目标，难以步入太极的神圣殿堂，未能担负起"传承"的重担，而深为自愧。自此，不敢以"师者"自居，甘退"学生"时代，重新定位自己。其实，我更喜欢从文化层面去理解太极拳理，曾思考太极拳与《道德经》关系，试图从"健生"角度阐释太极文化，终究限于诸多主客观因素，唯余空想而已。但是，作为一种人生经历，能有机会与各地学有所长的太极同道交往交流，以开阔视野，拓展思维，感受太极拳的内涵精深，学习太极人的开阔胸襟，始终把"立身中正"作为自己的人生坐标，都是仰赖太极拳的恩赐。今生有幸得遇到诸多太极同道、太极高手，此生足矣。

柘荣风物五篇

◎黄其瑞

茶煮柳城

闽东多山。

山于是就成了闽东天然的屏障，把闽东和这个喧嚣的尘世隔绝了开来。不论外面的世界如何变幻，闽东人都固守着自己的节奏和生活，当有一天茫然四顾的时候，我们才发现自己已经落后了很多，很多。

因为有了高速的贯通，因为有了铁路的铺陈，闽东也显得不那么闭塞了。于是在寂静的午夜，我们有时候也能听到铁轨在不断地撞击着我们的心灵，于是我们看到闽东人的脚步越来越快，他们开始只注意脚下的路，再也不去留意路边的风景，那些苍翠的柏树，啁啾的鸟儿，似乎也没有了往日的色彩。于是闽东似乎也在尘嚣中慢慢地沦落了。

从宁德开始，一路西行，你会不时看到高耸的铁架桥，狼藉的工地，漂亮的厂房，笔直的烟囱，宁德就这样改变着，前进着。因为这样的改变，宁德的山再也不会那样高耸，再也不会那样壁立千仞，闽东似乎也没有了往日的宁静。

可是柳城却静静地屹立在这样一份喧嚣当中，我们驱车从柳城穿过的时候，仿佛突然之间穿过了阴阳两重天，在这里，依然保存了那份宁静和质朴。

漫步柳城，在氤氲的气氛中，我们闻到了一缕缕茶香萦绕在身边，挥之不去，整个柳城都沉浸在一种奇特的茶香的氛围当中。柳城很小，可是满眼看去都是茶树。那茶树依依袅袅的，似乎遍布城市的每个角落，除了城关，柳城的各个地方都能看到茶树的影子。在亭边，在田埂上，在路旁，那一棵棵茶树成了柳城宁静的风景……有时候，我会觉得"柳城"这个称号对于柘荣来说是名不符实的,柘荣应该叫作"茶城"才对。

茶似乎成了柳城的一个记号、一个标志，喝茶似乎和柳城人慢吞吞的生活节奏契合在了一起，于是喝茶成为柳城人饭余打招呼的一个奇特方式。在柳城，我们经常听到这样的对话：

"最近在忙什么啊？"

"没忙什么。"

"那我们一起去喝茶吧！"

于是两个朋友就相拥着到茶庄去高谈阔论。

柳城很小，可是柳城的茶庄却遍布柳城的各个角落，总是在你逛街疲沓之时出现在你的视野当中，可是当你细细找寻的时候，却很难发现它的身影。茶庄里的人是悠闲的，静静地坐在店里，品茗、聊天，做的是生意的事情，却丝毫没有生意人的俗气。

东北人讲的是大口喝酒、大口喝茶，茶在他们的眼中只不过是一个解渴的物事。江南的人是细腻的，一道，两道，三道……茶在他们的眼中是一种文化，一种涵养。可是柳城人喝茶却是随性的，抿一口茶，让茶香在齿间慢慢地流淌。那只是一种感觉，当他们闲暇的时候，他们可以慢慢地品茶，可是匆忙的时候，他们依然保持着一份优雅和从容，品茶的随意已经融入了这座城市。

茶煮柳城，柳城煮茶。茶水中的柳城显示出了别样的风采和意蕴……

断崖边的游朴

听说很多年前在柘荣石山有一处断崖，人们到了这里，只能背身而立。当你背身而立的时候，你会被眼前的美景所吸引，情不自禁地跳下高崖，所以当地人们把这个断崖叫"断肠崖"。有很多人不信邪，来到断肠崖，他们最后都无一例外地跳了下去。这个断肠崖现在已经不存在了，我曾亲身到石山寻觅过，可是找遍了石山的山山水水，依然难觅断肠崖的踪迹。但是，我想游朴一定见过断肠崖，在万历二十一年，公元 1593 年，他一定千百次地想起家乡的断肠崖。

万历二十一年，游朴升任湖广布政司右参政，分守荆西。这一年他 67 岁，在那个时代已经是高寿了。六十七了，在 60 年的风尘中，游朴已经洞悉了人生的奥秘，在这个年纪，他只是想以平常之心做平常之事，安度晚年，颐养天年。可是历史并不想让他平静地过完这一生。那一年时值饥荒，流民云集，游朴竭力抑强豪，济灾民，救活数万百姓。我们经常说"为官一任，造福一方"，救灾济民本来就是他的本分，可是历史偏偏让他碰见了李天荣。

我可以窥测到游朴的心情，就站好这一班岗吧，就为民众做自己力所能及的事情吧，可是不行，李天荣站到了他的面前。李天荣以利益为纽带，结成了一张多么大的网啊，东南西北四个方向，游朴不管往哪一个方向走去，都会撞到网上。这张网上，有游朴的同僚，有他的上级，有他的下属，还有一大批的地痞流氓。身边的人告诉他：不要跟李天荣斗，你斗不过他的！游朴已经六十七了，他即将要七十了，他听从了这样的劝诫。可是游朴的隐忍却换来了李天荣的更加猖狂：他派人四处打探他人隐私，以敲诈勒索，甚至窜改租契，以增加赋税，还包揽词讼，上下其手，操纵生杀大权。

"这还有王法吗？！这是将我往绝路上逼啊！"有多少个日日夜夜，游朴躺在床上彻夜难眠。我相信有很多个夜晚，他从床上爬起来，望着窗外的月亮，想起了家乡的断肠崖。他的处境就跟站在断肠崖上一样，也许比站在断肠崖上还要艰难得多。

既然躲不开，那就面对吧！游朴要和李天荣开战了，首先出来阻挠的就是他的亲人，接着是他的同僚、下属……每个人都告诉他：这是一场无法取胜的战役，即使取胜，他自己也会遍体鳞伤的！他已经快七十了，人生七十古来稀，为什么就不能安安分分地度过晚年呢？

正是有了游朴和李天荣的开战，我们看到了史书当中这样一个记述：游朴决心为民除害，命州司马潘一复审查此案。潘一复经过勘察，将奸人逮捕治罪。李天荣得知后大怒，派手下散布流言，中伤潘一复。谏官受其欺蒙，也交章弹劾，终使潘一复被罢官。游朴尽力为潘一复辩明冤屈，遭李天荣及其爪牙谗毁。游朴愤而辞官归隐。

游朴回家了，他从农村走出来，又走回去了。只不过他走出来的时候是一个人，这次却有成千上万、绵延几里的百姓来送他……他千百次想回家，可是从来没想到会以这样的一种方式回家。也许他想过，当他决定和李天荣开战的那一刻，他就已经预料到这样的一种结局。

游朴回家了，他又一次来到了断肠崖边……有多少次，游朴都幻想着会从家乡的断肠崖跳下去，可是当他真正站到断肠崖边的时候，他却没有跳下去……他从来不后悔自己的举动，他知道：正是跟李天荣的对战，让他的内心如此的坚定。

断肠崖边的游朴，那是经历了岁月炙烤的游朴，那是始终一身正气的游朴，那是始终不妥协的游朴……

多少年过去了，断肠崖已经不复存在，可是游朴还在，而且会一直存在下去！

溪坪街的打更声

"当当当……"又是子夜，又是在这一时刻，他又一次醒了过来。这溪坪街的打更声，已经陪伴了他五个春秋，他都能在单调、乏味的打更声中听出美丽的律动。

已是初春，可是柘洋的春风中依然满是冬天的味道，他已经在东狮山上走了五圈了，他想找到春天，找到刚萌发的小草、枝丫，哪怕是一丁点儿的绿意，可是依然没有！

他已经赋闲在家五年了，闲来敲落子，忙时逗孩童不是很好吗？大家都说他已经为国家奔波了许久许久，应该歇息一下了，应该享享天伦之乐了。他也是这样想的，可是看到南来的燕子，他就不自觉地想起朝廷，想起国家的危局……

他每天早晨起来，都要喝茶，碧螺春的春意从他的舌尖弥漫开来，他有一种错觉：春天就要来了。他细细咀嚼着碧螺春的春意，一种舒缓的感觉在全身弥漫开来，他希望日子就这样过下去，看春花开遍山野，听蝉鸣响彻林间。他已经操劳了大半辈子，40 年的时光都埋首在政坛上，几乎熬干了自己的心血，可是国家危局依然难以挽回……放弃吧，就让后辈去操心吧，就让朝堂上的那些人操劳吧，可是不行，他还是偶尔会向行商打听时局，这也许就是命，他相信这是植入他骨髓的使命！

春天总会看完，何况这里到处都是森冷的景象，对一个读书人而言，那就是读书了！

夜晚呢？白天读了那么多的书，夜晚该睡觉了吧。然而，夜晚对于他来说是一个漫长的折磨，他整夜整夜地失眠。他早已不当官了，可是一进入梦乡，脑袋里就满是指点江山、运筹帷幄的场景，为什么总会浮现朝堂议政的情形？

他总是在半夜醒来，在这样的乡野之地，在这春寒料峭的季节，他总是一个人孤寂地聆听着龙溪默默流淌的声音，听猫头鹰的一声长鸣撕破漫长的黑夜……这样的夜晚，他已经经历了数不清的次数，他经常孤独地坐着，听自己的心正被什么东西啮噬而一分一分消失的声音。他已经是一个老人了，可是他总想用自己生命的残灯来抗拒金人的铁蹄。他生命的油快耗尽了，微风的一个小小触动仿佛都会将它熄灭。然而，即使是这样微弱的烛火，朝廷也在排斥着他。

家人早已经睡了，东狮山也睡了，就连半夜打更的声音都因为这寒意而沉沉睡去。唯有他醒着，夜愈深，愈清醒。他独坐窗前，朝廷的危局、金人的铁蹄，如潮水一样向他涌来，他在惊涛骇浪中擎着自己的明烛。

每一个人都说这是一个颐养天年的好地方，高山、美景，虽然没有京都的繁华，但是即使酷热的夏天也有沁人心脾的凉意。

那偶尔的铜铃声，一定是马帮在蜿蜒的山道上行走的声音，那路是多么曲折，仕途比这样的道路还要艰险十倍！静坐家中，闲看落日，这该多么惬意啊！

家里的屋檐下新筑了个燕巢，叽叽喳喳，那应该是燕子归巢的声音吧？夕阳西下，山路上偶尔有几只山羊在蹒跚而行，那是它们在寻找归家的路吧？

也罢，每个人都有自己的归宿，就在这样的乡野养老吧！可是为什么耳边总是回响着"今当专讲治道之本，修政事以攘敌国，不当以细故勤圣虑如平时也"这句话，多少年过去了，为什么这样的声音反而渐渐清晰？

钟声响了，这是晨钟，钟声裹挟着森冷的春意传来。在别人，这钟声只是起床的信号。在他，却一记一记都撞击在心坎上，正中要害。他又一个晚上失眠了，他在东狮山上已经走了三四个来回了，他写下了一首诗，表明自己的心境：

山高不受暑，秋到十分凉。

望外去程远，闲中度日长。

寺林投宿鸟，山路自归羊。

物物各有适，羁愁逐异乡。

他故作轻松，闲适自然，他渴望这样的生活，也似乎习惯了这样的生活，可是大家都知道，他放不下，放不下黎民百姓，放不下江山社稷。

于是他上路了，再一次在朝堂奔走。临走之前，他回望了一下东狮山，心想：我还会回来的，我还想再听一听溪坪街的打更声。可是，他再也回不来了。

绍兴二十四年，他改知广州，充广南东路经略安抚使，未至而卒，年六十四。

他就是陈桷，在江湖时想着朝堂，在闲适时依然记挂着百姓。

往事如风，物随人逝，历史的尘埃完全掩盖了曾经有一位老人在单调的打更声中思索国家的命运，唯有那"当当当……"的打更声依旧在溪坪街的上空响着。

记忆里面有扇窗

当落叶已成黄花，你是否还记得……

我喜欢夜雨敲书窗的声音，在那样的寂静中，仿佛生命中沉寂的潜流在慢慢苏醒，我不知道那是什么，可是那样的感觉让我有一种难以言状的激动，于是我会沉沉地睡去。在梦里，我经常梦到这样的场景：一个人在高高的舞台上浅吟低唱，他一个人就唱尽了人生，舞尽了传奇……那样的场景让我很激动，我想揭开它蒙在我面前的一层轻纱，可是梦醒了，我独自一人坐在摇椅里品尝着莫名的失落。

在烦嚣的尘世中度日，我有一种慵懒，我想激起生命的激情，可是落寞总是如影随形地伴随着我，于是我像无根的浮萍一样飘摇在那里。

一日，深夜，转过街角，本是匆匆行过，可是突然被一种声音惊住，于是站定，细细地聆听。我终于知道梦里做的是什么样的一个梦了，那是童年久远的记忆，已经在记忆中沉睡了很久的布袋戏。

我走过去，那声音、舞台还是一如往日的熟悉，于是我慢慢想起来了……

据说，柘荣布袋戏经历了唐、宋、元、明、清和近现代的更迭，它"帐前能演天下事，厢中能容世上人"。看着布袋戏，我突然之间有了考证的兴趣，于是去查了资料，终于知道柘荣布袋戏原本只是"上有木雕小台阁，下垂蓝色翠花布"的一个简陋小舞台，到了清代才发展出精雕细琢的戏台和戏偶，并逐步在当地风行。布袋戏艺人经常是一担挑尽其行头（木偶、道具、戏台、乐器）。

在街角、在田边、在亭边……几乎所有的地方都有它的足迹。我记得每次演出前，艺人都将折叠的戏栅打开，架在两张长凳上，外围用幔帐围住，面积约一米见方。戏台两侧红色支撑柱上刻"方寸之中行万里，一人手上演百官"的楹联，中间隔以镂空雕花的木板屏风，以便艺人窥视掌控自己的操作表演，屏风左右挂有"出将""入相"两吊帘，戏中人物登场、下场都从那里进出。布袋戏虽小，可是艺人凭借五指伸缩转换变化就能塑造传统戏曲中的生、旦、净、末、丑的艺术形象。戏一开演，艺人用手指顶住戏偶演出，依靠拇指、食指表演，这样静态的戏偶在艺人手中便"活了"，可谓"无生命于生命化，无情物以有情化"。布袋戏让我印象深刻的除了手上功夫之外，还有用脚踩动木架上各种配件乐器，或说或唱，手脚并用。

记忆里，布袋戏演出分前场、后场，观众能看到的则是前场戏偶表演，后场则忙忙碌碌，热闹非常，全凭一人掌握锣、鼓、钹、镲、唢呐，甚至二胡。应准备的器具还有刀、枪、剑、戟等，后场可说是一支民乐队。艺人的后场配乐、口技等表演与前场人物、剧情发展须紧密配合，手、脚、口、身并用做出快慢演出是柘荣布袋戏的精华所在，也是高超艺人的功力所在，有句行话叫"三分前场，七分后场。"根据表演剧目需要，出场的人物还需配上各种服装、鞋、帽、须、孔雀翎等服饰。道具中还包括小雨伞、酒壶、神主牌、令牌、圣旨牌、马、驴、轿子、猴子以及模仿各种声音的器具等。

我看着布袋戏，以为它已经埋在我生命的记忆里，可是现在我终于知道不是！

当落叶已成黄花，当往事流过指间，我们的心灵是否还会有一丝感动，是否还能为生命再一次悸动呢？我知道我会的，因为生命里久远的布袋戏。

记忆里面有扇窗，埋着我童年的布袋戏……

游氏仙姑：一米开外

静坐桌前，煮一壶清茶，燃一炉青烟，品一本小书。我很喜欢这样的意境，仿佛是一种浸润很久的慵懒慢慢地注入我的灵魂。

我是一个安静的人，我喜欢清风，喜欢一个人到东山上听鸟鸣，可是这样的慵懒却常常被打破，经常有成群结队的人去"迎仙"，而我见得最多的就是游氏仙姑。

神仙，那是一个多么缥缈虚无的词语啊！我不知道为什么淳朴、善良的柳城人这么多人信奉她。

于是，怀着好奇，我慢慢地"溯流而上"。

《游氏宗谱》记载："游四尊官，号天锡氏，聪明正直，居官而死，祀于河南，五季时追封银青光禄大夫。游氏仙姑者，天锡氏之妹也，生而神奇，知飞升变化黄白之术，与兄同显灵于河南固始。时唐末黄巢倡乱，瑛公随王审知入闽，宦建阳，奉香火祀于武夷长坪里。三传至榕公，迁祀长溪土家山。迨时公与弟晔公复迁柏峰，立宫以祀。"

在这短短的记述中，我不明白为什么天锡氏没有出名，为什么一个名不见经传的小妹反而出名了，是历史的偶然，还是冥冥中的注定？

"继续前行吧！"我的内心好像有一个很大声的声音。我轻轻地推开一扇窗，底下有纷纷扰扰的群众，他们正在迎送游氏仙姑，我看着他们的眼睛，他们的眼中都有一股清澈的清泉。

据说，游氏仙姑生于北魏孝文帝延兴四年（474年），家住河南光州固始县，乃官家小姐，名门闺秀。相传，她一出生就开口说道："吾乃三天门下传香玉女。"众乡邻皆称奇。其一生行善乡里，常为民众排险救难，尤其对妇女姐妹体贴入微。时战乱频繁，游氏仙姑精于医术，数度拯救乡中民众于瘟疫流行中，又与其兄天锡氏散尽家财，济百姓于水火。因励志行善，终身未嫁，其义举在当地广为传颂。殁后，当朝皇帝赐封"游氏仙姑"。

闽东多山，于是铸就了闽东人内心的淳朴；因为闭塞，于是数千年的风中都有苦难的因子。正是这多灾多难的土地才更需要救赎，于是善良的人把目光投向了游氏仙姑。于是历史在一点一滴中慢慢融汇，于是传奇在一天天被创造。

在福建一带，民众都尊称游氏仙姑为"姑婆""祖姑"等，其显灵救世、保境安民的传说，在民间广泛流传，影响颇深。据《南阳庙记》载："明嘉靖三十八年，倭寇入侵，流窜南阳（今黄柏），见一女子骑白马游境，光华万丈，倭寇惧，遂逃遁。"又载："民国三十五年，有残兵闯入柘荣，经南阳，忽降大雾，隐约见一青衣女子，跨白马，乃游氏仙姑显灵。雾愈浓，残兵迷，遂退。"

我从书海中撤退，站定，慢慢地审视着游氏仙姑，看着历史中来来往往的一切，我终于顿悟，明白了：游氏仙姑，就在一米开外，就在离我不远的地方，她就是我们当中的每一个人，她就是我们心中的善良！

《鲤跃龙门》/ 王描眉　剪纸

柳城旧影

◎吴宗招

柳城，早期称柘洋城堡，又称柘城、下城，元代末期由袁天禄创建。其人文历史在闽东首屈一指，而柳城过去一些神奇的景观就鲜为人知了。随着星移斗转，又经历史长河的洗礼，这些珍贵的旧日景观已经在沧桑岁月中湮没了。为使后人知道她的原来面目，笔者把七街亭等过去的人文景观追记如下：

七街亭

俗话说，天上七姑（颗）星，柘洋（荣）七街亭。街亭沿古街依北顺南相间构建，分纵跨街道和沿着街旁的两种木排架结构。前者中间设通路与街道通连。亭中的通路两旁，在每俩木柱之间架设木凳，可供大家论今说古，谈笑风生。老辈人说过，"后营亭听攀谈，赢过华龙坑读书"。可见此处高谈阔论的人士高深莫测，不是文人学士，或就行家里手。有的街亭平时设摊点卖小吃，比如烙米糕和蛎饼，或糖粽之类。其主要还是给人们避雨和小憩。暑夜常常设评话书场，有时也搭高台演木偶戏等，是纳凉娱乐的好去处。

古街北起大北城门内，现是县医院门诊大楼的坐落位置。南延伸今十字街折东，经新下巷（原是老街道，现与柳城东路首段毗邻于南），再折南（今南门路），至南门止。古街宽度约在7米，20世纪50年代以来，经过三次的拓宽改造，旧貌换了新颜。

后营亭，建造地点在后营境内故名。由于亭的西侧另筑小堂，安有泗洲佛像，又称佛塔亭。传说早年有一次迎迓马氏天仙菩萨下降西屿，祀瓶抱着仙瓶从东狮山灵岩洞动身，一路行程也不觉得累，到了此亭才歇上一气，因此又叫憩仙亭。该亭纵跨街道，建造在现柳城北路中段与东门路和北门路（小北门）形成的十字街口上，有如东来西去和南行北往的咽喉孔道之势。

迎福亭，俗叫半街亭。建造在今柳城北路中段与西门路口的交点上。

醉丰亭，也叫新亭。建于现柳城北路与袁家巷巷口的接合部位。

钟德亭，也叫大帝爷亭。因亭侧西向造小宫奉祀五显灵官大帝故名。它沿古街西旁建造，今是柳城北、西两路拐弯的地方，即柳城宾馆的所在位置，正面朝东，以街道为前场。

拦街亭，也叫街头亭。建于池头里与下书堂两巷口之间的街道上。又于亭的南向以正面朝东造神龛，安有拦街菩萨香位。

葡萄亭，据说因亭旁种有一棵葡萄得名。位置在老下巷去老街道的路口上。其模式以纵跨街道而构筑。

聚芳亭，俗叫街尾亭，因亭的东侧建有小庙奉祀真武大帝，又称真武帝亭。位置在新下巷与南门路交叉的地方，亭内通路矩尺成形，亦是南北往来的必经通道。

在柘荣旧城简略图中，有的史料只标明五座街亭的位置，而毗连的拦街和葡萄两亭却没有。经考究，前者系南街文魁袁贻墨私人所建，土木时间尚晚。后者倾圮年久，古迹无征。

文昌阁

文昌阁，又称育贤祠。建于柘荣城东文昌北路新厝下，旧叫漳口洋。已入《柘荣县志》，列入明清时期城区的古建筑。文昌阁背倚低丘，坡间林木终年葱郁，犹冠似冕。前头一望平畴，同士子日夜纸间笔耕。殿后正中有甘泉一眼，地师谓之"金蟹喷涎"。泉清澄湛，终古不竭，润泽儒生，为仕宦之源源。此处地脉绝佳，景致幽静，是文人墨客景慕的地方。前人作《东峰星阁》有诵："城中建奎楼，城外起星阁。面面达窗棂，层层涂舟艖。家不吝小财，士多希好爵。今昔何异情，风水由人作。"原阁占地，进深 56 米，面宽 20 多米。现旧城区扩展到阁宇周边，与居民隔巷相邻，使寂寥的往昔变得热闹了起来。

此阁始自清高宗乾隆年间，到仁宗嘉庆廿五年庚辰岁（1820 年），由溪坪太学生陈洪卿、上城香宾刘恒竟、东源庠生吴可泮等募捐建造。原阁两进中天井，穿斗式砖木硬山顶。前殿屋脊上方造套檐魁星（奎星）八角楼，安塑像魁星公。正殿安坐文昌帝君等。据民国版《霞浦县志》记叙，奎光（魁星）八角楼崩毁，正殿渐倾，由霞浦上西区（今是柘荣）团总、城郊湄洋人陈联蝉倡捐改建正殿。

新中国成立初期，文昌阁改做棉纸厂生产车间，后搬离才弃置。同时，前殿也渐倾。殿堂历经近乎两个世纪的世易时移，带着历史风霜侵袭的伤痕才进入枯木逢春的岁月。1994 年春，由陈玉成、刘郑福、范良徐、刘康华、袁思泯、孔祚铃、陈家暖及张浩弟和吴佛球为首事，得到社会各界人士的热心支持，再次改建。今日殿堂焕然一新，神像庄严堂堂，香火重又鼎盛，充满神秘和肃穆的氛围。

文昌阁，崇奉文昌帝君，并奉祀魁星公等神灵。文昌之神是中国古代神话中主管功名和禄位的正神，后由道教所承袭，又说是文教之神，为历代士子崇祀，以为可加功名禄位。据传文昌帝君原名张亚子（又说名恶子），居蜀七曲山（今四川省梓潼县北），仕晋战死，后人立庙纪念。唐宋时，屡封至英显王。据道教传说，玉帝命梓潼掌管文昌府和人间禄籍，故于元仁宗延祐三年（1316 年）加封为"辅元开化文昌司禄宏仁帝君"，遂下文昌合而为一，称为文昌帝君，成为主宰天下文教之神。（《明史·礼至》《三教源流搜神大全》）梓潼帝君的发祥地在今四川省绵阳市梓潼县。此是文昌文化发源的地方。逢年二月初三，文昌宫都举行热烈隆重的庆贺仪式。同时来自海内外的文人墨客及男女信士欢聚一堂，为弘扬文昌文化开展各项学术活动。

魁星公，能主宰文运兴衰，道教也尊之为神。汉朝《孝经援神契》中有"奎主文章"之说，后世遂建奎星阁以崇祀之。顾炎武《日知录·魁》：神像"不能像奎，而改奎为魁，又不能像魁，而取之字形，为鬼举足而起其斗"。故魁星神像头部像鬼，一脚向后翘起，如"魁"字的大弯钩；一手捧斗，如"魁"字中间的"斗"字；一手执笔，意谓用笔点中试人的姓名。而《泰安宫小记》中有说，文职乔装，相貌丑怪，右手握笔，一脚着地，身子向前倾斜，像是对谁点定似的。

柘荣早年建起文昌阁，学风大振，士子学业质量大有提高。清代嘉庆廿五年后，柘籍士子考中举人 5 人，九品以上官员 5 人，贡生和茂才的人数就更多了。又据《柘荣县志》载，清文宗咸丰九年（1859 年）己未科府试，霞浦县生员中考 18 名，柘籍就占 9 名，故有"霞浦好柘洋，考取版爿榜"的美称。

泰安社

袁天禄有兄弟五人，他排行第四。于元至顺二年（1331 年）四月二十四日，生于福宁州柘洋上里（今柘荣下城北街大门楼里）。他小时师从名儒黄宽，学业优异，聪颖机灵，能诗词，善刀枪。元朝末年，他与兄弟们在严酷的政治社会历史背景下，创立了民间武装集团——泰安社。

泰安社营地在今上城社区上安亭自然村泰安宫范围内。此处高屋建瓴之势，是闽东古代军事战略的重要腹地，地盘险要，北与龙溪相隔，监视往来浙南要道，东扼闽浙东南沿海的咽喉关隘。元朝末年政治腐败，民族和阶级两大矛盾愈益加深，再加匪患接连，盗寇横行，民不聊生，怨声载道。为护州保境，安澜社会，护卫苍生，元顺帝至正十三年（1353 年），袁天禄兄弟设立地方军事武装泰安社。群众有歌谣赞："元季山寇多，为患各村落，义社起泰安，万众生灵托。暮照大旗矗，平地列帷幕，严令队伍分，边境始安乐……"

后来泰安社武装力量日益壮大，其军事势力范围涵盖整个闽东，及至罗源、连江等地。袁天禄兄弟亦受到元朝朝廷和地方政府的擢升和重用。但日薄西山的元朝政府愈加暴虐，全国各地揭竿起义接连不断，元朝末日即将到来。袁天禄洞察大局，审时度势，秘密派遣古田县尹林文广前往集庆（今南京），献福宁州图，纳贡饷银。后于元至正二十年（1360 年）归附朱元璋，让闽东人民免遭兵燹之劫、战祸之灾，为国家安定、民族团结、闽东人民安居乐业创造了有利条件。

袁天禄在当时社会动荡不安的非常时期，做出正确的抉择，意义深远。明朝宪宗皇帝朱见深于成化年间赐袁天禄为"开国功臣"，载入史册。

临水宫

阃山感应千古颂，靖姑成灵万世彰。

生民直辅乾坤德，保赤尤深父母恩。

临水宫，本地民众都叫奶娘宫，建在柘荣下城西门外。资料有载，明英宗天顺八年（1464年）由先贤袁敏九首创于溪坪洋中瑁，因离城区远，乡人诣宫不方便，迄明世宗嘉靖四十二年（1563年）正月迁移下城南门，原前营境南清宫近旁。同年，袁一优用银两让出西门外地基一所，于闰十月迁建西门外。清仁宗嘉庆八年（1803年）袁程鹏和袁泰池两先辈喜舍地基，经各境信士复议，是岁十月重建，并于清道光年间，由里绅魏燮成兄弟出资重修。

民国版《霞浦县志》《柘荣县志》均有记载，泰安宫规模雄伟，两进中天井，五榴砖木结构，双坡盖顶，穿斗式单檐硬山顶；宫右墙外建厢房，供宫祝之用。首堂构建戏台，门道两旁分别泥塑王杨双将，俗称金刚，每尊身高足有5米，体围不少于2米。天井部位凿回形鱼池，中建百花亭，前后以百花桥分别与首正两堂相连。首堂正脊中部造阁亭立华表，雕镌"临水殿"三大金字。风格独特，造作天工，全高约莫13米。左右两廊设神龛奉祀三十六婆神。正堂奉祀陈林李三位女主神，两旁泥塑多位群神。其整体营造面积约435平方米。清仁宗嘉庆十三年（1808年）雕刻鱼池石栏板围护四周。清宣宗道光廿一年（1841年）置立式瓶状石雕天地炉一件，造型独特，实为罕见。又于清德宗光绪元年（1894年）勒石"福缘善庆"一块，其内容为本宫的历史沿革及若干宫田的坐落和面积。还刻矩形格炉石几下座一块，上方四角雕兽头，下镌兽脚着地，刻造精美，形象逼真。

民国三十二年（1943年），临水宫被柘洋特种区政府占作粮库。中华人民共和国成立后又相继用于仓廪、火电厂厂房、造酒作坊及印刷厂厂房等。在20世纪80年代中期拆毁首堂，改建为柘荣县印刷厂职工宿舍楼。接着在宫堂门首的广场和右侧的一大块空地都给私人建成了店堂。古时，柘荣城区狭小，城垣外面只有西门外几座民房，而周边尽是放眼一望的田畴。如今因城区不断向四周扩大，连临水宫也被挨近的民宅包围了。原先占地逾4亩，如今留下的确实不多了。

柘荣县印刷厂后因景气不振，借其破产之机，经西门外广大群众的迫切要求，蒙幸时任柘荣县人民政府县长张林金（寿宁斜滩人，女）、中共柘荣县委书记林坤华（霞浦沙江人）和柘荣县工业局局长游步锦（柘荣富溪人）诸位的关切和支持，在1995年冬回归民间，接而产生柘荣临水宫第一届理事会，予以主持各项修复工作。

1997年春至翌年冬，通过捐资形式，投入人民币数十万元进行正堂修缮、鱼池复凿、栏杆刻造、廊庑重建、百花桥再现及神像塑造等，业已相继完成。

1998年8月，在正堂左墙外置地128平方米，新建砖混合钢筋混凝土结构双层附属用房，建筑面积计250平方米，为管理工作和宫祝庙会活动提供了方便。

2000年冬、2005年春，柘荣临水宫两次换届选举分别产生第二和第三届理事会的集体领导班子。2012年季春，聘邀台籍学者、企业家游岳勋先生为理事会顾问。

进宫通道因受宫前一座民居的堵塞，只好分别在2003年9月、2006年2月用巨款将民居底层和通透的第二层上下两个单元分期购置。底层凿墙洞改为门，此而才解消了道路的困难。2007年12月鸠工庀材至2008年6月竣工落成——利用附属用房的屋盖扩建面积为125平方米的观音阁，为广大香客提供了朝觐的就近方便。2000年3月列为柘荣县文物保护单位，2007年入选由国家文物局主编的《中国文物地图集·福建分册》。

柘荣临水宫是古田临水总宫的分灵行宫，每年的正月上旬或中旬，都择好良辰吉日去古田临水总宫接陈夫人回柘荣。陈夫人是道教在福建的三大女神之一，在柘荣人们都尊称她奶娘。据《福建省志·民俗志》记载，陈夫人本名陈靖姑，或写作陈静姑、陈进姑、陈贞姑等。有说陈夫人是福州仓山下渡人，生于唐代宗大历二年（767年）正月十五日子时。父陈昌，母葛氏，嫁古田世代行巫的一个名门望族。夫刘杞，翁刘谕，婆朱氏。相传陈夫人15岁去闾山学法，3年后才回来。生前忠心耿耿为黎民兴利除暴，归神之后仍孜孜不倦救世救人，尤其庇佑普天之下的妇孺幸福康宁。同时善于医病、除妖、驱邪、扶危、解厄、送子、护产以及护国佑民等，功德无量。相传，唐德宗贞元六年（790年），福州大旱，陈夫人脱胎祈雨不幸殉身，年仅24岁，葬西洋岭。

柘荣临水宫，香火鼎盛，香客络绎不绝接踵而来，每日进香和祈愿者总在百来人。

据初步统计，光诣宫祈愿的人每年将近 3000 来户。除婴儿三旦、七旦、满月和周岁的酬神外，还有新婚之妇求注生、孕妇求优生、临盆之女求护产、母氏为子求智聪、求寄名为契子、求婆媳能和睦、求子孙得功名、求家庭能安康等，真是五花八门无所不能。尤其每年的正月十五这一天，更是热闹非常，从凌晨到午夜，香客簇拥集聚，挤得水泄不通。值得庆贺的是，"陈靖姑信俗（柘荣）"在 2013 年 1 月被宁德市人民政府公布为第四批非物质文化遗产；柘荣临水宫于 2013 年 12 月被柘荣县民族宗教局确定为"柘荣县民间信仰活动场联系点"。

柘荣临水宫的历史沿革已入编《古田临水宫》，《柘荣城区宫庙记》中也作了较为详细的介绍。其艺文墨宝有：正堂匾额，分别书曰："是谓众母"和"圣德滋生"。其楹联若干，分叙如下：威镇临水星辰耀彩，恩泽柘邑日月生辉；顺天圣母英灵莫测，太后元君恩惠无疆；灵感千秋书典册，神恩万代庥群黎；三界逢楼迎百福，九重天上降祯祥；馨香祷祝送贵子，虔诚膜拜添财帛；临水神灵消灾厄，十三境域保平安；借神威而保百姓，籍福泽以惠群生；迎祥降福长吉庆，欢腾国泰是安邦；视而不见求而应，听则无声叩则灵；能扫妖风寰宇靖，善扬正气大地春；婆心济世法通五湖四海，母德毓麟道达三界九州；敬神敬佛家家年年吉利，敬老教儿户户季季安居。

乡愁系列

◎魏诗音

芒萁草

满山坡密茸茸的芒萁草，在松林下，四季变幻着浓浓淡淡的翠色，就像舞台永不拉上的大幕。每年春天，芒萁草蜷曲的幼芽就像一把把小提琴的琴头，从大地深处徐徐升起，像是有一场盛大的音乐会演出。然后，披针形的羽叶凤尾一样，成对成对展开，沿着棕褐色的细茎，分叉展开，再往上分又展开，十几片羽叶纷披四布，就这样一茎连一茎，满山坡一片青翠。而老去的一茬在底层悄悄枯了，不断被新一轮的鲜翠盖过。

芒萁草是最善良、最厚道，也是最干净的草。劳作累了，满山坡的芒萁草就是一张绵软又干净的厚毯，舒适地躺着或坐着，不用有任何担心或戒备。甚至还不知不觉就治好了你手上刚被草梗划拉开的伤口。小时候，有一段时间热衷于上山耙松毛捡松塔，不只是为自家灶膛添一把柴火，主要是与同伴在山野疯玩的那种乐趣。同院子的小伙伴用竹耙子耙松毛，我没有竹耙子就用手当竹耙子，可以想见我那一双手成了什么模样，累累伤痕上面还糊满芒萁草的绿汁液，可不涂药也不痛也不烂，如有神佑一样什么事也没有。多年以后才偶然在书里看到，芒萁草原来能祛瘀止血，治跌打损伤，此外，还能治蛇虫咬伤、风湿瘙痒，清热解毒利尿等。

但很久以来，芒萁草在我眼里一直只是用来烧火煮饭的柴。就像有一种女孩，你和她相处从来就没有想到她原来也是女孩。直到有一天，在思索有关草的一些事情时，我才突然意识到芒萁草也是一种草。这得归因于我最初认识芒萁草时，她就是以柴的身份出现的。青涩的枯干的或半青涩半枯干的，被草绳或麻绳结结实实捆成粗粗的圆柱形的一大捆，用尖头扁担挑起，一头一捆挑进院落。青生生的芒萁草被挑回来时，好像多半是冒着小雨的日子，或者接下去会有很长一段时间下雨了。枯干的则是劈下后留在山地晒干后挑回的。

一捆捆的芒萁草靠在墙角或堆在门楼边或大厅堂里，垒成我们游戏时藏身的堡垒或洞穴。我们熟悉芒萁草的气息，如同熟悉家的气息。多年后走回乡间，走进农家，芒萁草的气息带着院子的阴凉迎面扑来。院子一角的柴草垛，灶膛里的草木灰，甚至炊烟，甚至饭菜都散发着这种气息。亲切，淳朴。这是乡野的气息，土地的气息，民间的气息，旧时岁月的气息。呼吸着有芒萁草气息的空气，你会感到接了地气后的滋润踏实，有一种回家的感觉。

是的，芒萁草的气息是农家的气息，乡村的气息，如同质朴的庄稼人，即使化灰回到大地，也肥沃田园，滋养庄稼。

气息如兰

"气息如兰"，想象第一个说出这个词的，一定是个对兰的芬芳气息最初有过深刻惊讶、感动并沉醉过的，当他遇到某一个欣悦之人时，记忆中幽兰的芬芳即刻醒来，暗香浮动，让他脱口说出一个极有才华的词语，一个被后人无数次重复的词语。其实，不是那人的呼吸一定有如兰气息，"气息如兰"更是说一种感觉，一种整体印象，是气韵，是品质，犹如古人说"人淡如菊"。

这些年，年年春节，我家都要买一两盆水仙相伴过年。喜气盈盈的，好像有了水仙的年，幸福便都有了馨香和倩影。一只素盆，一泓清水，水仙静静地立着。人自忙碌，花自开。人与花既可以相错，亦可以相忘，而碰面时犹是相看两不厌，且时时有惊喜。犹如真正的朋友不是时时无话不说，而是无一语时也彼此自在。不在时亦如在，在时亦如不在，这是最好的境界。有时花香一阵浓郁一阵，那一定是花在喊你唤你，告诉你又开新枝的喜讯。有时从花边走过，并没注意到花，但隐隐花香让你转过头来，那芬芳的气息，让你也想散发出清香来，让你想到人如花多好，想到遇见如花之人多好。近香人亦香啊！

　　我有一盆薄荷。有人说，薄荷姿容不妍，你又从没用来做过什么，种来干啥？但我知道，我会不离不弃深心里珍惜。我喜欢薄荷的气息，那凉凉的清香和蕴香的凉意，薄冰似的，清凌凌的都可以照见人的灵魂。"洛阳亲友如相问，一片冰心在玉壶"，我想，那"一片冰心"一定是薄荷气息的。那是一种能让人惊喜，而又异常安静的清香。我也喜欢竹的气息、松的气息、樟树的气息，我知道唐诗里的古人为什么要在落月满山的夜晚梅边吹笛了。

　　记起这样一次陌路相逢，是擦肩而过的短暂停顿，不多的言辞及神情举止，透出湖水般的安静气质。我极少见过那种能以静感染人的人。那是洁净清朗的静，像早晨的大自然，草木朗润，让人心清如水，宁静安闲。也许是天生的气质，但一定有后天的修养。这样的相遇是愉快的，也是美好的，即便彼此很快没入人群，如水滴融入大海，相忘于江湖，但心田里有一朵花在绽放，有一棵树在轻摇。

　　一个人内心里如果有一片花园，这个人一定气息如兰。

夕阳山外山

　　初冬的落日显得仓促急迫，说落就落了，好像季节末最后一枚挂不住的熟果。暮色也是，巨幅幕布从天空高处哗啦一下垂落，离地三尺，顿了顿，转眼间，已落到了地面。这是有一天我走到半山腰时注意到的。今天又迟了些，上山锻炼的人已陆陆续续往回走。一个经常碰见的老者，打招呼："这么迟了还上山？"

　　是啊，西边的日头眼看就要落山了，但我已不再着急。

　　而我曾经是着急的。年轻时，我曾执着于这样的信念：活着，就应该追求比生活本身更高更远的东西。至于那是什么，其实茫然。那时的我是如此睥睨如蚁之众生，也一定睥睨现在的我。那时每一个日子都在匆匆追赶着，那样焦灼焦虑，总好像前方有个预期的约会在等我，有什么重要的事情需要我去完成。连亲情的温馨也舍不得流连，连梦里也是在急急赶路。就在前几年，我还挥动双臂，奋力上山。必须赶在日落前到达山顶，我在心里对自己说，同时感到这句话如此熟悉，又如此神秘如此威严，像先祖流淌在我血管里的叮嘱，像一个期限，一条必须遵守的法则。当时我曾以《赶在日落之前》为题，想写出这种感受。文章写了一半，发现一首同

梦醒人间有微雨
江山还似旧温柔
辛巳 明光

周明光画作

名的诗歌已经发表了。几乎相近的思路！只是太阳已经落山了。

而你是一直在赶路的，那样匆匆，那样焦躁，走啊，走啊，常常就走迷糊了。有一天，猛抬头，发现自己不过是在打转转，远去的只有年少的时光。人生如同多歧路的迷宫，许多人总有这样那样的耽搁，总有这样那样的迷失，总是慨叹着前人的慨叹：人生长恨水长东。一个人究竟能走多远呢？那些无法以个人意志为转移的，许多人用"命"来解释，而另一些能由自己掌握的呢？拍遍栏杆叹望长空，许多事情不能总与自己纠结不休。今天你想说而未说出的话，有人替你先说了，有如此同道，又何尝不是人生一大快事。为什么那篇文章就非得你来写？为什么一定要在落日之前赶到山顶？为什么就不能悠悠漫步，看看这一路夕照，悠悠地让星辉斑斓你的梦境呢？

是啊，为什么就不能以陌上花开的理由，缓缓行复缓缓行，和花一道绽放美丽散发清香呢？为什么就不能仿效王子猷在美好的雪夜，乘兴而去兴尽而返呢？为什么就不能让苏东坡的月亮照耀我们平凡甚至困苦的生活呢？我们大多是卑微地活着的一群，能够一生平安健康快乐地活着已属不易。我们好好活着努力生活，卑微但不卑贱，远离恶俗稍稍活出一些情趣和诗意，我想这里面应该就有比生活本身更高远一些的东西了。

夕阳的七彩丝线，正在丛林枝叶间蛛丝般闪闪地穿引斜织，枝干斑驳着淡红的薄金，叶丛星光点点珠光闪闪。你留意过夕照使寻常的树林如此生动吗？眯眼向夕阳，金针银针闪闪飞射，使人无法睁眼，但我看到自己的睫毛间也沾满了彩虹丝线。我知道我整个儿都融在了夕阳的光辉里，我也知道夕阳从这个山头落下，又铺上另一个山头，渐渐铺到我看不见的山外，就像花儿一瓣瓣一层层地绽放。当夕阳在这里收敛了四射的光芒，又会从地球的另一端以朝阳的名义冉冉升起，光芒四射。

而此刻，夕阳在山，何不以一颗悠然之心，从容享受这时刻的美丽、祥和，宁静与温馨？

远逝去的书声
——柘洋初级中学散记

◎吴纯生

柘荣一中的前身——柘洋初级中学，是 1944 年春在地方士绅刘愚醒以及柘洋特种区区长王乃平、拔贡陈善臣、地方名人袁登九等人的努力下创办的。

柘洋初级中学，原校址在现上城社区办事厅后北。有两栋平房、四个教室，一座礼堂及一个大操场，总共占地面积近 5 亩（其中操场在现孔兆铃房址上下，占地 3 亩多；教室在刘郑福房地一带，占地 0.8 亩；礼堂遗址占地 0.75 亩）。

1944 年春，第一届学生 24 人，其中女生 2 人。这届学生暂寄在关帝庙中心小学上课。当年秋季招了第二届的 39 名新生，于是两届的学生搬到上城刘家祠堂下厅的两旁廊房里上课。连续一个月来同学们常常是上午上课，下午一部分同学到泰安宫扛运撤下来的木料砖头，一部分去平整操场。直到 1945 年春同学们才兴高采烈地搬到新落成的教室上课。

1945 年秋招收第三届学生 73 人。这时全校 4 个教室共有学生 136 人（女生 5 人），为初级中学之盛。1946 年秋招收第四届学生，因诸多原因仅招生 27 人。每一届招生都要投考，分国文算数两科。国文是一般常识选择题和一篇作文；算数则是一般加减乘除的运算题。第一届考场设在中心小学（关爷庙）。第三届招生投考恰逢暑假期间，老师们都回老家去了，留校的张裕民老师只好叫来第一届学生袁秀莹等帮助监考改卷。

柘洋初级中学学制 3 年，生源以福鼎泰顺为主，还有来自宁德福安霞浦的，本地人不及五分之一。困扰学校壮大的是严重的流生问题，如第一届学生 24 人，毕业时仅有 15 人，第二届学生 39 人，毕业时剩 16 人。

初级中学的课程全是按省教育厅的正规中学要求设置。初一为国文、代数、英语、生物、中国地理、中国历史、生理卫生、政治、体育；初二为国文、几何、地理、历史、物理、化学、生理卫生、英语、政治、体育；初三为国文、三角、物理、化学、世界历史、世界地理、生物、英语、政治、体育。初一初二年段每周另有一节美术音乐课。第一期春季招生开课后，因不是秋季招生，故学生没课本，则由校职员袁祚学刻写每天课文内容的蜡版，油印后上课前给每个学生发一张，一直到秋季后才用补发的课本上课。平时除了数学题作业用铅笔，其余的科目作业则是用毛笔。

校长办公室有一个挂钟，上下课与其他作息时间均是校工摇铃。上午 4 节下午 3 节。晚上 8 点就寝。周二至周六每天清晨是早操连同升旗。

初级中学里，学生的学费全免，书本费是自付。那时教师学生生活条件差，大部分老师住在刘家祠堂上厅北面仓楼，学生则睡刘家祠堂上厅，一律是上下铺的床板。生管老师是体育教官兼任，一般租住外面。学校老师中，外地籍的除校长林庆莺、教导主任黄国琛带妻子外，其余的都是单身年轻人。

早餐是稀饭，中晚餐是干饭。大部分的学生每日均是地瓜米大米混合，能每日三餐吃上大米的，几乎没有。大家一色是用一节劈去篾青的长 18 厘米、径 13 厘米的竹筒蒸。大部分学生没什么下饭的菜，每周从家里带来用盐炒的麦子和麦莲豆（即豌豆）咸菜，有学生带来一两块咸带鱼或几片肉，那足以让其他同学羡慕了。教师工资每月是 180 斤大米另加若干元钱，生活也是非常清贫。平时老师的三餐是大米或是地瓜米混合饭，也如同学生一样用竹筒蒸饭，菜则是自备由炊事员帮助煮，有青菜，有咸带鱼，偶尔也有肉。

任课老师先后达 21 人（柘荣籍的教师 4 人，部分为福鼎霞浦籍，个别是上海福州的，还有 5 个是区长王乃平从莆田延请来的老师，其中大专毕业以上 5 人）。校长先后为原特种区区长王乃平、莆田林庆聱、泰顺谢贤；校工 4 人均为柘荣籍。

教师们敬业博学，学生们都很敬重老师。陈善臣的国语课上得最好，每个年级的学生都爱听。他带柘荣口音的官话（他原在霞浦教过学）抑扬顿挫，生动活泼。每每他上课，学生都忘了下课。让学生们听得入迷舍不得走的，还有一个从福州来的督学，他上台讲话，从最浅近的"四书"几个句段开讲，深入浅出引申天文地理国内国外，直听得学生鸦雀无声。刚刚开办那一学期没英语老师，请柘荣天主教堂郭神父来代课，后来是福鼎籍毕业于国立英士大学的张于民老师教。最初学生对英语很是新鲜，可一味地死记硬背，慢慢地就懈怠了。1945 年秋，得知初三级缺几何教师，县税务局局长福州人郭永才自告奋勇来校兼了 2 个多月的课。他课讲得好，至今学生们还有很深的印象。

体育课一般是队列、体操、跑步、跳高、跳远、打球等。莆田籍体育教官翁子余长得高大帅气，国术功底深。他的脾气也较暴，体育课时还会对学生动手，学生对他是又敬又怕。

学校有童子军。这是一种使学生接受军事化训练的组织。教官就由体育老师兼任，每学期有几节课是童子军课。学生们穿上童子军服，学习逃生和各样应急小技巧。比如军服领带可以打旗语，挂在军服上衣口袋里的绳子可以一根根连接起来救急，军棍可以是武器也可以缠绕为担架……

平时音乐课是一个名叫叶在源的福州籍老师教。这个老师教唱歌时用二胡伴奏，大家咿咿呀呀地跟唱，也觉挺有意思，也受学生欢迎。1946 年秋季的一天上音乐课，教室里忽然来了一个年轻秀气的女老师，顿时学生眼前为之一亮。教导主任黄国深介绍说，她是县政府军事科长的妻子，来学校义务上音乐课。这老师带来了学生第一次见到的风琴。第一次听到悦耳的女声配风琴的教唱，学生们全都沉浸在愉悦的忘我之中。过了几个星期这个老师就没来了，直让学生们怅了好久，至今还难忘。

学校虽然不大，但也有学生自治会。学校也组织文艺演出，或唱或拉或演小话剧，大家都很卖力，次数虽不多，但足以吸引村民们挤进礼堂助兴凑热闹。

1945 年上半年举办"柘洋特种区中小学运动会"，有中学和中心小学两所学校参加。

1945 年 10 月上旬，政府组织了盛大的庆祝抗战胜利及柘荣建县化妆营火晚会。这天晚上，师生一百多人化妆游行演出，有的化妆为西游记人物、三国人物、一般神话人物，有的化装为各行业人士（至今林元恬还记得他化妆为算命先生），人人别出心裁。队伍沿街而走，引了许多市民指指点点。在汽灯的照耀下，关爷庙广场人头攒动，学生们兴致勃勃地表演了一通。

学生印象深的是每周一早上第一节的"总理纪念周"。学生老师都会集中礼堂，面对孙中山遗像和两旁"革命尚未成功，同志仍需努力"的对联，整整齐齐地站着。

先是默哀一分钟，再是齐诵孙中山遗嘱："余致力国民革命，凡四十年，其目的在求中国之自由平等。积四十年之经验……"接着是大家扯开喉咙唱起《总理纪念歌》。最后是校长或是教导主任讲话，还有就是请社会贤达或政府领导来训话。有的社会人士土话夹杂半生不熟的普通话，常惹得学生忍俊不禁。

每期新生来上课，总有部分学生头梳得溜光还打上蜡，训导老师即教官要求一律剃光头或是留短运动头。那时学生年龄较大，初一学生最小的是 16 岁的刘公慊、刘与芬，其余的多为 17 岁以上。有的初一学生年龄都二十来岁了。他们有的是来避兵役，因为学生不被强征入伍。这些人不怕事，1944 年秋的一天，第一届的学生张时炽带了一批同学将溪坪街袁阿品的布店砸了稀巴烂，弄得许多市民为之侧目。最后这个学生被学校开除了，才平息了舆论。还有一次，初二学生王维仁带了七八个同学到潭头坪游玩，因看不惯几个保安队的士兵耀武扬威，和他们发生口舌冲突，继而学生们群起而上把保安队打得鼻青脸肿而不敢吭声，真正颠覆了"秀才遇见兵，有理说不清"的歇后语。

学校还给家里送初中毕业喜报。送喜报是好差使，校工陶宗权等 2 人一个放鞭炮一个捧喜报，挨家去送。这时家长个个都是笑逐颜开，给送喜报的送上一个红包。

王乃平在柘荣任职时间长，他 1941 年 8 月起即在柘荣任特种区区长，1945 年 10 月柘荣建县他任县长到 1947 年 3 月卸任，共在柘荣待了 6 年之久。对中学他确实也倾注了心血，他从莆田延请来的 5 个老师，水平都较高。他们中四个是大专学生，说着带乡音的普通话。其中一个号伯翔名黄启龙的美术教师功底非凡。他上海美专毕业即来柘荣教学，那年才 23 岁。他后随王乃平返回莆田时还带走两个爱画画的学生，一个名叫林建业，泰顺岩山人，一个叫王卓明，是泰顺人。1948 年黄启龙与两个从柘洋中学带出的学生一道去了台湾（黄启龙教授在台湾享有"全能画家""牡丹王"的美称，在台湾举办过 24 次个人美展，作品被日本、美国和欧洲国家博物馆收藏。那两个学生之一的林建业后来成为出版商，其妻子陈丽云师从黄启龙，也成为台湾有名气的女国画家；另一个学生王卓明也以画为业并卓有成效）。

1947 年春王乃平卸任，临走之前他来到刘家祠堂，在校长林庆莺的小阁楼里，给每个学生写赠言，内容不外乎是读好书报效国家及修身齐家等等勉励之词。连续好几天，王乃平手不停笔给一个接一个捧上白纸的学生一一写上不同内容的名言警句，并郑重其事地在署名位置盖上"柘荣县首任县长王乃平""柘荣县初级中学首任校长王乃平"两个大大的印章。第三届学生林元恬还清楚地记得他的字幅写的是"赠元恬同学：能治生，则能治无求于人；治无求于人，则廉耻可立，礼义可行"。另外他还请县长多写了一张，遗憾的是"文化大革命"那年将它们烧了。

王乃平卸任后，福州人陈爱奎来任县长。到任不久他来校巡视了一番，让他最不满意的是这些老师普通话说得不好，满口的乡音。听了县长的抱怨，刘愚醒也很是以为然，当即写信让在福鼎县政府桐山办事处任副科长的次子刘与淳回乡当教师。刘与淳毕业于上海华南公学，说着一口漂亮的官话。接父亲的信后，刘与淳毫不迟疑地辞去这一份待遇丰厚有人巴结的职务，返乡当起学生头了。

1947年4月，是福鼎点头籍的肖传碧任体育教官。一天上体育课，初一学生泰顺籍的郑秉春站队不齐，肖教官抬脚狠踢。这个教师平时对待学生就很粗暴，被激怒的学生顿时起哄，高年级的学生集中在游朴墓坪商讨罢课，然后群起到县政府向县长陈爱奎讨说法。学生的举动让陈爱奎很是恼怒，再加上一任县长王乃平卸任后那些莆田籍的教师也都随着返乡，初级中学教师队伍严重地师资不足，而且那一年招生量仅仅是27人，这让身为县长的他觉得办学多余。因而1947年6月，陈爱奎以教育经费不足为由停办了中学。得知学校被停办，学生们不解愤怒，许多学生流下了眼泪。那天全校学生自发聚集到一起，到城里找县长讨说法。当百来人的队伍涌到北门外时，才发现城门是紧闭着，大家再转到东门，也还是城门紧闭。求告无门的学生们在骂声中散开了。学校的骤然停办让第三届没毕业以及第四届刚刚来上学不久的学子们，一下陷入了求学无门的境地。措手不及的刘愚醒让失学的一部分学生持他亲笔信到福安穆阳师范，于是学生们带了30贯谷子的学费钱结队前往穆阳。他们先是在福安江家客店住了一宿，次日往穆阳。然而穆阳师范却因为学生太满无法容纳将他们拒之门外。最后这些学生一部分去霞浦，一部分就此辍学了。

陈爱奎戕害地方教育将中学停办的行为，激起了那些为办学呕心沥血竭尽心智的地方人士的愤慨，也遭到家长们以及一些有识之士的一致反对。刘愚醒、陈善臣、叶家超等人组织县国民代表呈文上报，要求恢复学校办学。同时他们针对陈爱奎上任以来的种种劣迹，据实向上揭发。如：贪鄙不堪雁过拔毛，竟将仙屿庙上的匾额金字的金箔悄悄刮走；横征暴敛，将上一任豁免的五年前钱粮重新征收……得知地

云山无相／王伟　篆刻

方人士的弹劾，陈爱奎很是紧张，他备了礼物，连夜来求刘愚醒缓手。刘愚醒拒收县长礼物，只是淡淡地训诫："今后好好做！"陈爱奎只能讪讪地走了。次年6月，才当了一年多县长的陈爱奎即被罢免。这以后柘洋初级中学直到1953年才恢复招生。

正是橘红茶绿时
——袁子卿在福州

◎黄朝文

公元 1945 年，公历平年，无闰月，共 365 天，52 周零 1 天。

1945 年 4 月份，美国总统罗斯福病逝，墨索里尼被处决，苏联占领了柏林，希德勒自杀。可是 1945 年 5 月 16 日，对于福州来说，依然平静如斯，这一天无甚稀奇，既没有大人物诞生，也没有大事件发生。比起波谲云诡的 1945 年，这一天真的毫无记录的必要。这一天福州小雨，对于已经入夏的福州来说，袁子卿不仅没有感受到一丝丝炎热，反而不自觉在心里冒出一丝丝凉意。

1945 年 5 月 16 日早上 6 点，袁子卿早早就醒来了，他出门的时候，在门口顺手买了几个馒头作为早点。6 点钟的福州，人依旧不多，穿着长衫的袁子卿看起来有些另类，可是却没有人多看他两眼。在这样的乱世，每个人顾自己都来不及，哪里有空管别人呢？

袁子卿是一名来自宁德的茶商，福州作为八闽通衢之地，像他这样来福州撞大运的人太多了。袁子卿路过早市的时候，他的脚步习惯性地慢了下来，日本人占领福州已经 200 多天了，他清楚地看到早市从热闹变得萧条，早市上的东西很少。袁子卿也没有心思买什么东西，可是他还是习惯性地往前凑了凑。对于不甚识字的他来说，这里是他打探消息最重要的来源。

"架倒……"（吃午饭）

"架慢……"（吃晚饭）

"卡溜……"（玩）

"就类种碗……"（就是这样）

袁子卿在福州已经 200 多天了，他不仅能听懂福州话，有时候还能跟当地人进行简单的对话。软糯的福州话落在袁子卿的耳朵里，就好像有人拿一根羽毛在他的手心里挠啊挠。福州话跟他老家溪口的话非常相像，有那么一瞬间，袁子卿以为他一直都没有离开溪口，一直都在溪口，那些在旁边聊天的人都是他的乡亲，他想热情地回应他们，只有这时，他才发现，他不是在溪口，他是在福州。

很多时候，袁子卿都会不自觉地想：他为什么要离开溪口呢？他为什么要离开白琳呢？如果他不作死，他就不会陷入这样进退维谷的境地。1000 多担红茶，这里有着他所有的老本，他本想大赚一笔，可是现在可能连本都要赔光了！

袁子卿有些懊恼地捶了捶头，可是他很快从沮丧的情绪中抽离了出来，他想起了 29 岁站在老家废墟时的心情，那时候他刚有起色的茶厂被烧了个精光，他想死的心都有了。可是他相信天无绝人之路，于是他去了白琳……他想起了他挑货郎的场景，走了多少路，受了多少罪，才赚了一点点养家糊口的钱……他想起那些研制"橘红"不眠不休的日日夜夜！

路总是要一步一步慢慢走的，山重水复疑无路，柳暗花明又一村！袁子卿不自觉地想起儿子小时候念的这句诗。

袁子卿在早市那里踱来踱去，闲逛了有十几分钟，听到了各种各样的消息："美国总统罗斯福死了！""墨索里尼被处决了！""不可战胜的德国狂人希特勒自杀了！"……所有的消息好像都是好消息，可是日本人为什么还不从福州撤走呢？

袁子卿穿过早市，他再走十分钟就会到他码头的仓库了，他的 1000 担茶叶就静静地躺在那里。

"宗宋，你的搭诺（茶叶）怎么样了？"

袁子卿听到有人在叫他，习惯性地回头，低头作揖。等袁子卿抬头的时候才发现，跟他打招呼的是和他相熟的高丰茶行的老板吴少卿。

"这世道，没办法，还放在仓库里压着呢！"

吴少卿听了袁子卿的话，摇了摇头："宗宋，不是我说你，这世道兵荒马乱的，没有人会买你的搭诺的！"吴少卿说到这里，顿了一下，接着说："你要赶紧将你的茶叶倒了，这叫止损，起码还能省一个租仓库的钱，我昨天就倒了 100 担的茶叶！"

袁子卿看着吴少卿，赔着笑，却不置可否。

吴少卿看着袁子卿，知道自己还是劝不动他，只能无奈地摇了摇头。

袁子卿看着吴少卿远去的背影，想：这是吴少卿第几次劝自己了，十一次，还是十二次？这一个月来，几乎每次吴少卿碰到他，都会跟他讲倒茶叶的事。有好几次，袁子卿差一点就听从了吴少卿的建议，可是他想起半夜起床烘焙茶叶的辛苦，想起一个萝卜头煮了又煮，变成黑木头的心酸，想起他如果倒掉了这1000担茶叶，老家的茶叶就再也没有人收了……袁子卿想得越多，越觉得自己要撑下去。他知道，他不仅仅是为自己在苦撑，还是为乡亲，为自己创造的"橘红"红茶，为宁德茶叶在苦撑！

袁子卿继续往前走，远远看见街角有几个日本兵向他这边走过来，他裹了裹自己的长衫，本能地拐进了小巷。等那几个日本兵走远了，他才从小巷子里探出头来。看着那些走远的日本兵，袁子卿总感觉有哪里不对劲。

袁子卿一边走一边想，终于想明白日本兵哪里不对劲了，他们平时都是趾高气扬、不可一世的，隔着老远都能看见明晃晃的刺刀映照出来的杀气……

1945年5月16日，这是5月的福州，马上就要进入酷热难耐的酷暑了，可是看着那些远去的日本兵，袁子卿仿佛置身于深秋之中，日本兵给了他一丝萧索的味道。

袁子卿看着远去的日本兵，想起了福州人念念不忘的1941，福州人总说："别看日本人现在很嚣张，可是我们总有一天要打回来的！"袁子卿每次听见福州人这样说的时候，他们的脸上都闪耀着自豪的光芒。

袁子卿听福州人讲1941年的抗战多了，他几乎将那段历史糅进了他的骨髓，仿佛他也曾经参与过那一段抗战：1941年4月，日本华南派遣军陆军第48师团、第18师团陀美支队和近卫师团第三联队的多贺支队进攻福州。4月19日早晨，日军出动飞机轰炸闽江口后，兵分多路从福清、长乐、连江登陆，向福州城区袭来。国民党陆军75师、80师、海军陆战队在100军军长指挥下进行抗击，福州警察局的警察们也编成两个中队参战。后因势单力孤，驻闽的国民党军队奉命退守闽侯大湖、古田一带，福州城内未撤走的只有100军的一个军士大队。当时留守福州城区的福州警察局的警察们，成为掩护群众撤离、拼死御寇的主力。那一年"四二二"抗日战役，有162名警察光荣牺牲。

1945 年 5 月 16 日，这一天无甚稀奇，袁子卿只记得历上写着：诸事不宜，余事勿取！ 1945 年 5 月 17 日，第二次世界大战：中国军队第 80 师向福州五凤山的日军据点发动进攻。5 月 18 日——第二次世界大战：日军独立混成第 62 旅团全部撤离福州，中国军队第二次收复福州。

1945 年 5 月 17 日，这是中国抗日反攻的标志，袁子卿清晰地记得，这一日的皇历上写着：诸事皆宜，大杀四方！

注：袁子卿，字宗宋，名承赵。生于清光绪廿四年（1898 年），祖籍柘荣乍洋溪口。袁子卿以茶发家，将茶叶挑到点头码头，用船运到福州。抗日战争时期，茶叶没有人买，积压在福州仓库，租金都付不起了。1945 年抗战胜利后，茶叶供不应求，陈茶全卖掉，挣了很多钱，用船运回来，在海上遇到风暴，纸币全湿，雇人挑回来，拿去晒，满地满山都是。

《缪芝山诗意图》／林伟　绘

改革开放后闽东首次文艺创作会议琐忆

◎陈孙华

　　1980 年 8 月初的一天，中共柘荣县委宣传部通知我参加宁德地区改革开放后首次文艺创作会议，和我一起参加会议的有柘荣二中教师游丹生、东源小学教师吴昌铸（终任柘荣县文联主席）。

　　会场设在宁德地区招待所（现闽东宾馆），会议主持人是宁德地区文化局副局长曾毓秋（终任福建省电视台副台长）。

　　曾毓秋，四川人，50 来岁，1949 年在上海参加南下服务团，1952 年分配到《闽东报》的前身《新农村报》任编辑，后一直任《闽东报》编辑至下放柘荣县黄柏公社，回城工作后安排地区文化局。他个头不高，体态偏胖，肤色白皙，语速缓慢，行为矜持。

　　我和曾毓秋早已熟悉，他见到我，便热情地伸出胖乎乎的手握住我硬邦邦的手，笑着说道："我们 10 来年没见面了，你们柘荣的《柳絮》办得很好，希望你们继续努力，培养出一批好作者，创作出一批好作品，为我们闽东文艺事业的发展作贡献。"

　　我说："我们柘荣县委很重视文艺工作，文艺内行的县委宣传部副部长刘建秋（终任霞浦县委党校常务副校长、讲师）直接领导文艺工作，精心指导文学创作活动，全县几十位业余作者写作热情都很高，请您放心！"

　　"文革"前我从《新农村报》《闽东报》《新福安报》上常见曾毓秋的文章和作品，从《人民文学》上读到他的短篇小说《三月清明雨》，在《收获》上读到他的短篇小说《卖烟叶》，对他产生了强烈的好奇心和崇敬之情，便写了一些文章寄给他，请他"斧正"，结果都是"泥牛入海无消息"，"文革"后期他的《三月清明雨》入选小学语文教科书，相当了不起，我更是崇敬他了。

1969年我上山下乡在富溪陈上洋，写了长篇通讯《农业学大寨的带头人——记陈上洋大队党支部书记陈冬盛》，富溪公社党委印成简讯，引起县委的高度重视。县委立马派曾毓秋和下放东源公社的《福建日报》编辑姚鲁来陈上洋找我，联系了大队干部和县里下放陈上洋的干部，深入补充采访后，我们3人进行了讨论，达成共识后由出手快文笔精致的曾毓秋执笔，文字功底相当深厚的姚鲁字斟句酌修改定稿，继而交给县委审查，投到《前线民兵》，很快就发表了。

这次创作会议的主要议题是"解放思想，大胆创作"。而实际上，一则粉碎"四人帮"不到4年，改革开放刚开始，人们心有余悸，发言时小心翼翼；二则曾毓秋从来不主张暴露文学，他的作品都是歌颂正能量，因而"高、大、上"是他倡导的主旋律。

来自全区各县的业余作者，相互间都不怎么认识，知名度高的如陈发松、谢学钦、陈孔屏（笔名孔屏），人名和真人在这次会议上才对上号。

讨论发言时，满脸是戏大嗓门的吴昌铸最活跃最有噱头，他时常放声开怀大笑，笑得整个招待所的震动感如同发生了7级地震，人们在他强烈的情绪感染下，也快乐得希望会议能够延长几天而多快乐几天。

陈发松是福安县上白石公社范坑大队（现范坑乡）的农民，非常幽默，幽默到文友们都笑得前仰后合。

陈发松"文革"前就正式出版诗集，是福建省著名的农民诗人、农民作家，1960年参加了在北京召开的全国第三次文代会，见到了毛主席、周总理、文联主席郭沫若，分管文艺的中宣部副部长、文联副主席、著名的马克思主义文艺理论家周扬接见了他，和他亲切握手。"文革"时周扬遭到批判，陈发松由于和周扬握过手而被不断地批斗，他把这些情节和细节娓娓道来，说起他既拿锄头又拿笔的手因是和周扬握过，就成了"反革命修正主义文艺黑线的黑手"，永远红不起来了，人们又是哄堂大笑，就连情怀浪漫却又不苟言笑的曾毓秋也捧腹大笑。

谢学钦，福州人，1965年当"志愿兵"去屏南县甘棠中学任教。他发表在报刊上的文章和诗歌很多，文笔优美，可读性很强，许多发表在《红小兵》杂志上的

星作佳肴月作盘/缪芝山 诗　陈叶飞 篆刻

儿歌，朗朗上口，我对他印象很深。会议期间他一声不吭，天马行空，独往独来。

《闽东报》复刊后，谢学钦调到报社当编辑，有一段时间在《福建文学》当编辑，据说他退休后专注于文学理论的研究。

我提前退休后的 2000 年 11 月，在福州求实律师事务所重操旧业，两次拜访原省作协副主席、《福建文学》主编魏拔（魏世英）。我和魏副主席聊起闽东的文艺状况和一些作者，我谈及我很佩服谢学钦的生花妙笔、飞扬文采，赞扬他的文章和作品极具可读性。

我以为，文章或者作品要接地气、有人情味、可读性强、雅俗共赏，魏副主席完全认同我的看法，他赠给我惠存的散文集《人间烟火》就是这样的作品。

会议期间，著名电影演员杨在葆一行来闽东体验生活，住在地区招待所，曾毓秋请来杨在葆给与会的业余作者们漫谈电影艺术。

性格豪爽的安徽宿县（现宿州）人杨在葆身材魁梧，气宇轩昂，英武洒脱，知识渊博，口才甚佳，他的漫谈汪洋恣肆、妙语连珠，可听性极强，与会者无不全神贯注而入迷。

杨在葆一行进过晚餐后，在大会议厅里跳交谊舞，银幕上看到的情景成为现实版，我们大开眼界，期待着有朝一日也能如杨在葆他们这么时尚，这么潇洒。若干年后我们的愿望得以实现，包括我在内的一些文友都成了舞棍。

为了使《柳絮》产生名人效应，我和吴昌铸推荐温文尔雅、彬彬有礼、能说会道的美男子游丹生老师为主讲，请杨在葆为《柳絮》题词。杨在葆欣然命笔，具体内容记不清了，大意是祝愿《柳絮》更上一层楼之类的勉励话语。

闭幕式上，地委常委宣传部部长朱展华到会讲话。朱部长思想解放，语言简洁，富有逻辑性，很有鼓动性，给了业余作者们以热情洋溢的鼓舞。

会议结束不久，朱部长升任省文化局局长，在《福建日报》发表旧体诗，其学养可与前任才子局长万里云比肩，令人钦佩。

会议决定创办闽东文学刊物《采贝》，由肖孝正主编，一、二两期各发表了一篇我的作品。

会议结束后，我和陈发松同车回柘荣，他要去看望在柘荣一中教书的女儿陈琴容和在柘荣县劳动局任主办的女婿王立辉。

当时的陈发松长子陈昌华上清华大学，次子陈昌盛上宁德师专，三子陈昌东上福建农学院，后来有个撰稿人在《福建日报》发表了题为《五子登科》的文章，说的是陈发松的这5个儿辈都受过高等教育的佳话，轰动一时，至今还有人津津乐道。

我和陈发松都用福安方言交流，相互间以"嘎哩噢"（哥们）相称，互相幽默打趣到柘荣，逗得前后排和左右排的旅客都乐不可支。

到柘荣车站我们下车了，陈发松握住我的手说："嘎哩噢，有闲就来我范坑踢铦（玩耍），一个碗一双筷子没问题。"

我说："你和周扬握过的手握了我的手，我的手就成了神来之笔的文艺手，不洗了，以后也许会不断地文字飞过省，再见！"

会议结束回来我们向刘副部长汇报，他叫我们一定要解放思想大胆创作，有什么问题他给作者们撑腰，经费问题（主要是稿费和印刷材料费）他替县文化馆向县财政局求助。

在县委的重视、刘副部长的支持和文友们的努力下，《柳絮》办得风生水起，许多作者在《柳絮》发表过的作品转而发表于报纸杂志，如县委报道组副组长、科普作家季品三（终任浙江省瑞安市对台办副主任科员）发表在《柳絮》的《柳城话柳》投到百花文艺出版社的期刊《散文》，1980年12月号发表了（编辑部将其标题改为《柳》），我发表在《柳絮》的《六出飞花异彩纷呈》投到《散文》，1981年1月号发表了，地区文化局局长张越在地区文艺工作会议上高调表扬我，地区文化局还奖励我300元，40年来这篇文章被多家出版社收入多种版本的《中学生课外阅读文选》，还非常荣幸地入选《语文新课标课外阅读》，沈兴邦对拙文写作特点分析研究的论文发表于华中师范大学主办的期刊《语文教学与研究》（1986年Z1期）。

由于《柳絮》办得出色，省文化局大力表彰，县文化馆馆长王光寿被评为福建省文化系统先进工作者，还得到省文化局300元的奖金。

创作会议结束回来2个多月后，我被调到县司法局了，此后的30多年就没有涉足文苑了。

2014年9月22日，68岁的我学会了刷微信，从此便随心所欲地手机码字发到自媒体自娱自乐，至今将近7年半，累计500来万字，若干年前已经从中抽出一部分正式出版了散文集《霜叶红于二月花》和解读《论语》的札记《论语漫笔》。

一转眼，改革开放后宁德地区首次文艺创作会议的召开至今41年半了，曾毓秋、刘建秋、陈发松、吴昌铸他们4位以及杨在葆与我等阴阳两隔了，我等健在的文友们后来有的成为专业文艺工作者，有的成为业余作家，大多数人都在自己的本职岗位上恪尽职守到安全着陆。如今大家都垂垂老矣，缘于天各一方，也难得谋面。

回首往事，如烟，如风，如云，如斯，如诗，如歌……

注：2022年2月12日于柘荣完成此文。

文心自在

◎缪晋麒

　　说起做学问，我不由得想起 20 多年前与周贻海先生共事的日子了。庄子说："言以虚静推于天地，通于万物，此之谓天乐"；屈子《远游》："漠虚静以怡愉兮，清无为而自得"，这些论述若与周先生联系在一起，那就不难想象他爱喝茶，更爱写有着道心玄智的"茶"文章了。在《闽东日报》"品茗论道"栏目里，时常留下他深深的文迹，鲜活绵长，从容悠闲。可喜的是，他思与境偕，神与境合，把柘荣生态养生和来自内心的责任驱使完全交融，自成高格，表达了对家乡水土的挚爱。有一段时间，我也感觉周先生在某些琐事中显得焦灼不安，静逸中的斜风微雨，让远影里的孤舟细帆有了一些波澜，但他以"茶痴"自居，把茶当作诗品，"冲而弥合，淡而弥旨"，在清逸的茶香中，他渐渐恢复了自信。

　　周先生仿如一缕茶香，在素朴、恬淡的生活与工作中，借助读书写作丰富心灵，超越自我，也在更高层面上为柘荣文化做出了努力：近年来，从筹备成立县作家协会，到迎接福建省炎黄文化研究会、省作协作家团莅临柘荣采风创作；从策划"仙山笔会""前山笔会"，到主编出版《印象·仙山》《长寿·前山》；从策划《美丽·东源》到邀请浙江省作家团莅临柘荣采风；从承担《健康平安保护神——马仙故事》编审，到争取福建省作家协会在柘荣设立"马仙文化创作基地"，无不显示着他厚道、热情与执着的秉性。2011 年，他同时负责《青春柘荣》《柘荣文史资料》（历史文化遗产专辑）并《细说闽东》三部书的主编，从最初的组稿到系统审稿，他经常工作到子夜；同时，他以主编的县作协会刊《柳絮》为平台，带动和激发了柘荣一批人积极参与到文学创作中，并吸引了包括闽浙两省作家协会名家在内的有心人为《柳絮》鼓与呼，等等。这些都无不凭借着他自身的修养、情趣和感受，无不凭借着他的思考与探索，宛如他品茗时之淡定，著书立说时之自如一样，以一种向往，一种空灵，一种含蓄，收获了灵魂的愉悦，也为当地文化发展提供了更加开阔的背景，或可说是认可与关注的空间。

诗文言志，品茗亦可缘情。作为物质文化的茶和精神文化的饮茶，在数千年的发展中，与文学艺术结下了不解之缘。以茶入诗、以茶入词、以茶入歌、以茶编舞、以茶入画、以茶入戏、以茶入小说，几乎遍及一切文学艺术形式。把盏言欢，我有幸读到周先生的"茶"书；他无疑已水到渠成。临了，我以诗代茶，以为结语，并祝周先生文心自在——

（一）

青山相送海相迎，便引东风万里行。

浅唱低吟如梦令，常留正气不留名。

（二）

饭余醉后品清茶，欲借东风谢友家。

不信时空无正道，文心自古可雕花。

（三）

阳光雨露两交融，变幻全凭一品中。

明目清心留正气，快哉如此老还童。

宗远家茶

◎郑延芳

"宗远家茶"是以柘荣县楮坪乡仙岭村明朝大慈善家郑宗远名字命名的一款茶。2018年由柘荣县历史名人郑宗远研究会向国家知识产权局正式申报"宗远家茶"获得审批，作为全村茶叶公共品牌，供村民无偿使用。

柴米油盐酱醋茶。茶是生活必需品，记得小时候，母亲起床后第一件事，天没亮就到郑宗远故居旁边的善井去提水，然后用没油的锅烧出的开水泡一壶茶，供全家一天享用。父亲干完农活，回到家中，端起茶壶来个牛饮，甚是快活。

南橘北枳。农产品之所以品质优异，在于有其优越的生长环境。仙岭村海拔600多米，常年云雾缭绕，气候温暖，雨量充沛，土壤肥沃，茶园生态环境好，有利于茶叶生产。

仙岭种茶历史悠久。仙岭自建村700多年以来，就有种茶的历史，几乎是"家家种茶"。仙岭曾经是纯农业村，群众以农业为主业，养过长毛兔，种过金银花、太子参、水稻、甘薯、西瓜等10多种农作物，2016村委还在榴坪村建设过覆盆子基地，但都不成规模，最后以失败告终。村里也曾经搞过文创，2017年学习屏南做法，在村里引进过油画家黄阵兴、剪纸大师郑平芳开设剪纸扶贫艺术馆。但除了他们两个人会以外，其他群众不会，没有群众基础，最后以失败告终。这两次失败经历告诉我们，发展产业要有群众基础，最好是家家有，人人会。仙岭原有发展比较好的就是太子参和茶叶，形成"半村太子参半村茶"局面。但是这几年太子参效益差，茶叶价格不错，异军突起，面积不断扩大。全村现有茶叶种植面积1000多亩，家家户户都种茶，现已成为全村规模最大、涉及面广、受益人口最多的农业支柱产业，也是村民收入主要来源。

仙岭的茶园经过 100 多年发展，较有特色。20 世纪 80 年代，柘荣县开展社教工作，仙岭村在社教工作队魏诗已等带领下，在山头岗集体开荒种茶 100 多亩，后因村集体资金不足，茶园分到各家各户管理。2015 年柘荣县茶叶局投资 50 多万，在仙岭村建设老茶树园、茶叶科普园，建立古树茶、野生茶树资源保护基地。这些优良茶叶品种为仙岭村加工优质绿茶、红茶、白茶奠定基础，有效带动茶产业发展。

仙岭人不仅会种茶，还会制茶。村贤郑鸿景毕业于福安农校茶叶专业，为全村茶叶发展保驾护航，提供技术指导。村贤帝氏集团郑锦长期从事保健品生产，在茶产业深加工上开发新产品。郑谢春 2007 年到 2014 年曾种植铁观音 50 亩，参加茶叶生产种植培训 5 期，2009 年获得宁德市"十佳种茶能人"称号。郑富生加工茶叶多年，尤其以土当归制作的绿茶深受客商喜爱。郑润祥原生产红茶，现已改行加工白茶。郑凌冰长年在福安学习红茶加工技术。2021 年，村里还选派郑禄技、郑清弟等三人到福鼎方守龙茶厂学习白茶制作技艺一年。全村现有 5 人在全国各地从事茶叶营销工作，郑锴杰在西安开一家茶馆，主要营销茶叶及茶具。

尤其可贵的是，宗远家茶有着深厚的历史底蕴和文化底蕴。明嘉靖年间，柘荣县与外界交通十分不便，尤其是往福安辖内至寿宁，行人须翻山越岭，道路险远，强盗特多，恶兽出没，苦不堪言。仙岭郑宗远（1471—1559 年），将全部家产都用于扶世济贫修路架桥，开凿一条从柘荣到福安到寿宁的石路，途中建桥梁、凉亭 10 多座。嘉靖十四年（1535 年），明世宗朱厚熜为其钦谕恩赐七品冠带荣身，并赠旌匾"德义兼隆"。《福宁府志》记载："郑宗远：造舟沙井济人，构亭两岸，以憩候渡者。"路通之后，郑宗远在沙井（现沙坑）渡口造舟济人，在两岸造亭，后裔在其修建的茶亭上施茶，供行人暂憩，挡风遮雨。据仙岭老人口述，清朝乾隆年间，仙岭人郑鼎隆携夫人肖氏在长岗亭上施茶，设置茶水，供路人休歇之余免费饮用。茶叶大都采用亭边自家茶园，经简单的晾晒而成，俗称"粗茶婆"。在郑宗远家族眼里，施茶与修桥一样，也是一种善举。长年累月的守亭施茶，是一种积德行为。茶叶因此成为古代布施的一种道具，成为"宗远家茶"一大亮点。据此，2019 年宁德市慈善总会在仙岭村命名设立五家慈善茶馆，免费为游客提供茶水。今后，仙岭村全面推进中华慈善文化园旅游景区建设，宗远家茶作为一种旅游产品，具有更大的发展潜力。

真正打造"宗远家茶"品牌的起因，应该从我到方家山挂职说起。2018年经组织委派，我到具有白茶故里之称的福鼎市太姥山镇方家山村挂职第一书记。一到村里，我就问群众，你们村茶园面积多少？水田面积多少？群众说，我们村只种茶，不种水稻，群众只有茶仓，没有粮仓。原来方家山是个茶叶专业村，一个只有800多人的村庄，有茶叶加工企业28家，茶园面积2300多亩，形成茶叶一二三产完整产业链，农民种茶，工人制茶，年轻人到全国各地卖茶，有效解决全村不同类型的农民就业。

三年的驻村使我对茶叶有了更深的了解，原来茶叶不仅可以养活一家人，还可以养活一村人。不同品种、不同山头种出的茶叶味道不同，不同的制作方法，甚至不同的冲泡方法，也会影响茶叶口感。不怕不识货，就怕货比货。我发现，仙岭村茶产业发展最大的短板就是只会种茶，不会制茶，更不会卖茶。500多年来，全村没有一家符合标准的茶厂，群众采好茶，当天就急着出售，无法形成一条完整的茶产业链。与方家山村"家家制茶，户户萎凋，人人卖茶"相比，仙岭缺少的就是后两句话。此外，仙岭村茶叶还存在各家各户各种各的茶、各打各的品牌，存在着种植标准不统一、对外营销不统一等问题。

痛定思痛。回来后，我学习方家山做法，提出把仙岭村建成"宗远家茶"茶叶专业村，茶叶面积达2000多亩，茶园建设成公园、庄园、乐园，探索茶叶和慈善文化融合旅游发展新路径，在茶园中建设百名慈善家半身塑像，形成"有景可观、有茶可品、有香可闻、有道可悟"慈善茶文化体验园，建设"中国最美茶乡"。打造"人人是股东，家家是老板"，实现"资源变资产，资金变股金，农民变股民"，提高茶叶产业化联合体经营模式，实现茶产业集群发展。

说干就干。如今，"宗远家茶"的品牌打造工作有序开展。学习白茶故里方家山等地培育公共品牌的做法，培育"宗远家茶"茶叶公共品牌，2021年11月被宁德市农业农村局授予"一村一品"茶叶专业村。加强领导，落实党支部领办合作社工作要求，由村党支部引领发展，仙岭村郑宗远商会具体负责实施，以村民为主体，以村庄为载体，按照"全村规划、全民种茶、全员营销"办法，组建茶产业联合体。推行"支部+商会+合作社+农户"模式，下设种植组、加工组、营销组，实现家家种茶，户户萎凋，人人营销，有效连接"小农户"与"大市场"。提升"宗远家茶"

品牌价值,将郑宗远故居改造成"宗远家茶"博物馆,省级非遗郑宗远传说融入"宗远家茶",讲好郑宗远行善故事,开发一款文化茶、慈善茶。

有机茶园建设也着手进行。沿 104 国道楮坪方向,正在建设 1000 亩现代生态茶园,拟建设成为集茶园观光休闲、茶历史文化展示、现代化与清洁化茶叶加工示范为一体的郑宗远慈善茶产业园。在茶园中套种樱花、杜鹃花、薰衣草等不同季节开花树种,配套建设茶亭、观光木栈道,全面绿化、美化、彩化、香化茶园。

据仙岭村第一书记谢志明介绍,仙岭村还计划今年在郑宗远诞辰日(农历四月初九)举办第九届郑宗远慈善文化节上同时举办"宗远家茶"施茶节,邀请全国各地茶友共同品鉴"宗远家茶",以茶兴旅,以旅兴茶,推动茶旅融合发展,形成完整茶产业链。引导游客自己采摘茶叶,自己制作慈善茶,增强游客体验性,把隐性"慈善"概念做成显性茶产品。

打造"宗远家茶",建设"最美茶村"。一个新的发展蓝图正在仙岭村徐徐展开,逐步成为现实。

福寿／崔陟 书

寿·孝·山·水

◎张永宏

楔 子

我与柘荣结缘于2012年9月的"第二届马仙旅游文化节"暨"道学与养生文化（柘荣）体验营"。在七天的时间里，我有幸呼吸了东狮山的馥郁，品饮了龙溪水的甘甜，沐浴了马仙姑的孝慈，拥抱了柘荣人的热诚，居然沉浸于乐不思蜀的陶醉之中。但是，我必须返回四川大学，完成学业。其时，真有种欲罢不能的无奈。

唉，七天的时间，于朝菌来说无啻于天文数字，于大椿来说则大可忽略不计，然则于我们这些已然直立行走几百万年，但是仍然逃不脱生死轮回的生灵呢？无论如何，我要将这七天的经历和感悟铭刻在心，纵使天荒地老——在返蜀的飞机上，我沉浸于如此这般思绪中。

其时，柘荣县正在紧锣密鼓地打造"中国长寿之乡"——然则，于我这般匆匆而多情的白驹过客而言，却全然不晓。

一年以后，2013年8月，当我决定与这座镶嵌于闽东青山碧水之间的小城再续前缘的时候，柘荣已然成为全国第二十五个、福建省第一个长寿之乡。这一次，我与柘荣东狮山清云宫合作，进行浙南闽东马仙文化的田野考察，前后待了七天。突然想到《易·复》卦辞的一句话，叫作："出人无疾，朋来无咎，反复其道，七日来复，利有攸往。"我觉得这些文字就是为我而写：与柘荣结缘交朋友是一件无咎无殃的好事、美事、幸事，因为她许我以"出人无疾"；而且已经反复了两个七天，以后就经常来往吧（"利有攸往"）！

也就联想到柘荣的平安女神马仙和长寿养生文化，不由得暗自庆幸，庆幸自己邂逅了柘荣，邂逅了马仙……

山·水

《论语·雍也》说道："智者乐水，仁者乐山；智者动，仁者静；智者乐，仁者寿。"孔圣之言，千百年而下，读来仍有祥光。宋朝邢昺为之作疏，认为"智者性好运其才知以治世，如水流而不知已止也"，"仁者之性好乐如山之安固，自然不动，而万物生焉"。又说："智者常务进，故动"，"仁者本无贪欲，故静"；"智者役用才知，成功得志，故欢乐也"，"仁者少思寡欲，性常安静，故多寿考"。邢子之言，读来读去，总是感觉有些粘滞。此处山、水、智、仁、动、静、乐、寿诸言，似乎不可作枝蔓解，而当以互文诠。盖智者乐水亦乐山，恬乐寿考于好动及静；仁者乐山亦乐水，寿考恬乐于好静及动。如此说来，孔圣之言，通同于老子《道德经》"同出异名""众妙之门"之旨，直达儒道相辅相成之趣矣——唉，但愿我的这个诠释不要太滑涩！

柘荣多山，要而言之，皆太姥山支脉。其中，东狮山乃其主峰，而仙峁、仙岭、彭山、鳌鱼山、南凤山、普悦山、灯火山、笔架山、月半山、钟鼓山、目海尖、小东山、蝴蝶山、天星岗、无庐峰等散布于柘荣县域，或奇险崚嶒怪石嶙峋，或青秀淡雅娇姿媚态，或刚劲，或端娴，又松柏竹杉柳樟桃李楸桐诸木覆盖其间，及山花药草遍布，浆果种籽点缀，蜂飞蝶舞，鸢啾燕喁，蚓虺蠢动，兔走狐奔，冬而霜雪，夏而雾岚，或雷斯震雨斯润，或风斯拂日斯蒸，为柘荣长寿之乡提供了优良的自然生态，乃长寿之要件。

柘荣饶水，赅而言之，皆源出于东狮诸山也。其中，龙溪河流经城关十三境，又交溪、东溪、西溪、赤溪、富春溪、水碓溪、武陵溪、西坪溪、九龙溪、桐源溪、仙娘溪、笊篱溪、茶湾溪、下村溪、蟠桃溪等流淌于岩穴山涧中，或飞瀑直下，大起大落，或委婉曲行，甫开甫合，时而欢快溅跃若愣头小子，时而沉稳涓流犹娴静淑女，或色呈翠玉，或光泛白波，螅蛙追逐于清波之上，鱼虾嬉游于荇菜之间，春而水涨，秋而石凸，亦长寿之乡所必备，为柘荣长寿文化添加了灵动的意趣。

可以说，柘荣的山水构成其长寿文化的演绎舞台，山高水长，山奇水秀，山氤水氲，处处乃是修身养性、实践寿考的绝好道场。柘荣人，或独持智仁，或仁智双运，或仁智兼忘，皆能取效于山水之动静，践行寿考之修炼，乃千百年而上，直承孔老曲怀，无乃谓长寿其乡也哉！

寿·孝

在 25 个国家级长寿乡中，好山好水好风景乃其共性。从某种意义上说，山水乃是长寿的必要条件——但似乎还不够充分。这是因为：山水构成了长寿之乡的自然条件，而历史人文环境更是长寿之乡不可或缺的要件。当然，长寿文化也必然发酵酝酿于天地山水之间。就文化要素而言，25 个长寿之乡可谓各有绝招、各呈异彩。柘荣的长寿文化，由于遍布于柘山荣水的马仙信仰所形成的孝道传统，而更显得厚重温润、特立独出。

根据甲骨文的构形，"长"（ 𝟊 ）突出了人的头发长。头发长的人往往是老人，因为与年轻人相比，老人有足够长的时间来经营头发的生长事业。（按：古人没有理发的习惯。）老人的另外一个特征是拄着拐杖，拐杖一方面可以维持平衡，帮助走路，再方面可以用来打人——被打的对象往往是那些缺乏教育而好动的年轻人。这可不是一般的拐杖，而是象征天命、知识、威望、教化的权杖。甲骨文众多的"老"字变形（ 𝕏 ）充分证明了这一点。（按：在原始部族社会，老人是财富的象征，因为在那个完全依靠经验来积累知识和传播思想的蛮荒时代，老人们的特殊经验甚或可以影响整个部族的兴衰或存亡：老人比年轻人更熟悉山中的野兽、林间的浆果、河边的贝壳、一场突如其来的瘟疫或大火以及部族间的血缘谱系；此外，老人们往往擅长讲故事，他们本身就是故事。）

在甲骨文中，"寿"字尚且没有出现，但在金文和篆文中，"寿"（ 𤀈 ）以老人的长头发作为义符，由此亦可见"寿"与"老""长"的关系。

汉朝许慎《说文解字》认为，"长，久远也"，"老，考也，七十曰老"，"寿，久也"，"考，老也"。（按：考、老互训，在甲骨文中字形一样。）又，"年八十曰耋（ 𧮲 ）"，"年九十曰耄（ 𣕎 ）。由此皆可见中国自上古以来所形成的寿考文化。

社会发展，物质丰富，小孩子一生下来就无忧无虑，没有生存危机，等到青壮年，"翅膀硬了"，对老年人也就不再尊重，数典忘祖，甚至形成"杀老"习俗，无法无天，人类文化也就有些不可收拾了。（按：19 世纪，人类学家在一些原始部落中观察到残酷的"杀老"习俗。又，许多民族都有将老人丢弃于深山老林的传说，也是一种"辱老"现象的孑遗。）然而，中国人则一直延续着久远的敬老文化，并于人类的轴心时代以儒家为代表将之提升到"孝道"的高度，且不断得以传承发展，为人类保存了一份十分珍贵的文化财富。［按：金文篆文中，"孝"（⿰兆子）字形象地描摹了一个儿子背负着老人相依为命恪尽孝道的感人画面。《说文解字》解释说："孝，善事父母者，从老省，从子，子承老也。"］

根据文献记载和民间传说，马仙因为孝养姑婆至诚而感动仙人，因此获得仙人青睐，授以金丹，传以道要，从而托体飞升，成就仙果。这一事迹在柘荣一带脍炙人口，深入人心，无疑助长了柘荣地方社会的孝道文化。

每当旭日初升或晚霞夕照，山岚馥郁，老人们拄着拐杖，漫步在井边溪畔，平淡而无声地讲述着"头长发短"的故事，筑成了柘荣地方社会长寿文化的一道亮丽风景线。

余 音

2014年4月，我再次来到柘荣，入住东狮山，参玄体道，读书作文。一日清晨，在马仙像前散步，身心徜徉于薄雾晴岚之中。刹那间，"寿、孝、山、水"四个字跃上心头，诚如《易·复》象辞"复，其见天地之心"所说，顿时有恍然大悟之感，遂以之为题而作文焉。

当我在键盘上敲打这些文字的时候，不远处的灵岩洞应该正在放鞭炮，大概有一位虔诚的信士正在为家中的老人祈福吧！因了山水树木的曲折回返，声音飘入我的窗户时，已然是隐隐余音。然则，正是这余音，扣动了我的心扉。我推开门，决意仰天长啸，协奏这萦绕于山水之间的仙音余韵……

愔吟

诗海

朝露如珠／南山氏　摄

自然之子（外二首）

◎叶玉琳

多么想裸呈给谁

像随心调遣的这座山峁

高或者低　冷还是热

磨刀霍霍的人

看穿锋芒的人

以心灵相抵毕生的问候

随缘，从这一刻开始

残忍永逝进另一种温柔

花鸟相亲　人树相籍

聚散本无名分

小小的自然　我备加疼爱的

第三只眼睛

在未来的途中

向热情唱晚

这一生要付出多少祝福与牵挂

又有多少次蒙尘

月亮轻轻爬上山冈

一半保留了善和真　一半被切割

曲折悬在空中　长苔相拥如梦

少年的时光里

大地啊，是谁俯瞰了谁

三千灵犀全部砺为敦厚

林间空地

入秋的藤萝

结在正午的斑马线上

其间的缝隙

是为了方便灰尘滴落

大而密集的鸟巢挡住了枝丫

没有人注意到

它们为了下一场欢宴

而忙碌。寂静蓄积起来的湖面

少女的身体在暗中抽泣

天空没有疆界，没有问候

乌桕树弯曲着向上伸展

恰似我贫病交加的童年

现在旧时光就停在那里

思想是绿色的，事物是反面的

阳光摸着坐下来

它将为后来者腾出更多的石阶

泡　桐

记忆中的小花

在午后枝头明媚

生命展开一场全新的恋慕

翡翠阳光里有着叶荫的香唇

那粉紫而轻灵的一束

让金蜂带动一个自我

暮春中更珍视自由的律动

灵魂和灵魂交织得如火如荼

黑夜来了

西墙下还有多少艳羡和嫉妒

而我们注定要双双变作残红

芳菲完成在雨阴深处

人世间常听取这样一种爱

不求花开的快乐与谁相同

鲤居／缪怡端　书

黄昏，经过一座城（外二首）

◎刘伟雄

这一座小城　因为我的经历
充满了另一种的不确定

就在这扬尘的黄昏　柳絮
刚刚泛绿在滨河大道
车辆和人流簇拥着归途
飘出小巷的薯香
飘来了早年的气息

你就站在路边　素衣为袍
清秀的脸是我梦里的桃花
是我遗失的那段记忆
再也接不上的风语或鸟鸣

经过这座城市　经过人生
最敏感　也是最麻木的细节

星星闪烁在烟灰的帐上
时光会是一只扑腾的小猫

跃过梧桐树边上的那个窗台
踩翻了　瓦楞上的花盆

又见桃花红

去年今日　此山彼山
大碗喝酒　大块吃肉
群峰日落　小溪淌水

今日桃红柳绿　阳光普照
土墙已经坍塌而且长草
而且开出一朵不知名的花
比桃花白　比桃花小

去年这里没有手机信号
翻过山就是另一个省界
如今方言与方言谈情说爱
一江春水煮茶　一起青梅竹马

城柘荣

民族墙上挂着蓝色小棉袄
绣着雨季之后的一行白鹭
湿漉漉的翅膀终究要滑落
许多湿漉漉的眼神

又是一年桃花红　又是一年
春深水绿的日子　日子边上
乱颤的心跳和指纹

夜幕下的山影

它那么沉静　在星光灿烂中
横空而出　没有语言的语言
就是这样把夜色的迷离
分解得支离破碎

不知道它的姓氏　这辈子
注定要翻越的高度　有关戏剧
有关寺院里的梵音都一样
把俗世的苦痛唱遍

能说沧桑历尽的悲凉吗
这个夜晚　平生的脚步
没有这么整齐　划过的时空
都是檀香的那一缕

回首的空蒙　有大雁的鸣叫
也有山涧蛙的回应

我在反复的摸索里
看清了这一条唯一的山路绘

《一枝一叶总关情》／林伟　绘

公　园（外四首）

◎游　刃

经过这个河滨公园，我看见那个清洁工
依旧在清扫和昨天一模一样的落叶
那些老人坐在长椅上闲聊像是从未离开过
而那个父亲，看着女儿在奔跑跳跃
恍然能看见自己孩子长高的每一秒
小店铺一头乱发的女人，又来这里坐会儿
说是出来透口气，仿佛她被窒息了很久
来自外地衣着破旧的民工，只有他最清晰
此时，他只是从公园边上默默走过
小心翼翼的样子，像是经过梦的地盘
像是在保守一个从未有人窥见过的秘密

春　歌

忽然想起，好久都没看到园丁的身影了
没看到他的太平剪对花花草草的冒犯
在他审美与逻辑的复杂内心
为什么我看到他的勤奋里有点病态
那些被修剪着的枝叶，面对他苛刻的尺度

沉浸在恐惧与疼痛的巨浪里

更别提他轰鸣聒噪、利刃飞旋的割草机
谁不敬而远之？那被割过的青草
她们的颈项冒出的腥气；那些腐败的落叶
贴在树根，经过秘密的招魂
另一个世代开始存活，可以想象
园丁老去的那一天，他也会祈求———

祈求花草们的爱怜与宽谅，祈求花草们
也像他修剪她们一样，修剪他疲乏的内心
那些苛刻的尺度，多少也会在他身上
留下创伤。在草木们的年轮里
一直都还在翻卷着记忆精微的旋涡
犹如我们相信灵魂不灭，心神永存

一年中只有这么几次，我知道，那个园丁
出现在公园里，当他走向花草时
何尝不是带着灵感与想象，带着诗学的磁

场

我从来无法想象，有那么一瞬

竟会沉迷于他修剪时植入草木身上的

想象力，如同沉迷于美学中的暴力

小　学

一所乡村小学，校长像陶渊明

这次，他的胡子好几天没刮

看上去更像。与自己的骨肉渐远

更接近隐逸、田园的主题

有个女生说，校长像是南山的稻草人

仿佛话中有话，形势为之一变

瓦檐的麻雀要啄破他的面具

为什么要扮演一个古人？

画上去的心脏看起来更像

假躯壳也有真仁慈，南山的稻草人

她怎么知道脸上乌有的胡子

怎么知道南山也有南山的前身

她怎么知道采菊饮酒赋诗

穷愁潦倒，鬼神也在暗中运行

山　僧

那老僧打开庙门，估算时辰

抬头，不敢看徐行的太阳

温暖却意外流布全身

可以确定他从未觉悟过

就像一盏油灯只是被挑得更明亮

他一生平常，茹素，诵经，礼佛

不知自己何为：偶尔上山采笋

汲饮泉水，一秋草木

人间倏忽，快速胜过浮云

他叹自己老了，看孤独的雷雨

洒在梦中溪涧的上游

只一个短暂的打盹，就到了河口

他四肢稍稍收敛些

仿佛谢前的花朵，刚学会蜷缩

当然，他偶也舒展自己

小心下山与一群熟人聊天打麻将

杂沓纷乱间，风动灯明

一刹那，他们忽然更加清晰

木　匠

那个终日埋头劳作的木匠

此时正在刨着一块杉木板

他脚下满地木花，弯腰，用劲

呵出热气，流着微汗

这个用力劳作的人，正对着南山

仿佛他是向南山鞠躬

此时，山上满是冰雪

像是被蒙住了眼睛

木匠与南山，互不相知

他手下的木板，已被刨得

越来越白皙平滑

他心跳稍稍加快，这块木板

已经到了那微妙处：

多刨一次太多，少刨一次太少

他停了下来，停在

恰到好处的那一刻

他望了一眼南山，此时

南山已不是南山

《幽香过溪来》／周明光　绘

柘荣印象

◎叶 坪

柘荣，多美好的一个名字。

柘，为落叶灌木或乔木，叶子可以喂蚕，木质坚而致密，系贵重木料。从字面而言，木石相融，犹有金石之声。荣，乃指草木茂盛，欣欣向荣。荣誉、荣耀、荣幸、荣华，皆与柘荣有关，荣归柘荣。这是多么美好的一个县名，真可谓青山竞秀，万木葱茏，柘荣为闽东一县是也。

在柘荣，我变成了一只快乐的飞鸟。扑棱着双翅飞上蓝天，并俯瞰大地。哦，四围连绵的青山，一如莲花绽放的花瓣，柘荣就像被莲花瓣深藏着的一枚偌大的莲蓬一般，那一个个点缀其间的古村落，便成了莲蓬里茁壮的莲子，散发出古朴而又青葱的芬芳。

这里没有呼啸而过的高铁或动车，县城不大，小巧玲珑，显得十分宁静，在宁静中渗透着诗情画意。呵，柘荣，这是一片温馨的热土，一个安居乐业的好地方。初识柘荣，我欣喜于你确是一枚别样素美的莲花，以蓬勃的生命盛开在中华的大花园中……

美哉，仙山

山不在高，有仙则名。

福建有仙山，仙山在柘荣；浙江有仙居，仙居在台州。浙闽兄弟情，灵犀一点通。我以为，敢以"仙山""仙居"直言不讳地为地方命名者，实襟怀坦白自爱自重而可敬可爱，必高人无疑。一览仙山风光，果然心旷神怡。

我从百岁老人慈祥的笑脸上，阅读仙山的仁者寿；我从银杏树墨绿的扇形叶和青青的银杏果中，滋润仙山的仙风古韵；我从马仙古井清冽无污的井水里，感悟仙山的清白襟怀；我从半城坚毅的骨骼间，抚摸仙山的千年沧桑……

在仙山，当我们一边品尝着从马仙古井中汲水煮茶的风韵，又一边聆听年轻的仙山领头人将仙山未来的蓝图像拉家常般侃侃而谈的时候，我抬头巡视墙上的仙山规划图和党员们朴素的誓言，钦佩的目光里流溢着对中国梦的向往与温馨。

哦，美哉，柘荣的仙山！

题东狮山马仙雕像

登上东狮山，比东狮山更高的是马仙雕像。雨过天晴，起伏的群山一如凝固的波涛，壮阔而又深邃。我以虔诚的心情，面对你如此亲近的容颜，顶礼膜拜。

来柘荣之前，我只知道妈祖，不知道还有马仙。妈祖、马仙，你俩是从乡间走来的一对姐妹吗？妈祖有妈祖的传说，马仙有马仙的故事，大慈大悲，为老百姓做尽了好事，都活在闽风浙韵之中而流芳千古。你是人，还是神？世代相传的香火，都化作了青铜的火爝，光照古今。

马仙，我喜欢你俯瞰大地、慎持法伞的形象，平易近人，没有一点高高在上的感觉。我知道，你依然时时刻刻行走在我们的中间。此刻，我仿佛看到你现身于西南抗震救灾的行列中，为庇护生灵，用法伞撑起一片蓝天，让万物吸纳平安、和谐，使生命走进光明的殿堂。

在东狮山，请让我借你法伞上滴落的一滴圣水濯洗心灵，把敬仰化作行动，把朴素又美丽的柘荣，种植在我的心中，开花结果。

东源廊桥（外三首）

◎林登豪

淳朴的廊桥，神闲气定在山间，吐纳岁月悠悠的呼吸。

古朴的圆木柱，撑起褪色的记忆，恍惚依稀。山风夜雨冲刷，天目自闭。

光阴有城府。廊桥倒影思想。

桥顶的檐角欲飞天，路向何方？

廊拱似历史老人的巨眼，远眺蹉跎岁月的烟尘。

地崎路遥，渐行渐远，回身眺望，无法流连，行者的心情已缩住。

桥廊穿越心棂，架成人生之桥，演绎一场场必然的相遇。

重峦叠峰的召唤，开阔羁旅之人的视野，四季渐渐丰盈。

桥之木拱如时光的隧道，栋塑龙腾似游人的时间入口处，悄悄聆听时空撞击的音响，指向蓝图的蒸腾。

翠绿虚掩桥身，乔木扶疏的倒影在溪水中怡然自得。月光搅拌溪水，难能涤清沉甸甸的心事。

偶尔，有只巨手翻开桥之发黄的经历。我只听到足音却不见来者，一瞬间就怀有旧梦。

这桥一次又一次带人去旅行、历练、顿悟。

桥之恋。人之恋，欲说无言。

在地球的隙缝中勾勒先民的智慧。

极目无际。

九龙井

石臼之上——

兀石与怒水相搏——

声声呐喊，舍命一跃——

蝙蝠井瀑布悬空而出，飞溅阳光之水四射，宛若天女散花，倾诉九龙井之美。

巧舌如簧。

家园如此多娇，九龙井伫立在柘荣的远山之上，地偏空气鲜润，景色煽情笼络人心，令人流连忘返。

人心更有温度，尽管热爱。

斗换星移。石臼依旧，飞瀑依旧，痕迹斑驳。唯有方言伴随天上之水深入民心，滋润一方水土。

只要行走风景中，一切都自由自在。

伫立飞流面前，省略了千山万水。真想充当康乐的预言者，生命的愉悦之花开在峰巅，美丽着山水的脸庞。在石壁上急速奔跑的瀑水，潜入记忆深处。

我的视觉和嗅觉唯有袅袅茶香。

凤岐古民居

瓦片挨挨挤挤，檐角延绵起伏，霞光跳跃片片檐瓦，投射年轮不枯、血脉不息的信息。

一块块叠拥的砖头倾诉古典之美。

一群小鸟飞起，惊动了什么？

记忆开始飞舞……

古民居年久失修，流露尴尬的情绪，望穿岁月的隧道。

村庄一时失聪，古厝无奈地选择悲欢离合。

酷阳高照，晒干了趣闻逸事吗？

是谁在衰老，在变异？

当年如许宁谧的岁月，只能靠我的想象力去补充。

突然，有人举起手指，传出阵阵叩门声。

星星河从上空拂过，透出的曙光，为未来喝彩。

搅动太子参咖啡

走过柘荣山城的大街，只见墙上和橱窗的广告，不停地和四周行人对话，时空在周而复始中飞扬。

走进咖啡屋，不见丽人，难得的约会又风化了，按动手机菜单，对方的电话正在忙音着。

独自轻轻搅动太子参咖啡，与谁交流情感？我端详掌心中的生命线、爱情线……但愿能和现实生活吻合。

坐在大厅桌前的酷男靓妹，灼灼的目光沿着瓷器边沿蹦跳。搅动一杯杯太子参咖啡，搅出月夜朦胧的段子。

雀跃的灯光下，红妆的女孩，幽香袭人；一瞬间，黛眉轻展，似在言语，放任欢愉的电光倾泻男友的心田，幸福之花开在唇畔，不需任何雨露滋润。

急促搅动咖啡，匆匆洗涤视野。

面对一杯太子参咖啡，主动地调节情绪，染黑了不少的白发。

我又悄悄地端起咖啡杯，生活露出一点玄机。

猛然间，我悟到——一些情感从伊始就已注定了结局。

我不停地搅动小城，搅动太子参咖啡。

乡村的图腾（组诗）

◎艾 草

评 话

铿锵锣鼓敲打岁月无声
有人在舞台上
用方言俚语歌唱
仿佛行走在时空之外
一个远古的故事被肢解
然后又被重塑

从意味深长的巷子里走来
空谷中倾听战马的声音
为一个渐行渐远的技艺回望
一个人来到柘洋双堡
手举莲花
重燃理想

当技艺被遗望之后
心有嘘唏

长时间的酝酿之后
双手握住图腾
楠头击案
敲出一个鲜活的童话

布袋戏

手穿布衣　行云流水
这不仅是指尖上的功夫
巷道里兵戎相见
乡间繁花飞舞

幕后的人在整理道具
行囊中的生命被唤醒
似乎是悲剧回忆
却是拍案惊奇

秋去春来时

净旦生末丑轮番登场

在一个无名时代的背景里

一出戏重新上演又谢幕

剪　纸

一把快剪在画面上游走

清脆的声音从指尖跌落又升起

一个有关马仙的神话跃然纸上

像一具艺术的尸体陈列在空中

却迸射出希望的火星

在空无一人的房间吱吱作响

土楼一样的工笔

在一代一代剪纸人的传承中

如优美的神话被不断传唱

踩着斑马的足迹

穿过广阔的丛林

唤醒东狮山上那只沉睡的火鸟

灯　谜

变形空间

字里行间隐藏多少秘密

这一张简单条幅

被瞳孔中蹿出的精灵感染

把明天当作是谜面

有心灵鸡汤

也有灵感迸发

当谜团被解开

像打开生活的漂流瓶

有时一句问询

一生都无解

我只能惭愧地收拾自己的思想

不断地敲打心情涤荡的键盘

王描眉　剪纸

禅意太子参（组诗）

◎少木森

柘荣与太子参

要你名贵的时候，你叫太子参
要你通俗的时候，你叫四叶参
要你亲切的时候，你叫孩儿参
……
可我总觉得
你，就是一棵草
看过去很普通的一棵草
开着很素的花朵
风一吹，像摇着小小铃铛
静一静心，似乎能够听见
一片生命的轻响

从一棵草到一棵参
苍茫之中到底走过多少苍茫
神农氏一定注视过你
李时珍一定注视过你
还有张仲景、孙思邈

千眄万睐——细把你思索
作为植物，你
被命名为——异叶假繁缕！
作为药材，被命名为太子参！
一棵野草，不仅有自己的名字
一棵草还终于成为一个名字
走进了药典

这个地方
叫过柘洋里，也叫过柘洋上里
长溪县灵霍乡的一个"里"
现在，这个地方是一个县
出产着全国三分之二的太子参
这里的名字很葱茏：柘荣
一片片柘荣的草地
刮成了百里参风
那景色——别致壮观

参名的观想

这太子参，名叫异叶假繁缕

这样的名字，容易让人联想

她的内心有许多的彩丝彩线

这样的彩丝彩线，扯下来

可否绣绣画卷，绣绣多彩诗行

但别把彩丝彩线扯多了呀

那恐怕只会纠纠结结

或成乱麻一团

灵感天启，人愿难求

此次，对太子参名字观想

竟然有了这样奇异的联想

我怎么也没有想到！为此

我不禁哑然一笑

参汤与诗泉

因为喝着一碗太子参汤而写诗

朋友开着玩笑说，那碗参汤

是浇到我心底的诗泉

还说，那些诗句因

泉水浸润而清灵甘爽

我很愿意相信——那碗参汤

有仙泉的清冽妙用

双手捧着，一口儿一口儿

呷吮品尝。尔后

用带着清凉的嘴唇

将那些写太子参的诗句

一句又一句吟诵！料真是——

清凉的太子参汤

让我的诗句有了些许清凉

双城三题

◎ 童　建

龙溪古道

一段很短的古道在溪畔
一排柳树呆立在古城墙下边
来来往往的市民
用室内的灯光送走了白天
暮色缤纷的龙溪
彩虹闪烁桥的灿烂
两岸风中的婀柳
用舞蹈的语言在水波荡漾

多少个日落月升来回的脚印
擦净古道上遗落的风尘
坐在月光照水的龙溪两岸
听城墙上古松叙说的涛声
亭子旁边的碑石
把往事如烟的潺潺流水见证

风雨熏黑了月光下古城墙石

流溢出小桥流水的古香

仙屿公园

清淡的阳光在脚步中唱响，
氤氲的公园在微风里梳妆。
太极曲飘逸在舞蹈的剑尖，
绿树草地鲜花散发着芳香。

鲤鱼浮龙溪摆尾悠视柳岸，
松鼠趴枝丫踮嘴陶纳阳光。
清澈水池底部沉积着风尘，
印在前来跪拜磕叩的额上。

屿岛香炉的三界袅袅梵烟，
前生今世来生魂灵在幻想。
目光升起在那巍峨东狮山，
牵动天空流云到很远地方。

柳儿依依

静静的夜空里，
风儿轻拂心底，
情随柳依依。
莹莹的月亮荡漾在那小溪，
心可在一起。
想远方心雨淅沥，
愿流水带给你，
悠悠的一片情。
柳儿依依，
情儿依依，
白云来寄语。

缪芝山诗《春日山中》／慧照　书

茶色人生（外一首）

◎四　锤

黄昏的雨，沥满心头
茶园外的桃花，开在邻居的山上
有心想要摘上一朵
又怕看花的人，笑话我

鸣虫私下里，开始交响
我呆坐在山桥徒让时光嫌弃
湖水这时候格外冷静
没了月光的山墙，倒不出影子

夜半，还有茶事未了
等待在作坊里发酵的鲜叶
通红了脸
我赶忙铆足了劲没了心思去偷闲

春天，你走完这一生
银灰色的外表是你伪装的底线
今夜，你投身焙笼
无情的，红透天的，炭火
千万次的拷问

你从不怨言这世间的残忍
层层叠叠是你那枚枚不灭的真身
我仿佛明白
人们品尝你时的表情
那一口口带着唐神宋韵的记忆
是你，涅槃后的真颜
轻轻的，我以山泉的名义为你骄傲

白毫银针

以针的形态
向世人呈现烈日下的悲心

慧 照 诗 选

◎释慧照

云水无声

心系云端身化雨，无声归隐众心田。
润清润浊将何适？寄迹江湖向海天。

史料传承

文华纪梦似虹霓，被指异端传更奇。
莫道人心知向背，独尊何必逆天机。

人文灿烂

弥天花雨眼迷离，点点成篇览亦奇。
此地风光歌不尽，文心自在悟玄机。

采桑子·听楞严

始终无二何其妙，
来也从容，
去也从容。
透脱根尘不落空，
劲登佛顶安然否？
你也清风，
我也清风，
一片丹心映日红。

《梦归嘉园》／林伟　绘

溪 口 村 赋

◎吴振苗

溪口胜境，政属乍洋。处东海西岸，踞长溪之源，邻沈海高速，恰三山际傍。东连太姥，西接狮山；界交鼎柘，地膺凤凰。福温古驿通南北；麻里要冲镇乡关。水秀山青，凝千亩翠竹之绝美；人杰地灵，融万脉峰峦之华光。

溪口景致，韵比瑶阆。山崔嵬，水潺潺；长碇列，城墙昂。鸟鸣花影动，鱼腾细浪宽；天池浴凫在，笔架永雄苍。云蒸暮色沾微露，雾涌朝晖耀碧芳；绿野多琼圃，红茶好故乡。前有曲水，蜿蜒抱怀；背负玄武，叠翠绵长。古桥永安，单拱跨江；长虹飞渡，冠绝东南；晚清俶建，沐雨经霜；历逾世纪，挺拔依然。嘉石砌，青藤缠；雕狮栏，列两班。清溪映桥影，秀岸衔玉盘。明月出轻波，梦里游画廊。

溪口人文，小邑鸿章，钟毓灵秀，流彩披光。汝南胄族，肇基拓荒，贤能辈出，深孚乡望。昔元纲解纽，天下纷乱；袁门兄弟，起崛泰安。荡强寇，垒城墙；受荣爵，保家乡。薄明定鼎，识时顺强；集庆献图，归域大疆。金瓯完璧朝天阙；青史垂功美名扬。溪口承之，流派延之。叶盛枝繁德广布，书香剑气人轩昂。才俊每登第，魁星多栋梁。五福袁祠，凤集鸾翔；天鹅孵卵，长征瑞祥；彩栋华绘，穿斗架梁；雕楹涵远，启迪善良。清廷存妙翰，民国有云章。古匾长高悬，曰庆亦曰彰。闽省主席，海军宿将，谊胄渊源，染毫聚堂。彼福海春绵，乃蒋大将军之逸品；此世泽绵长，为李代总统之墨香。僻壤山乡，九匾奇缘联海内；祖德宗功，一言雅意寄华章。玄鸟怀珠，祥征族业之兴旺；虹桥贯日，妙映共婵娟之满堂。文光耀斗牛，秀气逸山川；先贤布德泽，奕代享荣光。

於戏，妙哉溪口！幸哉中华！山野即桃源，仙境遍乡间；溪山自留客，翰墨何须长。江山娇妍，华夏荣昌，得享斯世，此生何憾！嗟夫，族脉相因，源自一本；瑶宫缺略，终得允臧。憾只憾，金瓯未补龙骧愿，两岸同根带水茫。借赋临风遥相问，何时聚首庆炎黄？

适庐 / 缪怡端　书

适庐诗赋

◎缪芝山

星　星

各安其位少留名，
今古相逢送是迎。
来去匆匆如百姓，
敢凭双眼测天平。

登山途中

松竹招迎石径旁，
我同松竹老何妨？
轻裁云雾三千丈。
赏赐秋风缝嫁裳。

雪中漫步

无限生机一步间，
银光闪过九重天。
多情灵物多情境，

你是梨花我是仙。

偶题东狮

水复山重色色空，
纵观景物或朦胧。
梦回半醒方如是，
片刻春光在此中。

话　梅

自有豪情通万古，
不因冷酷俏南枝。
天生本是平安相，
传咏春来遍地诗。

柘荣吟

寿乡载物孝为先，
唱响东峰第一篇。
只守丹心如所愿，
唯须淡饭养天年。
漫吟奇景春秋赋，
细品佳肴天地间。
谁与马仙真对话？
清风明月两流连。

访黄柏怀游朴

安居木石每朝东，
魂系云端翠柏峰。
头枕诗书怜雅意，
情留家国傲苍穹。
政通巴蜀青天外，
法定龙庭日月中。
可渡梅船行万里，
当前一钵祭游踪。

注：游朴，字太初，柘荣黄柏人，明万历二年（1574年）进士及第，首任四川成都府推官，后调任大理寺，"三主法司，无一冤狱"。

摩崖石刻：木石居、梅船、当前一钵、天开图画、竹裹奇石、剑泉、双翠亭、水帘洞、小普陀、白云深处、静里层匕石等。

游朴故居：隆中半榻。

东狮山

东峰高耸逼云空，
万象和同一画中。
日转灵崖迷蝶影，
春生幽洞绿仙风。
近观默默朝天凤，
远眺茫茫卧玉龙。
道德千秋思老子，
谁知至此守雌雄？

题东峰灵岩宝洞

灵岩宝洞水盈盈，
千古奇观眼底清。
紫气飞波留远影，
丹心为证颂芳名。
道须在我终无悔，
命不如人总有晴。
胜景天然佳绝处，
但期凡世自公平。

九龙井

安知空谷一高吟，
桂未凋零菊醉心。
佛掌托天惊赤子，
金龙探手抚幽琴。

水何淡淡鱼同镜，
云自轻轻鸟传音。
莫论阴阳身外事，
秋风入座喜开襟。

深秋再题柳城

秋暝山隐隐，
雨落水泠泠。
岸柳因风起，
双城两画屏。

幽 居

云霄月半轮，
笼罩小山村。
问余何所似，
怀抱一精魂。

龙溪偶得

倒影复重重，
溪流变幻中。
随波近红日，
袖纳四时风。

观 鲤

环游头角露，
逐水奉天时。
直上云门去，
高吟动地诗。

垂 钓

月挂柳西头，
弯弯如玉钩。
谁牵天轴线，
钩起一番愁。

下 厨

私自进庖厨，
三餐岂可无。
瓢盆为伴奏，
锅碗热汤糊。
菜谱皆翻了，
调羹俱应乎？
一生谋果腹，
动口不称儒。

龙溪步月

月出浮光动，
风微碧水流。
当年尤步韵，
今夜去离愁。
柳下清秋锁，
心思海上鸥。
孰知人返朴？
常作此中游。

迁　居

天涯处处家，
禅定静如沙。
乐水三阳曲，
归心半盏茶。
无情休动笔，
有意竟拈花。
明月清风下，
依空气自华。

双　城

双城幽奥处，
夕照有亏盈。
折柳招新鲤，

扶风隐旧情。
身临心最澈，
曲唱鸟尤鸣。
独看烟云合，
山山共水清。

闲　语

壶天几日晴，
气象忽盈盈。
水复风无绪，
山高自有情。
心空三昧火，
眼底一层冰。
度化云千朵，
何须留姓名。

白云山子／王伟　篆刻

中国长寿之乡柘荣赋

"五特"好柘荣，中国长寿之乡也。巍巍乎狮山，壁立千仞为之祝福；赫赫兮狮山，名贯九州为之喝彩。西挽武夷清流，东闻沧海涛声，北襟雁荡龙湫，南怀五色祥云，斯乃烁古通今宜居之神境也。

斯乃寿乡：道出远岫，月挂奇峰。缠交柯之长萝，伸竟韵之欹松，摇孕秀之浅草，荡出壑之疏钟，隐伏穴之灵明，旋振翼之丹凤，跃龙门之锦鲤。闲心漫步，且随细柳依依；曲径逶迤，亦显平仄淡淡。海西药城，祥风送爽；太子参宿，福祉绵长；心留隽永，水透轻灵；一任情怀，几度交融？

斯乃寿乡：结仙缘而心神羽化，砺道骨而袖纳罡风；白云缭绕堪为素帛，绿树葱茏而成碧荫。马氏真仙，但凭顶礼，健康平安，更欲谁殽？百草参差，皆随天意；千和错落，尽显风神。嗟乎哉！游一回柳城，作一回神仙，孰弗愿此行？

斯乃寿乡：石耸烟迷而黑白变幻，花开蝶恋则异象纷呈：藏玄机于幽洞，解大悟于九龙，寄遐思于仙屿，蓄幻化于青岚。世清世浊，溪延潺潺净水；日阴日晴，炉添袅袅香烟。人持虔心，方得三昧，心存善念，自在经年。

斯乃寿乡：山通文脉，四时佳色已留

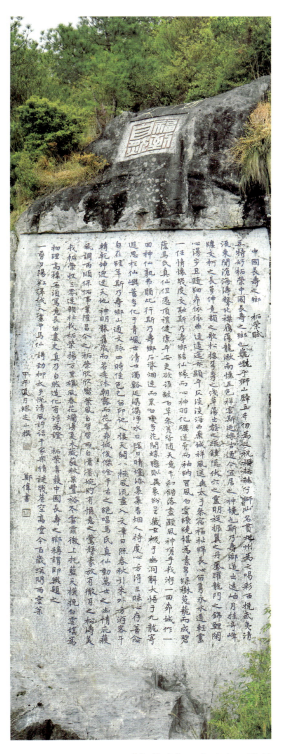

《柘荣赋》／郭兴奎　雕制

印记；人接天阙，八极风流尽入文章。日照春秋，引来外方游客；斗转乾坤，迎迓天地神明。袭旧岁而苔老，沐朝露而花香。柳城俊杰，吟千古之绝唱；马氏真仙，动万世之幽情，庇护风调雨顺，保佑事业隆昌。

今之柘荣，欣欣向荣。风自习习，雨自潇潇，婉约有惬意之莺声，豪放有彻耳之松涛。美哉柘荣，收三界逸韵；壮哉柘荣，扬万里雄风。春花烂漫，夏木葳蕤，秋果丰裕，冬雪霏微。上托蓝天，横挽白云，堪为物理高标；无须写意，长留画史，真乃自然造化。有诗为证：

柘荣喜获福建唯一中国长寿之乡称谓，即兴题之：

一剪夕阳红，环城入画中。

马仙歌劲柳，太子悦清风。

评话千家乐，猜谜几巷空？

高堂今百岁，笑问两云松。

甲午夏月写于东狮山下

闲亭记

汉刘安《淮南子·本经训》曰："质真而素朴，闲静而不躁。"言及闲者，静也，闲静为天下正。闲者而乐，无为而治；质性纯真，以道为本。推移无故，规矩而成方圆；随顺常情，举止皆为法度。此中真意，欲辩忘言，正如是乎？

狮山以建闲亭，合乎道，调于义，成于文，便于物，意境高远，深得东风之助；气韵通灵，深得造化玄机。凡有识者，庶不以余言为谬哉！

大知闲闲，小知间间，故感之念之，是为记。

己亥冬月

閑亭記

漢劉安淮南子本经訓曰質真而素樸閑静而不躁言又閑者静也閑静為天下正閑者而樂无為而治質性純真以道為本推移是故規矩而成方圓隨順常情舉止皆為法度此中真意欲辯忘言正如是乎獅山以建閑亭合乎道調於義成於文便于物意境高遠深厚東風之助氣韻靈通深厚造化玄機凡有識者庶不以余言為謀我大知閑閑小知間間故感之念之是為記

己亥冬月绿芝山撰　鄭偉茶錄

《闲亭记》／郑伟　书

跋

一座城的艺术小生态

禾　源

　　面对这一本集下60多位作家作品的大书，且许多作家是我的老师与前辈，顿感连打个招呼的勇气都没有。这是一片偌大的风景林，"书、画、摄影、篆刻、剪纸"等精品点缀其中，虽感觉处处皆有道，然而举步茫然。好在主编给了提醒："慢步"，安心处即佳处，顺着他给我开通的"慢道柳城""慢游福地""慢寻幽境""慢忆传承""慢吟诗海"五条林中通道，欣赏到一路风景。

　　一个人，一座城；一本书，一个地域风物。柘荣的山水、花草树木、古建人文、风味艺品，凭着主编与编辑的敏锐感觉、审美取向，大珠小珠落玉盘，又借着热爱这条线被串在了一起。一页页翻读，便能在字里行间听到风吟水咏，听到远古足音，看到根脉花事；便能在点缀篇章中的艺术精品里，体味柘荣的艺术生态。

　　根，扎于这块土地，花开在这块文化土壤上。集子中的作品虽出自不同作家与艺术家的手笔，但她们有着一样的原乡底色。正如缪芝山老师的诗句写的一样，"多情灵物多情境"，"片刻春光在此中"。行文如流水，作品如击水飞花，件件作品都源于柘荣这个原乡，从这里出发，又回到这里，以不同的姿态呈现在共同的底色上。每一篇作品都能看到绿色盈盈，清水扬波，哪怕是写到名胜古迹，也一样和谐在"现在旧时光就停在那里／思想是绿色的，事物是反面的／阳光摸着坐下来／它将为后来者腾出更多的石阶"的诗行中。东狮山、鸳鸯草场、九龙漈，廊桥、南岭古道、城墙，银杏树、泡桐、太子参……每一篇文章的抒写都是踩着时光阶梯，翻过时代的城墙，晒足当下的阳光，坐了下来，一同浸渍在柘荣的本色里。正如《廊桥今梦》中写道："稍高处种玉米黄豆，近水低洼处插稻秧；窄的地方植瓜果，宽的地方播麦子，陡处栽油茶桐树，平坦处培太子参。"各得其所。

著名作家刘亮程说："作家需要建立起自己跟一个地方的心灵关系，阅读使我们跟那些存在于历史中的伟大心灵取得联系。文学艺术是心灵沟通术。在平常生活中，我们的社会有诸多渠道和民众沟通，而作家直接用心灵交流。这是一种古老但永不过时的交流方式。"品读《慢城柘荣》书中的每篇文章和各帧艺术作品，都能看到作者心灵与境遇的交流，且真切谦逊而又得体。章武老师以龙溪为我，亲切地称："柘荣，我亲爱的夫君！"唐颐老师看到千年银杏旁的古梅、老松、毛竹林，由衷赞叹："也大概只有这'岁寒三友'，才有资格陪伴这千年不老的'爱情'。"……作家爱这里的云、这里的雪，这里的仙、这里的乞食者，这里的蛇事，等等，用自己心灵与境遇亲切地对话，而不是空洞的溢美，贴上情感标签，或喊一些口号，而是情景交融，"有我无我"不忘情牵。"晓起追云去，向晚问落霞。"集子中有位老师写道："偶尔扬起的尘土是羞涩的柔情。一把黄土，一群生灵。"启示中，我想说，《慢城柘荣》一书中的作品就是充满深情的精灵。

我喜欢跟有趣的人在一起，这个趣当然不是低级趣味，而是一种清新而别具一格的风趣。《慢城柘荣》一书有趣，趣在它集下一个优美和谐的艺术生态。文学作品植树成林，书、画、影、篆刻、剪纸，则如奇石、亭台、茅屋、栅栏，转身处与它们相遇，让这片林趣味横生。有的书法如枯枝藤条，有的篆刻如石裂痕，自然之趣品中而来；有的画作翠鸟鸣涧，虎善如佛，和美自然，生灵家园；剪纸之工，马氏天仙驾临，文化之味，呼出即出；摄影之作，山托银盘，皓月千山，静穆之感油然而生……此中趣味正如一个叫王玉宁作家描述的一样，"慢城就是一张琴，唯有知音，方识其趣"。人世间确实会遇到很多人与事、许多情与景，而能留在人们心中的，或作为谈资与外人唠叨的还是个趣，这大概就是有趣的魅力。

社会变化，经济发展，交通便捷，那快的速度，如同动车驰过。多少人来不及回顾一眼自己的村庄，村庄却成了梦里故乡。慢，慢点！成了快节奏生活的梦呓。《慢城柘荣》就是一个慢境，无论是来自他乡，还是生活在本土，可以慢慢走过青石巷道，可以沿溪而行，看柳条轻飘，可以慢慢寻找历史在这块土地上留下的足迹，可以重新忆起乡村的月光、晚风、牲口和门口纳凉的父老乡亲，可以看一场雪慢慢积厚。当然也可以过上作家王泉力那样"或泡上一杯茶，拿上一本书，浅酌慢品，静静翻读；或翻出无用的旧物，剪剪贴贴、拼拼凑凑，让原本应该被丢弃的它们在手中慢慢地华丽转身，把小小的屋子装饰得温馨舒适……"慢在《慢城柘荣》一书中，不仅仅是速度，而是一种境界，是在浮躁的现在中寻找到宁静的时刻，是在快节奏的信息化碎片化时代，找到一片让人心灵安宁的去处。

刘亮程在《一个人的村庄》中这样写道："在一个村庄活得久了，就会感到时间在你身上慢了下来，而在其他事物身上飞快地流逝着。这说明，你已经跟一个地方的时光混熟了。水土、阳光和空气都熟悉了你。"当我们慢慢品读《慢城柘荣》，也就会与柘荣混得很熟。

2022 年 4 月 2 日